趙季
葉言材　輯校
劉暢

日本漢詩話集成

八

中華書局

新唐宋聯珠詩格卷五

用牢落字格

冬 南園　李賀

長卿牢落悲空舍，曼倩談諧取自容。見買若耶溪水劍，明朝歸去事猿公。

覃 九日對菊同禧伯郎中賦　張本

子山牢落去江南，賦主悲哀尚一堪。只恐秋天聞亦苦，併催紅雨下霜巖。

用牢落字又格

真 題崇蘭圖　陳與義

奕奕天風吹角巾，松聲水色一時新。山林從此不牢落，照影溪頭共六人。

虞　豐湖　劉克莊

岷峨一老古來少，杭潁二湖天下無〔一〕。帝恐先生晚牢落，南遷猶得管豐湖。

灰　村居即事　陸游

炊甑生塵榻長苔，柴門日晏未曾開。載酒問字今牢落，猶有鄰翁裹飯來。

用牢落字又格

東　秋日經潼關感寓　武元衡

昔年曾逐漢西東，三授兵符百戰中。力保山河嗟下世，秋風牢落故營空。

尤　楚天　王安石

楚天如夢水悠悠，花底殘紅漫不收。獨繞去年揮淚處，還將牢落對滄洲。

〔一〕杭潁：底本訛作「抗顏」，據《後村集》卷十二改。

侵　小盈道中　　朱熹

今朝行役是登臨，極目郊原快賞心。却笑從前嫌俗事，一春牢落閉門深。

用牢落字又格

東　贈皇甫垣　　趙嘏

養由弓箭已無功，牢落生涯事事同。相勸一杯寒食酒，幾多辛苦到春風。

灰　雪晴至後園　　陸游

病扶藤杖覓殘梅，牢落情懷怕酒盃。約束園丁勤灑掃，新年作意待春來。

用牢落字又格

先　旅舍卧病　　李九齡

家隔西秦無遠信，身隨東洛度流年。病來旅館誰相問，牢落閒庭一樹蟬。

尤　贈甘法曹　張孝祥

北嶽真人汗漫遊，斯文曾到海邊洲。誰憐詩禮甘公子，牢落青衫似白頭。

東　鳳簫閣翫月　葛長庚

一醉高寒清到骨，四無塵滓月當空。光芒萬里今猶昔，牢落十年西復東。

用零落字格

寒　武侯廟　章孝標

木牛零落陣圖殘，山姥燒錢古柏寒。七縱七禽何處在，茅花櫪葉蓋神壇。

東　連昌宮詞　陸龜蒙

金鋪零落獸環空，斜掾雙扉細雨中。日暮鳥歸宮樹緑，不聞鴉軋閉春風。

真　蔡中郎墳　温庭筠

古墳零落野花春，聞説中郎有後身。今日愛才非昔日，莫抛心力作詞人〔一〕。

用零落字又格

紙　誚山中叟　施肩吾

老叟今年八十幾，口中零落殘牙齒。天陰傴僂帶嗽行，猶向巖前種松子。

尤　石湖别墅　孫鋭

山水遥連西渡頭，亂雲零落樹還稠。先生唱罷村田樂，戴月披蓑理釣舟。

微　春霽　吴可

南國春光一半歸，李花零落淡胭脂。新晴院宇寒猶在，曉絮欺風不肯飛。

〔一〕詞：底本訛作「野」，據《温飛卿詩集箋注》卷五改。

先　題壁　　孔宗翰

屈指從來十七年，交親零落一潸然。嬋妍再見中秋月，依舊清輝照客眠。

用零落字又格

江　冬柳　　陸龜蒙

柳汀斜對野人窗，零落衰條傍曉江。正是霜風飄斷處，寒鴉驚起一雙雙。

先　采蓮　　王鎡

羅裙濺濕鬢云偏，零落香風滿畫船。忽憶年來顛頷夢，鴛鴦正在藕花邊。

東　山茶花　　陶弼一作朱熹

江南池館厭深紅，零落荒煙細雨中。却是北人偏愛惜，數花和雪上屏風。

用零落字又格

陽 贈彈箏人 温庭筠

天寶年中事玉皇，曾將新曲教寧王。鈿蟬金雁皆零落，一曲伊州淚萬行。

庚 袁州聞東坡歿于毗陵書精進寺壁 僧惠洪

濁世肯留竟何意〔一〕，玉芙蓉出淤泥中。誰謂秋來亦零落，病收衰淚泣西風。

東 馬上看桃花 趙秉文

可憐馬上逢春色〔二〕，不得明窗貯古瓶〔三〕。秖恐東風易零落，兔葵燕麥又青青。

〔一〕竟：底本訛作「意」，據《石門文字禪》卷十五改。

〔二〕色：底本訛作「風」，據《滏水集》卷九改。

〔三〕古：底本訛作「石」，據《滏水集》卷九改。

用零落字又格

東　經劉校書墓　喻凫

遠冢松回曲渚風，其官聞是校書終。霜情月思今何在，零落人間策子中。

霰　嘆花　施肩吾

前日滿林紅錦遍，今日繞林看不見。空餘古岸泥土中，零落燕脂兩三片。

東　北亭　李群玉

斜雨飛絲織晚空，疎簾半掩野亭風。荷花向盡秋光晚，零落殘紅綠沼中。

麻　秋塘曉望　吴商誥

鐘盡疎楊散宿鴉，故山煙樹隔天涯。西風一夜秋塘晚，零落幾多紅藕花。

用零落字又格

文　和韓吏部泛南溪　賈島

溪裏晚從池岸出，石泉秋急夜深聞。木蘭船共三人上，月映渡頭零落雲。

東　覽故人題僧院詩　許渾

高閣清吟寄遠公，四時雲月一篇中。今來借問獨何處，日暮槿花零落風。

用零落字又格

真　讀蘇屬國傳　陳羽

天山西北居延海，沙塞重重不見春。腸斷帝鄉遥望日，節旄零落漢家臣。

歌　七里瀨送嚴維　劉禹錫

秋江渺渺水空波，越客孤舟欲榜歌。手折衰楊悲老大，故人零落已無多。

東　浮天閣　　蘇庠

玉蟾飛入水晶宫，萬頃瑠璃碎晚風。詩就雲歸不知處〔一〕，斷山零落有無中。

緝　雨中荷花　　杜衍

翠蓋佳人臨水立，檀粉不匀香汗濕。一陣風來碧浪翻，真珠零落難收拾。

用寥落字格

月　梨花下贈劉師命　　韓愈

洛陽城外清明節，百花寥落梨花發。今日相逢瘴海頭，共驚爛熳開正月。

東　雜詩　　朱松

門外山光萬里濃，且將寥落共清風。箇中自有濠梁意，不用磨刀斫眼紅。

〔一〕詩就雲歸：底本訛作「詩成雲錦」，據《吴都文粹》卷四改。

用寥落字又格

先　獨眠吟　白居易

夜長無睡起階前，寥落星河欲曉天。十五年來明月夜，何曾一夜不孤眠。

庚　曉行　范成大

篝燈驛裏喚人行，寥落銀河向五更。馬上誰驚千里夢，石頭岡裏小車聲。

用寥落字又格

删　答張工部　權德輿

書來遠自薄寒山，繚繞洮河出古關。今日難裁秣陵報，薤歌寥落柳車還。

尤　端居　李商隱

遠書歸夢兩悠悠〔一〕，只有空牀敵素秋。階下青苔與紅樹，雨中寥落月中愁。

微　送雲陽少府　皇甫冉

渭曲春光無遠近，池陽谷口傍芳菲。官舍村橋來幾日，殘花寥落待君歸。

侵　池上送春　高駢

持竿閒坐思沈吟，釣得江鱗出碧潯。回首看花花欲盡，可憐寥落送春心。

歌　情　吴融

依依脈脈兩如何，細似輕絲渺似波〔二〕。月不長圓花寥落，一生惆悵爲伊多。

〔一〕書：底本訛作「寄」，據《李義山詩集》卷上改。
〔二〕二「似」字：底本皆訛作「於」，據《李義山詩集》卷上改。

真 元夕 張九成

前年元夕沸香塵，萬朵紅燈上早春。誰道今宵頓寥落，長天獨擁一冰輪。

蕭 汴京 劉子翬

玉璽相傳舜紹堯[一]，壺春堂上獨逍遥。唐虞盛事今寥落，盡卷清風入聖朝。

〔一〕紹：底本訛作「招」，據《屏山集》卷十八改。

新唐宋聯珠詩格卷六

用笑殺字格

文　敬酬陸山人　戴叔倫

黨議連誅不可聞，直言高士去紛紛。當時漏奪無人問，出寄東陽笑殺君。

真　榜下　司空圖

三十功名志未伸，初將文字競通津。春風漫折一枝桂，煙閣英雄笑殺人。

用笑殺字又格

支　寄江文卿劉叔通〔一〕　朱熹

我窮初不爲能詩，笑殺吹竽濫得癡。莫向人前浪分雪，世間真僞有誰知。

麻　寄劉芳齋　文天祥

溪頭濁潦擁魚蝦，笑殺漁翁下釣槎。棹取扁舟湖海去，悠悠心事寄蘆花。

用笑殺字又格

真　强立迎春　白居易

杖策人扶廢病身，晴和强立一迎春。他時蹇跛縱行得，笑殺平原樓上人。

〔一〕叔：底本訛作「季」，據《晦菴集》卷九改。

冬　若耶溪逢陸豐　陳羽

溪上春晴聊看竹，誰言驛使此相逢。擔簦躡屐仍多病，笑殺雲間陸士龍。

支　題骨觀畫　饒節

白骨纖纖巧畫眉，髑髏楚楚被羅衣。手持紈扇空相對，笑殺傍觀自不知。

支　貧女　曹衍

自恨無媒出嫁遲，老來方始遇佳期。滿頭白髮爲新婦，笑殺豪家年少兒。

庚　亂石　李商隱

虎踞龍蹲縱復橫，星光漸減水痕生。不須併礙東西路，笑殺厨頭阮步兵。

用羞殺字格

元 山榴　李群玉〔一〕

洞中春氣蒙朧暄，尚有紅英千樹繁。可憐夾水錦步障，羞殺石家金谷園〔二〕。

灰 比紅兒詩　羅虬

自隱新從夢裏來，嶺雲微步下陽臺〔三〕。含情一向春風笑，羞殺凡花盡不開。

删 天寶　葛立方

綷縩黄裙墮遊水，闌班錦襪委嵬山。臂環留得知何用，羞殺新豐謝阿蠻。

〔一〕群：底本訛作「郡」，據《李群玉詩後集》卷四改。
〔二〕谷：底本訛作「石」，據《李群玉詩後集》卷四改。
〔三〕步：底本訛作「才」，據《萬首唐人絶句》卷五十二改。

用羨殺字格

真　閒居　陳造

種桃接李不辭勤，旋作花前把酒人。羨殺文禽映花語，飛來趁得見成春〔一〕。

先　道中紀行　楊萬里

可堪衰病兩相纏，更苦懸車尚五年。羨殺雨中山上水，留他不住竟歸田。

用看殺字格

支　衛玠　孫元晏

叔寶羊車海内稀，山家女壻好風姿。江東士女無端甚，看殺玉人渾不知。

〔一〕成：底本訛作「幾」，據《江湖長翁集》卷十九改。

麻　春日有感　　危積

春入長安百萬家，湖邊無日不香車。一株柳色吾無分，看殺庭前薺菜花。

用惱殺字格

真　贈段七娘　　李白

羅襪凌波生網塵，那能得計訪情親。千盃綠酒何辭醉，一面紅妝惱殺人。

東　過蕉坑　　楊萬里

風葉乾餘尚小紅，苕花飛盡不留茸。經旬欲雪還無雪，只作清寒惱殺儂。

用愁殺字格

寒　青松路　　曾極

致君堯舜事何難，投老鍾山賦考槃〔一〕。愁殺天津橋上客，杜鵑聲裹兩眉攢。

寒　時事感懷　　王同祖〔二〕

羽書昨夜下長安，胡騎鬔鬔犯蜀關。愁殺閨中年少婦，朝朝空望戍夫還。

用愁殺字又格

陌　秋夜聞笛　　岑參

天門街西聞擣帛，一夜愁殺湘南客。長安城中百萬家，不知何人夜吹笛。

〔一〕鍾：底本訛作「鏡」，據《金陵百詠》改。
〔二〕祖：底本訛作「社」，據《兩宋名賢小集》卷三百四改。

文 寄賓使君　　趙嘏

池上笙歌寂不聞，樓中愁殺碧虚雲。玉壺凝盡重重淚，寄與風流舊使君。

寒 賦　　張良辰

柳暗旗亭不忍看〔一〕，臨江愁殺晉衣冠。傷心明月揚州路，十里珠簾蕙草寒。

用愁殺字又格

庚 送宇文六　　常建

花映垂楊漢水清，微風林裏一枝輕。即今江北還如此，愁殺江南離別情。

〔一〕亭：底本訛作「中」，據《江湖小集》卷九十一改。

蒸　朴公悼牽牛甚奇余又作　姜夔

不見青青繞竹生，西風籬落抱枯藤〔一〕。道人一任空花過，愁殺山陰覓句僧。

支〔二〕　送魏校書　朱放

長恨江南足別離，幾回相送復相隨。楊花撩亂撲流水，愁殺行人知不知。

庚　舟中望落星寺　嚴羽

日暮黄沙壓岸明，江心風浪暗冥冥。南康一望何由到，愁殺舟中指落星。

用愁殺字又格

真　聽歌　李涉

颯颯先飛梁上塵，朱唇不動翠眉顰。願得春風吹更遠，直教愁殺滿城人。

〔一〕枯：底本訛作「古」，據《白石道人詩集》卷下改。

〔二〕支：底本脱「支」。按「離」「隨」「知」俱屬「支」韻，據補。

庚　柳　　司空圖

也曾飛絮謝家庭，從此風流別有名。不是向人無用處，一枝愁殺别離情。

真　離平山泊棹石灘下　　李埴

黄昏風雨阻江濱，翠縮群峰暮色匀〔一〕。一夜子規啼到曉，孤舟愁殺未歸人。

真　和聶之美重遊東郡　　司馬光

南湖重過正逢春，官柳雖疎亦解新。臺榭傾欹賓友散，臨風愁殺獨遊人。

陽　調王闢之　　黄夷仲

高唐不是那高唐，風物由來各異鄉。若向此中求薦枕，只應愁殺楚襄王。

〔一〕縮：底本訛作「館」，據《宋詩紀事》卷五十八改。

灰　青龍陳君次膺挽銘　林亦之

胡爲春渚夢初回，却是行舟恰到來。數盡長亭過閩嶺，夕陽愁殺落花堆。

用愁殺字又格

真　苜蓿峰寄家人　岑參

苜蓿峰邊逢立春，胡蘆河上淚沾巾。閨中只是空相憶，不見沙場愁殺人。

真　汴河曲　李益

汴水東流無限春，隋家宮闕已成塵。行人莫上長堤望，風起楊花愁殺人。

真　黄陵廟詞　李遠

黄陵廟前莎草春，黄陵兒女蒨裙新。輕舟小楫唱歌去，水遠山長愁殺人。

真　思山詠　　　　　　鄭雲叟

因賣丹砂下白雲，鹿裘惟惹九衢塵。不如將耳入山隱，萬是千非愁殺人。

用印破字格

微　題吉澗盧拾遺莊　　　　　　韋莊

主人西方去不歸，滿溪春雨長春薇。怪來馬上詩情好，印破青山白鷺飛。

魚　印囊　　　　　　皮日休

金篆方圓一寸餘，可憐銀艾未思渠〔一〕。不知夫子將心印，印破人間萬卷書。

〔一〕渠：底本訛作「除」，據《松陵集》卷七改。

用枉破字格

麻　無題　李商隱

白道縈回入暮霞，班騅嘶斷七香車。春風自共何人笑，枉破陽城十萬家。

麻　比紅兒詩　羅虬

一曲都緣張麗華，六宮齊唱後庭花。若教比竝紅兒貌，枉破當時國與家。

用舞破字格

灰　題華清宮　杜牧

新豐緑樹起黄埃，數騎漁陽探使回〔一〕。霓裳一曲千峰上，舞破中原始下來。

〔一〕騎：底本訛作「樹」，據《才調集》卷四改。

支 後庭舞　孫元晏

嬿婉回風態若飛，麗華翹袖玉爲姿。後庭一曲從教舞，舞破江山君未知。

用啼破字格

東 題織錦璿璣圖　孔平仲

紅窗小泣低聲怨，永夕春寒斗帳空。中酒落花飛蝶亂，曉鶯啼破夢悤悤。

尤 溪上　游九言〔一〕

煙開曉日照溪頭，溪上人家岸下舟。啼鳥不知春已老，數聲啼破碧岩幽。

〔一〕游：底本作「遊」，據《默齋遺稿》卷下改。

尤　晴和　朱淑真〔一〕

海棠深院雨初收，苔徑無風蝶自由。寂寂珠簾歸燕未，子規啼破一春愁。

用踏破字格

微　小遊仙詩　曹唐

鶴叫風悲竹葉疎，誰來五嶺拜雲俱。人間肉鳥無輕步，踏破先生一卷書。

真　萬州下巖　黄庭堅

往往携家來托宿，裙襦參錯佛衣巾。未嫌滿院油頭臭，踏破苔錢最惱人。

真　梅　僧仲南

隔岸幽花遠襲人，斷虹雲影界寒津。是誰清曉貪程急，踏破霜葩迹尚新。

〔一〕淑：底本作「叔」，據《默齋遺稿》卷下改。

用踏破字又格

月　塞下曲　　曹勛

天半未陽感窮髮，將軍已過長城窟。紅旗半捲夜歸來，馬蹄踏破天山月。

職　題逆旅壁　　僧寶磨

滿院秋光濃欲滴，老僧倚杖青松側。只怪高聲問不應，嗔余踏破蒼苔色。

用掃破字格

先　詠箋　　于革

七八葉蘆秋水裹，兩三箇雁夕陽邊。筆頭到處渾無礙，掃破寒潭一簇煙。

文　掃徑　　周權

剥啄無人晝掩門，庭花春晚雪紛紛。山童不解山翁意，掃破蒼苔一徑雲。

用點破字格

青　題棲鳳亭　葛長庚

聲傳琴瑟風生枕，影寫琅玕月滿庭。白鳳飛來枝外宿，夜深點破一林青。

微　翡翠　劉延世〔一〕

避人忽起鳴衣桁，掠水飛來立釣磯。静所欲留看不足，翠光點破夕陽歸。

用點破字格

支　觀葉生畫花　施肩吾

心竅玲瓏貌亦奇，榮枯只在手中移。今朝故向霜天裏，點破繁花四五枝。

〔一〕世：底本訛作「正」，據《宋詩紀事》卷三十二改。

文　林高士隱居　黄庚

家住西湖深更深，古松陰裏禮茅君。白猿攀樹藤花落，點破巖前一地雲。

先　雲　鄭準

片片飛來静又閒，樓頭江上復山前。飄零盡日不歸去，點破清光萬里天。

新唐宋聯珠詩格卷七

用莫將字格

虞　九日作　王縉

莫將邊地比京都，八月嚴霜草已枯。今日登高樽酒裏，不知能有菊花無。

麻　看梅　袁宏道〔一〕

莫將香色論梅花，毛女而今已出家。老幹瘦枝蒼幾許，總無花萼也輸他。

灰　代董秀才却扇　李商隱

莫將畫扇出帷來，遮掩春山滯上才。若道團圓是明月，此中須放桂花開。

〔一〕袁宏道：底本訛作「杜甫」，據《袁中郎全集》卷九改。

庚　棋　　王安石

莫將戲事擾真情〔一〕，且可隨緣道我贏。戰罷兩奩收黑白，一枰何處有虧成。

用莫將字又格

陽　侍宴桃花園　　李乂

綺萼成蹊遍籞芳，紅英撲地滿筵香。莫將秋宴傳王母，來比春華壽聖皇。

先　宫詞　　宋徽宗

三十六宫春信早，鬱葱佳氣艷陽天。莫將舊事論新事，盡道今年勝去年。

鹽　三巖石　　揚備

蘿蔓藤花歲自添，露痕還似雨痕霑。莫將廢苑爲閒地，猶可巖巖作具瞻。

〔一〕事：底本訛作「筆」，據《王荆公詩注》卷四十一改。

灰　送徐擇之秘校還睢陽　劉弇

汴水東頭古堞開，青鴛舞影幾樓臺〔一〕。莫將歸雁比行色，身未到家春已來。

用莫將字又格

魚　姪耜隨知命舟行　黄庭堅

莫去沙邊學釣魚，莫將百丈作轆轤。清江濯足窻下坐，燕子日長宜讀書。

尤　春來風雨無一日晴因賦瓶花　范成大

滿插瓶花罷出遊，莫將攀折爲花愁〔二〕。不知燭照香薰看，何似風吹雨打休。

〔一〕舞：底本訛作「無」，據《龍雲集》卷九改。

〔二〕花：底本訛作「我」，據《石湖詩集》卷二十六改。

侵　公濟和詩見憫耽讀書勉以教外之樂以詩請問　朱熹

未必瞿曇有兩心，莫將此意攪儒林。欲知陋巷憂時樂，只向韋編絶處尋。

用莫將字又格

虞　暇日言事　徐集孫

西風落葉滿庭除，隱几清吟獨撚鬚。官地莫將私地比，菊苗也種兩三株。

寒　題嚴子陵釣臺　陳貫道

足加帝腹似癡頑，詎肯折腰求好官。明主莫將臣子待，故人只作友朋看。

庚　清明　俞桂

朝來閣雨喜新晴，枝上綿蠻調好聲。佳節莫將虛過了，人生贏得幾清明。

用莫將字又格

尤 盧溪別人 王昌齡

武陵溪口駐扁舟，溪水隨君向北流。行到荊門上三峽，莫將孤月對猿愁。

東 天台道中示同行 章八元

八重巖㟧叠晴空，九色煙霞繞洞宮。仙道多因迷路得，莫將心事問樵翁。

刪 送崇覺空禪師 僧懷清

十年聚首龍峰寺，一悟真空萬境閒。此去隨緣且高隱，莫將名字落人間。

肴 即事 唐庚

案頭行掃塵隨起，窗眼才封雨復梢。更力窮空沽白餅，莫將疲藞鬪黃茅。

陽

秋夕　陳淵

衰榆弱柳未經霜，已見飄零片片黄。雨後晚風生户牖，莫將燈火汙清凉。

先

寄吴公濟兼簡李伯諫　朱熹

繁絃急管盛流傳，清廟遺音久絶絃。欲識寥寥千古意，莫將新語勘塵編。

真

寄玉澗　王佖〔一〕

山中之樂屬高人，風月無邊取次呻。但使胸中飽邱壑，莫將片點著埃塵。

麻

詠盆梅　熊禾

一聲羌笛晚風斜，再問花期便覺賒。茵幌泥沙可隨分，莫將春意殢殘花〔二〕。

〔一〕佖：底本訛作「仁」，據《全宋詩》卷三百八十改。

〔二〕殢：底本訛作「帶」，據《勿軒集》卷八改。

用莫言字格

歌　贈樂天　　元稹

莫言鄰境易經過，彼此分符欲奈何〔一〕。垂老相逢暫相別，白頭期限各無多。

尤　上東川楊尚書　　柳棠

莫言名位未相儔，風月何曾阻獻酬。前輩不須輕後輩，靖安今日在衡州。

庚　郢中　　汪遵

莫言白雪少人聽，高調都難稱俗情。不是楚詞詢宋玉，巴歌猶掩繞梁聲。

〔一〕符：底本訛作「付」，據《元氏長慶集》卷二十二改。

用莫言字又格

微　諸君以長歌意無極好賦宮闈小詩被示老夫亦得宮怨和答之　沈明臣〔一〕

緑滿南園桑葉肥，莫言桃葉柳花飛。妾身不及吴蠶死，留得春絲上衮衣。

寒　詠史　李九齡

有國由來在得賢，莫言興廢是循環。武侯星落周瑜死，平蜀降吴似等閒。

支　人欲　李商隱

人欲天從竟不疑，莫言圜蓋便無私。秦中已久烏頭白，却是君王未備知。

〔一〕沈明臣：底本訛作「劉安上」，據《甬上耆舊詩》卷二十一改。

用莫道字格

侵　早春呈水部張員外　韓愈

莫道官忙身老大，即無年少逐春心。憑君先到江頭看，柳色如今深不深。

灰　秋扇　劉禹錫

莫道恩情無重來，人間榮謝遞相催。當時初入君懷袖，豈念寒鑪有死灰。

真　答張烏程〔一〕　僧皎然〔二〕

莫道謫官無主人，秣陵才令日相親。前溪更有忘憂處，荷葉田田間白蘋。

〔一〕張烏程：底本訛作「胡處士」，據《萬首唐人絶句》卷六十三改。

〔二〕皎：底本訛作「浩」，據《萬首唐人絶句》卷六十三改。

青　謝王澤州寄長松　蘇軾

莫道長松浪得名，能教覆額兩眉青。便將徑寸同千尺，知有奇功似茯苓。

用莫道字又格

侵　送人歸江陵　王昌齡

寒江綠水楚雲深，莫道離憂遷遠心。曉夕雙帆歸鄂渚，愁將孤月夢中尋。

麻　小練林承事輓辭　林亦之

薤歌才唱已堪嗟，莫道生平隔海涯。曾向網山圖上見，蛇門東去是君家。

侵　達摩　僧古帆

至今聲價重叢林，莫道神州無賞音。自是鳳凰臺上客，眼高看不到黃金。

用莫道字又格

支　送五叔入京兼寄綦毋三　李頎

吏部明年拜官后，西城必與故人期。寄書春草年年色，莫道相逢玉女祠。

删　中秋賞月寄高峰瓚老　僧懷深

靈岫高峰咫尺間，青松長伴白雲閑。今宵共賞中秋月，莫道山家不往還。

庚　呈舊幕諸公　岳珂

葭葦延緣舞翠旌，白頭吹浪又相迎。攀轅亦作留行計，莫道馮夷不世情。

用莫笑字格

删　酬李甫見贈　元稹

莫笑風塵滿病顔，此生元在有無間。卷舒蓮葉終難濕，去住雲心一種閒。

尤　漁父　　趙抃

莫笑生涯一葉舟，江湖來往自悠悠。絲頭漫有潭中意，逐浪魚兒不上鈎。

用莫笑字又格

尤　邊詞　　李益

腰懸錦帶佩吴鈎，走馬曾防玉塞秋。莫笑關西將家子，秖將詩思入凉州。

真　四明人董嶧久居嶽市來乞詩〔一〕　范成大

祝融峰下兩逢春，雨宿風餐老病身。莫笑五湖萍梗客，海邊亦有未歸人。

〔一〕嶽：底本訛作「獄」，據《石湖詩集》卷十五改。

用莫笑字又格

陽　贈別表兄韋卿　權德輿

新讀兵書事護羌，腰間寶劍映金章。少年百戰應輕別，莫笑儒生淚萬行。

支　秋興　陸游

黴羹吹虀豈夫非，亡羊補牢理所宜。白頭始訪金丹術〔一〕，莫笑龜堂見事遲。

用莫怪字格

微　悼鶴　皮日休

莫怪朝來淚滿衣，墮毛猶傍水花飛。遼東舊事今千古，却向人間葬令威。

〔一〕始：底本訛作「妨」，據《劍南詩稾》卷六十八改。

尤　寄元齡　裘萬頃

莫怪窮年不入州，載書前已會盟鷗。市朝畢竟多塵事，且傍溪山静處留。

陽　直甫見示次雲乞豫章集數詩　林光朝

莫怪騷人太頡頏，曾聞阿母語劉郎。神仙本自無言説，尸解由來最下方。

用莫怪字又格

微　贈賀若少府　陸暢

十日廣陵城下住，聽君花下撫金徽。新聲指上懷中紙，莫怪潛偷數曲歸。

真　送張評事　戴叔倫

城郭喧喧争送遠，危梁裹裹渡東津。楊花展轉引征騎，莫怪山中多看人。

陽　早飯後戲作　陸游

湯餅滿盂肥狞香，更留餘地著黄粱。解衣摩腹西窗下，莫怪人嘲作飯囊。

用莫向字格

灰　贈張濆榜頭被駁落　趙嘏

莫向花前泣酒杯，謫仙依舊是仙才。猶堪與世爲祥瑞，曾到蓬萊頂上來。

真　壽星寺聞子規　周文璞

莫向空山惱病僧，暮雲臺殿異鄉人。多時不識巴江路，守著濃花哭過春。

尤　題釣臺　林亦之

莫向金門傲冕旒，歸來却要著羊裘。乾坤不是劉文叔，那得長竿到白頭。

用莫向字又格

微　夜泊詠棲鴻　　陸龜蒙

可憐霜月暫相依，莫向衡陽趁隊飛。同是江天寒夜客，羽毛單薄稻粱微。

庚　和諸公遊梅臺　　程顥

急須乘興賞春英，莫向空枝漫寄聲。淑景暖風前日事，淡雲微雨此時情。

歌　春江詞　　牟巘

釣竿人去艇空過，莫向滄浪發棹歌。無數桃花隨水去，春來風雨夜來多。

用莫訝字格

先　題九華化成峰　　周必大

攀蘿度險捷猱猿，石角鈎衣屐盡穿。莫訝遠尋金地藏，也曾徐步玉階前。

微　新市驛別郭同年　張耒

驛亭門外叙分携，酒盡揚鞭淚濕衣。莫訝臨岐再回首，江山重疊故人稀。

陽　宿灌頭　華岳

淡魚燒煮鹹魚熟，白酒新篘紅酒香。莫訝杯盤成草草，一年忙處是蠶桑。

寒　永安榮仲謀秘校訪別〔一〕　郭正祥

感君隨月跨征鞍，來訪熙寧舊長官。莫訝髭鬚渾雪白，哭兒清淚不曾乾。

用莫嗟字格

支　越人以幕養花因遊其下　王安石

尚有殘紅已可悲，更憂回首秖空枝。莫嗟身世渾無事，睡過春風作惡時。

〔一〕校：底本脱「校」，據《青山集》卷二十八補。

東　寄聶之美　司馬光

心目悠悠逐去鴻，別來容易四秋風。莫嗟密密書連紙，萬里經年信不通。

用莫恨字格

庚　西齋　劉兼

西齋新竹兩三莖，也有風敲碎玉聲。莫恨移來欄檻遠，譬如元本此間生。

庚　華岳下題西王母廟　李商隱

神仙有分豈關情，八馬空追落日行。莫恨名姬中夜没，君王猶自不長生。

東　題畫薄荷扇　陸游

一枝香草出幽叢，雙蝶飛飛戲晚風。莫恨村居相識晚，知名元向楚辭中。

用莫辭字格

虞　葡萄　韓愈

新莖未遍半猶枯，高架支離倦復扶。若欲滿盤堆馬乳，莫辭添竹引龍鬚。

寒　送友人游嵩山　陳羽

嵩山歸路繞天壇，雪影松聲滿谷寒。君見九龍潭上月，莫辭清夜水中看。

鹽　卷簾　黄滔

緑鬟侍女手纖纖，新捧嫦娥出素蟾。衛玠官高難久立，莫辭雙卷水精簾。

支　翠碧　陸龜蒙

紅襟翠翰兩參差，徑拂煙華上細枝。春水漸生魚易得，莫辭風雨坐多時。

用莫問字格

東 送嚴侍御赴黔中因訪仙源之事 武元衡

武陵源在朗江東，流水飛花仙洞中。莫問阮郎千古事，緑楊深處翠霞空。

魚 山中寄友人 李九齡

亂雲堆裏結茅廬，已共紅塵跡漸疎。莫問野人生計事，窗前流水枕前書。

麻 會稽絶句送趙資政 曾鞏

花開日日去看花，遲日猶嫌影易斜。莫問會稽山外事，但將歌管醉流霞。

用莫問字又格

庚 桃源詞 施肩吾

秦世老翁歸漢世，還同白鶴返遼城。縱令記得山川路，莫問當時州縣名。

支　清心堂　曹修古

天府鞠囚三節日，霜臺待漏五更時。薰風一覺清涼睡，莫問浮名高與卑。

用莫把字格

語　鸚鵡　蘇郁

莫把金籠閉鸚鵡，箇箇分明解人語。忽然更向君前言，三十六宮愁幾許。

支　鑷白　楊萬里

莫把菱花鑷白髭，勸君留取伴吟詩。錦囊若要添新句，繡口如何減素絲。

用莫把字又格

寒　寓題　黃滔

吴中煙水越中山，莫把漁樵漫自寬。歸泛扁舟可容易，五湖高士是抛官。

蕭　無盡見和復次其韻　　僧惠洪

一丘一壑思迢迢，莫把山林較市朝。江上相逢兩無語，夕陽衰草暮蕭蕭。

用莫把字又格

庚　登女郎臺　　穆修

臺前流水眼波明〔一〕，臺上間雲鬢葉輕。莫把姑蘇遠相比，不曾亡國只傾城〔二〕。

麻　江行春懷　　汪莘

一層山口一溪斜，偃卧東風戀日華。莫把江行生旅思，他年憶此勝還家。

〔一〕眼：底本訛作「浪」，據《穆參軍集》卷上改。
〔二〕傾：底本訛作「頎」，據《穆參軍集》卷上改。

東　觀梅寄胡康侯〔一〕　楊時

欲驅殘臘變春風，自有寒梅作選鋒。莫把疎英輕鬭雪，好藏清艷月明中。

陽　秋日　范成大

碧蘆青柳不宜霜，染作滄洲一帶黄。莫把江山誇北客，冷雲寒水更荒涼。

麻　唐玄宗鐵像　熊與龢〔二〕

巍冠攢叠碧雲花，坐閱山中幾歲華。莫把金丹輕點化，正愁生死困安家。

〔一〕康：底本訛作「庚」，據《龜山集》卷四十二改。
〔二〕熊：底本訛作「態」，據《宋元詩會》卷五十六改。

新唐宋聯珠詩格卷八

用無數字格

庚 闕題　　杜甫

無數春筍滿林生，柴門密掩斷人行。會須上番看成竹，客至從嗔不出迎。

東 洛城雜詠　　韓維

無數長條亂曉風〔一〕，誰將紫錦覆春叢。殘英點落青苔面，獨倚朱欄細雨中。

灰 秋詞　　秦觀

無數青莎繞玉階，夕陽紅淺過墻來。西風莫道無情甚，未放芙蓉取次開。

〔一〕條：底本訛作「城」，據《南陽集》卷十三改。

陽　夏日閒坐　徐璣

無數山蟬噪夕陽，高峰影裏坐陰涼。石邊偶看清泉滴，風過微聞松葉香。

東　晚望　柯夢得

無數寒鴉來遠鐘，物華心跡偶然同。不知海北江南路，更有愁人立晚風。

用無數字又格

寒　苦竹徑　陸希聲

山前無數碧琅玕，一徑清森五月寒。世上何人憐苦節，應須細問子猷看。

冬　木芙蓉　王安石

水邊無數木芙蓉，露滴臙脂色未濃。正似美人初醉著，强擡青鏡照妝慵。

尤　楊花　樓鑰

柳綿無數糝枝頭，日暖隨風撲畫樓。萬象可觀惟有雪，喜看晴雪滿空浮。

用無數字又格

灰　侍宴桃李園　徐彦伯

源水叢花無數開，丹跗紅萼間青梅。從來結子三千歲，預喜仙遊復摘來。

寒　曾宏父將往霅川見内相葉公以詩爲别次其韻　沈與求

兩溪以南無數山，興來徑造午時闌。空餘日蠟幾雙屐，日暮雲深天小寒。

庚　麻城道中　饒節

拱道新松無數青，晚風十里撼江聲。棟梁不是尋常度，空有長材待老成。

用無數字又格

微　侍宴詠桃花　蘇頲

桃花灼灼有光輝，無數成蹊點更飛。爲見芳菲含笑看，遂同温樹不言歸。

删　野望　翁卷

一天秋色冷晴灣，無數峰巒遠近間。閒上山來看野水，忽於水底見青山。

東　睢陽道中　宋齊愈

竹溪噎絶雨纔通，無數深紅間淺紅。山店落英春寂寂，青旗吹盡柳花風。

用無數字又格

陽　秀州作　蘇舜欽

密樹重蘿覆水光，珍禽無數語琅琅。驚帆瞥過如飛鳥，回首風煙空斷腸。

東　漪蘭堂　　張孝祥

水漫春洲到處通，檣竿無數挿空濛。主人只愛堂前碧，不放廬山入眼中。

陽　秋夜　　黄超然

秋近園林風露涼，蟲聲無數出頹墻。前朝舊跡過如夢，不抵清秋一夜長。

用無數字又格

青　春日　　陳與義

憶看梅雪縞中庭，轉眼桃梢無數青。萬事一身雙鬢髮，竹牀敧卧數窗櫺。

麻　野菊　　王庭堅

鬭鷄臺下秋風裏，白白紅紅無數花。日暮城南城北路，半隨榛棘上樵車。

麻 山中春曉 高斯得

子規啼罷百舌鳴，東窗卧聞無數聲。山空人静響更切，月落杏花天未明。

用無數字又格

齊 涼州詞 張籍

邊城暮雨雁飛低，蘆笋初生漸欲齊。無數鈴聲遥過嶺，應馱白練到安西。

删 潤夫飯僧景泰相款信宿告歸 葛長庚

夢中也學雲峰路，未老來遊蒲澗山。無數老僧閑道士，笑人騎馬出松關。

用無數字又格

庚 鄂渚送人 武元衡

雲帆渺渺巴陵渡，煙樹蒼蒼故郢城。江上梅花無數落，送君南浦不勝情。

支　奉和襲美悼鶴　陸龜蒙

酆都香稻字重思，遥望飛魂去不饑。争奈野鴉無數健，黄昏來占舊棲枝。

真　送呂子陽　葉因

好花移買自嫌貧，浪藥空多未許春。放出江邊無數橘，半黄半緑惱騷人。

用無數字又格

元　覓桃栽　杜甫

奉乞桃栽一百根，春前爲送浣花村。河陽縣裏雖無數，濯錦江邊未滿園。

真　同白侍郎杏園贈劉郎中　張籍

一去瀟湘頭欲白，今朝始見杏花春。從來遷客應無數，重到花前有幾人。

覃　詠白髮　司馬光

萬古風濤浸石巖，老苔垂足細藍髿。傳聞海底珠無數，何事從來散不簪。

寒　北固樓　范仲淹

北固高樓海氣寒，使君應此凭闌干。春山雨後青無數，借與淮南仔細看。

東　次韻謁忠顯劉公墓下　朱熹

理亂由來今古同，覆車那肯戒前蹤。紛紛誤國人無數，不昧丹心獨此公。

魚　北園雜詠　陸游

閒伴鄰翁去荷鉏，林疎歷歷見村墟。怪來白鷺飛無數，水落灘生易取魚。

微　春雨　徐璣

柳著輕黄欲染衣，汀沙漠漠草霏霏。晚風吹斷寒煙碧，無數鴛鴦溪上飛。

先　夜大風　　方岳

一夜東風太放顛，草塘打破釣魚船。賴渠自任修船費，無數亂堆榆莢錢。

灰　小池　　陸游

荷錨庭中破嫩苔，清溝一派引泉來。剪刀草長浮萍合〔一〕，無數游魚去復回。

用無數字又格

尤　獨卧　　王安石

茅檐午影轉悠悠，門閉青苔水亂流。百囀黄鸝看不見，海棠無數出墻頭。

真　寄東坡先生自朱崖量移合浦　　郭祥正

君恩浩蕩似陽春，海外移來住海濱。莫向沙邊弄明月，夜深無數採珠人。

〔一〕合：底本訛作「客」，據《劍南詩稾》卷四十六改。

微　題夏氏莊　張孝祥

平湖漠漠雨霏霏，壓水人家燕子飛。欲向湖東問春色，杏花無數點春衣。

陽　昭武太守王子文日與李賈嚴羽共觀前輩一兩家詩及晚唐詩因有論詩十絶子文見之謂無甚高論亦可作詩家小學須知　戴復古

飄零憂國杜陵老，感遇傷時陳子昂。近日不聞秋鶴唳，亂蟬無數噪斜陽〔一〕。

蕭　湖上　方岳

遊人抵死惜春韶，風暖花香酒未消。須向先賢堂上去，畫船無數泊長橋。

微　泊舟延平　陳淵

野梅飄盡喜春暉，又見溪桃片片飛。醉卧暖風呼不醒，亂紅無數點人衣。

〔一〕斜：底本訛作「夕」，據《石屏詩集》卷六改。

用無數字又格

麻 題印禪師影堂 盧綸

雙履參差錫杖斜，衲衣交膝對天花。瞻空悟問修持劫，似惜前溪無數沙。

麻 秋興 顧瑛

溪橋喬木老槎牙，上有灼灼凌霄花。碧雲四合月將上，啼殺爭棲無數鴉。

冬 秋原晚望 楊凌

客雁秋來次第逢，家書頻寄兩三封。夕陽天外雲歸盡，亂見青山無數峰。

用無端字格

侵 成婚 張又新

無端一朵價千金，誰道從來色最深。今日欄前花似雪，一生辜負賞花心。

庚　四老廟　蔣吉

無端捨釣學干名，不得溪山養性情。自省此身非達者，今朝羞拜四先生。

微　麥　楊萬里

無端緑錦與雲機，全幅青蘿作地衣。此是農家真富貴，雪花消盡麥苗肥。

用無端字又格

青　秋日西湖　僧道潛

欲跨高樓曠遠情，無端秋雨苦冥冥。崢嶸日脚漏雲處，瞥見遥山一抹青。

删　次韻擇之進賢道中漫成　朱熹

笑指斜陽天外山，無端長作翠眉攢。豈知男子桑蓬志，萬里東西不作難。

陽　同胡武平遊　周元明

爛熳花時錦繡張，無端下馬繫垂楊。山亭水閣笙歌地，合與行人作醉鄉。

用無限字格

青　離觴不醉至驛亭却寄相送諸公　柳宗元

無限居人送獨醒〔一〕，可憐寂寞到長亭。荆州不遇高陽侶，一夜春寒滿下廳〔二〕。

麻　重陽日至峽道中　張籍

無限青山行已盡，回頭忽覺遠離家。逢高欲飲重陽酒，山菊今朝未見花。

〔一〕醒：底本訛作「酲」，據《柳河東集》卷四十二改。
〔二〕下：底本訛作「一」，據《柳河東集》卷四十二改。

微　聞李端公垂釣　魚玄機

無限荷香染暑衣，阮郎何處弄船歸。自慚不及鴛鴦侶，猶得雙雙繞釣磯。

用無限字又格

支　病起　白居易

病不出門無限時，今朝强出與誰期。經年不上江樓醉，勞動春風颺酒旗。

真　人日立春　盧仝

春度春歸無限春，今朝方始覺成人。從今克己應猶及，願與梅花俱自新。

庚　太平坊尋裴郎中故宅　僧子蘭

不語淒涼無限情，荒階行盡又重行。昔年此住人何在，滿地槐花秋草生。

用無限字又格

陽　石水祠　楊巨源

銀罌深鏁貯清光，無限來人不得嘗。知共金丹争氣力，一杯全勝五雲漿。

尤　送李秀才遊嵩山　顧況

嵩山石壁挂飛流，無限神仙在上頭。采得新詩題石壁，老人惆悵不同遊。

東　金門寺　蘇軾

西堂妙迹繼楊風，無限龍蛇洛寺中。一紙清詩吊興廢，塵埃零落梵王宫。

麻　次韻子瞻山水　蘇轍

山行喜過酒旗斜〔一〕，無限桃花續杏花。與世浮沉真避世，將家漂蕩似無家。

〔一〕旗：底本訛作「肆」，據《欒城集》卷五改。

微　問春　邵雍

春歸畢竟歸何處，無限春光都未違。欲托流鶯問所因，子規又叫不如歸〔一〕。

東　過西京　穆修

西京千里帝王宫〔二〕，無限名園水竹中。來恨不逢桃李日〔三〕，滿林紅樹正秋風。

用無限字又格

冬　長舉驛樓　文同

爽氣浮空紫翠濃，隔江無限有奇峰。君如要識營丘畫，請看東頭第五重〔四〕。

〔一〕「春歸畢竟」四句：按《擊壤集》卷八、卷十九均作「春歸必竟歸何處，無限春寃都未訴。欲托流鶯問所因，子規又叫不如去」。

〔二〕宫：底本訛作「居」，據《穆參軍集》卷上改。

〔三〕日：底本作「白」，據《穆參軍集》卷上改。

〔四〕看：底本訛作「香」，據《丹淵集》卷十七改。

尤　十七日觀潮　　陳師道

江水悠悠自在流，向人無恨不應愁。相逢不覺渾相似〔一〕，誰使清波早白頭。

微　訪銛朴翁不遇　　高翥

乘興尋僧入翠微，山中無限野薔薇。主人不見從誰賞，折得繁枝自插歸。

用無限字又格

侵　寄遠　　趙嘏

禁鐘聲盡見棲禽，關塞迢迢萬里心。無限春愁莫相問，落花流水洞房深。

冬　雲　　來鵠

千形萬象遂還空，映水藏山片復重。無限旱苗枯欲盡，悠悠閒處作奇峰。

〔一〕逢：底本訛作「應」，據《後山集》卷八改。

東　苕溪　胡仔

三間水閣賈耘老，一首佳詞沈會宗。無限當時好風月，如今總屬績溪翁。

陽　簡甯子儀　吕本中

新晴欲上南樓月，柳可藏鴉水蘸墻。無限客愁芳草裏〔一〕，不知風雨阻斜陽。

東　題水心寺壁　王操

分飛南渡春風暮，却返家林舊業空。無限離情似楊柳，萬條垂向楚江東。

陽　自哂　劉仙倫

鬪鷄走馬醉高陽，今日歸來兩鬢霜。無限年少心上事，半簾豆雨語寒螿。

〔一〕愁：底本訛作「中」，據《東萊詩集》卷三改。

用無限字又格

尤　酬曹侍郎過象縣見寄　柳宗元

破額山前碧玉流，騷人遥駐木蘭舟。春風無限瀟湘意，欲采蘋花不自由。

歌　遠望　元稹

滿眼傷心冬景加〔一〕，一山紅樹寺邊多。仲宣無限思鄉淚，漳水東流碧玉波。

微　秋葉寓直　鄭畋

宿鳥翩翩落照微，石臺樓閣鎖重扉。步廊無限金羈響，應是諸司扈從歸。

陽　題稚川山水　戴叔倫

松下茅亭五月凉，汀沙雲樹晤蒼蒼。行人無限秋風思，隔水青山似故鄉。

〔一〕加：《元氏長慶集》卷十八作「和」。

支 春女怨 朱繹

獨坐紗窗刺繡遲，紫荆枝上囀黄鸝。欲知無限傷春意，併在停針不語時。

蕭 老大 張載

老大心思久退消，個中終日面岧嶢。六年無限詩書樂，一種難忘是本朝。

用無限字又格

先 蘇摩遮 張説

寒氣宜人最可憐，故將寒水散殿前。惟願聖君無限壽，長取新年續舊年。

支 存殁口號 杜甫

席謙不見近彈棋，畢耀仍傳舊小詩。玉局他年無限笑，白楊今日幾人悲。

删　歲暮送舍人　　　武元衡

邊城歲暮望鄉關，身逐戎旌未得還。欲别路岐無限淚，故園花發寄君攀。

尤　虎邱　　　陳堯佐

人間靈迹遍曾遊，祇欠吴門訪虎邱。今日偶來無限感，闔閭墳在劍池頭。

寒　題剡溪〔一〕　　　劉宰

青山叠叠水潺潺，路轉峰回又一灣。相見雪天無限好，不妨獨棹酒船還。

江　新作盆池戲作　　　游九言

瓦盆片石壘青蒼，輿入湖山寄小窗。細看纖鱗無限樂〔二〕，寧妨斗水學西江。

〔一〕剡：底本訛作「淡」，據《漫塘集》卷一改。

〔二〕鱗：底本作「纖」，據《默齋遺稿》卷上改。

用無限字又格

齊 吳門夢故山 趙嘏

心熟家山夢不迷，孤峰寒透一條溪。秋窗覺後情無限，月墮館娃宮樹西。

東 酬對雪見寄 許渾

飛度龍山下遠空，拂檐縈竹晝濛濛。知君吟罷意無限，曾聽玉堂歌北風。

蕭 普明寺荷塘上置酒 司馬光

菡萏飄零水寂寥，敗荷疎柳共蕭條。煙斜雨細愁無限，醇酒十分不易消。

用無限字格

微 柳絮 韓琦

絮雪紛紛不自持，亂愁縈困滿春暉。有時穿面花枝過，無限蜂兒作隊飛。

侵　過林和靖先生墓　　曹既明

短棹不歸雙鶴去，一邱煙水寄山陰。水邊疎影黄昏月，無限風騷有客心。

魚　次韻馬少伊木犀　　范成大

密密嬌黄侍翠輿，避風遮日小扶疎[一]。畫欄想見懸秋晚，無限宫香總不如[二]。

用無限字又格

歌　隄上行　　劉禹錫

江南江北望煙波，入夜行人相應歌。桃葉傳情竹枝怨，水流無限月明多。

〔一〕遮：底本訛作「避」，據《石湖詩集》卷八改。

〔二〕如：底本訛作「知」，據《石湖詩集》卷八改。

蕭　冬夜送人　　僧靈一

平明走馬上村橋，花落梅溪雪未銷。日短天寒愁送客，楚山無限路迢迢。

尤　春日即事　　俞桂

春光滿目是吴頭，水碧琉璃拍岸流。憶著去年桃葉渡，相思無限使人愁。

用無人字格

先　閏八月　　黄滔

無人不愛今年閏，月看中秋兩度圓。惟恐雨師風伯意，至時還奪上樓天。

微　再用韻寄家兄　　裘萬頃

無人低唱兩三巵，一任瓊瑶滿眼飛。羅襪暗塵應洗盡，月明吾欲看江妃。

東　嚴州多菊戲作一絶　　　陸游

無人喚醒賦歸翁，滿把清香誰與同。但辨對花頻舉酒，莫横重九在胸中。

用無人字又格

微　尋僧　　　趙嘏

溪户無人百鳥飛〔一〕，石橋横木挂禪衣。看雲日暮倚松立，野水亂流僧未歸。

寒　殊不惡齋秋晚閒吟　　　范成大

旁若無人鼠飲硯，麾之不去蠅登盤。天涼睡起枕痕暖，日晚慵來香字寒。

侵　月臺　　　朱熹

臺上無人伴苦吟，歸鴉過盡日西沈。須臾玉匣開塵鏡，却有孤光共此心。

〔一〕户：底本訛作「韻」，據《文苑英華》卷二百二十三改。

用無人字又格

灰　自郎州至京戲贈看花諸君　劉禹錫

紫陌紅塵拂面來，無人不道看花回。玄都觀裏桃千樹，盡是劉郎去後栽。

齊　日晚歸山詞　施肩吾

虎跡新逢雨後泥，無人家處洞邊溪。獨行歸客晚山裏，賴有鷓鴣臨路岐。

灰　司馬長卿　黄滔

一自梁園失意回，無人知有掞天才。漢宮不鏁陳皇后，誰肯量金買賦來〔一〕。

〔一〕來：底本訛作「回」，據《黄御史集》卷四改。

用無人字又格

微　過融上人蘭若　　孟浩然

山頭禪室挂僧衣，窻外無人溪鳥飛。黄昏半在下山路，却聽松聲戀翠微。

真　柳枝詞　　成彦雄

東君愛惜與先春，草澤無人處也新。委屬露華與細雨，莫教遲日惹風塵。

庚　豐年謡　　王炎

洞丁傜户盡歸耕，篁竹無人弄寸兵。要識一天恩澤廣，黄雲千里見秋成。

用無人字又格

寒　春曉　　僧道潛

曉風池沼水瀾翻，春盡淮南麥秀寒。院落無人日停午，柳花如雪滿闌干。

文　威惠廟　　呂璹

當年平賊立殊勳，時不旌賢事忍聞。唐史無人修列傳，漳江有廟祀將軍。

庚　過右北平　　彭汝礪

太平天子不言兵，擁節來經右北平。論將無人思李廣，笑談樽俎倚儒生。

用無人字又格

東　酬令狐郎中見寄　　姚合

昨是兒童今是翁，人間日月急如風。常聞欲向滄江去，除我無人與子同。

東　詠古寺花　　司空曙

共愛芳菲此樹中，千跗萬萼裹枝紅。遲遲欲去猶回望，覆地無人滿寺風。

寒 海康西館有懷　　寇準

風露凄凉西館静，悄然懷舊一長嘆。海雲銷盡金波冷，半夜無人獨凭欄。

蒸 次韻子瞻望海樓　　蘇轍

樓觀争高不計層，噰噰過雁自相膺。錢王舊業依稀在，歲久無人話廢興。

庚 雜感　　陸游

故舊書來訪死生，時聞剥啄叩柴荆。自嗟不及東家老，至死無人識姓名。

鹽 清明訪白石不值　　葛天民

花薺懸燈柳挿簷，老懷那復似餳甜。畫船已載先生去，燕子無人自入簾。

用無窮字格

微 春夜聞笛　　李益

寒山吹笛喚春歸，遷客相看淚滿衣。洞庭一夜無窮雁，不待天明盡北飛。

灰　金陵即事　王安石

水際柴門一半開，小橋分路入青苔。背人照影無窮柳，隔屋吹香併是梅。

東　題張家店壁　趙民則

舍策投牀睡則濃，覺來涼葉動西風。驚秋念遠無窮意，客裏知誰此夜同。

魚　讀夷堅志　趙汝淳

千古丘明法度書，豕啼虵鬬未爲誣。後來更有無窮事，付與蘭臺鬼董狐。

用無窮字又格

真　故洛城古墻　劉禹錫

粉落椒飛知幾春，風吹雨灑旋成塵。莫言一片危基在〔一〕，猶過無窮來往人。

〔一〕基：底本訛作「機」，據《劉賓客文集》卷二十四改。

支 歌者　　司空圖

鶴氅花香搭槿籬，枕前蟲迸酒醒時。夕陽自照陶家酒，黄蝶無窮戀故枝。

真 石季倫　　李清

金谷繁華石季倫，只能謀富不謀身。當時縱與緑珠去〔一〕，猶有無窮歌舞人。

〔一〕珠：底本訛作「樹」，據《全唐詩》卷二百四改。

新唐宋聯珠詩格卷九

用不須字格

之　鄧州西軒即事　陳與義

不須夜夜看太白，天光景象今如斯。始行胡虜相攻策，可惜中原見事遲。

微　送李天英下第　周昂

不須寂寞恨東歸，洗眼三年看一飛。試卷波瀾入毫穎，莫教歐九識劉幾。

用不須字又格

陽　題輞川別業　王維

柳條拂地不須折，松樹捎雲從更長。藤花欲暗藏猱子，柏葉初齊養麝香。

魚　次韻回山人　　王安石

一杯領意不須沽，六字持身已有餘。癡子未知天上樂，先生今解世間書。

先　浄居寺　　楊傑

達人到岸不須船，留寄寒雲幾百年。欲問上方多少遠，爲言先過浄居天。

用不須字又格

真　贈解詩歌人　　薛能

同有詩情自合親，不須歌調更含顰。朝天御史非韓壽，莫竊香來帶累人。

庚　次韻參寥師寄秦太虚　　蘇軾

得失秋毫久已冥，不須開此氣峥嶸。何妨却伴參寥子，無數詩詞咳唾成。

寒　和程給事贈虞道判　秦觀

火棗交梨近可餐，不須地肺及天壇。龜藏坎海毛皆緑，鳳宿離宫色自丹。

用不向字格

庚　江令宅　孫元晏

不向南朝立諫名，舊居基有事分明。令人惆悵江中令，只作篇章過一生。

寒　答楊尚書　柳棠

不向燕臺逢厚禮，幸因社會接餘歡。一魚喫了終無恨，鯤化成鵬也不難。

尤　鷺秋　鄭谷

不向煙波押釣舟，强將文墨事儒邱。長安十二槐花陌，曾負西風多少秋。

用不向字又格

先　東樓醉　白居易

天涯深峽無人地，歲暮窮陰欲夜天。不向東樓時一醉，如何擬過二三年。

東　古仙詞　紇干著

珠幡絳節曉霞中，漢武清齋侍少翁。不向人間戀春色，桃花自滿紫陽宮。

齊　偶題　沈遼

朝來未散白荷陂，黄昏已過銅陵西。不向風塵悲皓髮，直尋仙境上青溪。

用不向字又格

麻　贈工部郎中　王建

多在蓬萊少在家，越緋衫上有紅霞。朝回不向諸餘處，騎馬城西檢校花。

庚　廣陵城　孟遲

紅繞高臺緑繞城，城邊春草傍墻生。隋家不向此中盡，汴水應無東去聲。

麻　題段太尉廟　許渾

静想追兵緩翠華，古碑荒廟閉松花。紀生不向滎陽死，争有山河屬漢家。

庚　寒日逢僧　陸龜蒙

瘦脛高褰梵屧輕，野桃風勁錫環鳴。如何不向深山裏，坐擁閑雲過一生。

先　登富陽觀山亭　程俱

喬公宅中木參天，孫郎山前春燒煙。大橋不向五湖去，建康宮深空歲年。

東　跋趙朝議江行初雪圖　陳克

我本孤舟蓑笠翁，雪崖煙樹一生中。如今不向江湖隱，鬭艦旌旗照水紅。

用不向字又格

庚　晏起　劉得仁

日過辰時猶在夢，客來應笑也求名。浮生自得長高枕，不向人間與命爭。

文　竹下殘雪　羅隱

墻下濃陰對此君，小山尖險玉爲群。夜來解凍風雖急，不向寒城減一分。

灰　送真舍人帥江西　劉克莊

應對詼諧跡亦開，漢家天子日招徠。當時惟有膠西相，不向平津閤裏來。

用不覺字格

陽　初秋　孟浩然

不覺初秋夜漸長，清風習習重凄凉。炎炎暑退茅齋静，階下叢莎有露光。

先　題臨瀧寺　　韓愈

不覺離家已五千，仍將衰病入瀧船。潮陽未到人先説，海氣昏昏水拍天。

先　歲日作　　顧況

不覺老將春共至，更悲携手幾人全。還丹寂寞羞明鏡，手把屠蘇讓少年。

用不覺字又格

先　和崔駙馬聞蟬　　張籍

鳳凰樓下多歡樂，不覺秋風暮雨天。應爲昨來身暫病，蟬聲得到耳傍邊。

灰　題海棠花圖　　崔塗

海棠花底三年客，不見海棠花盛開。却向江南見圖畫，始慚虚到蜀中來。

支　聞蟬感懷　賈島

新蟬忽發最高枝，不覺立聽無限時。正遇友人來告別，一心分作兩般悲。

用不覺字又格

尤〔一〕　秋夜對月　陳羽

霜落寒空月上樓，月中歌吹滿揚州。相看醉舞倡樓月，不覺隋家陵樹秋。

東　聞笛　李劉

何處桓伊酒力雄〔二〕，分明嚼徵更含宮。倚樓三弄西風急，不覺梅花大半空。

〔一〕尤：底本訛作「秋」。按韻部無「秋」，且詩中「樓、州、秋」皆屬「十一尤」韻，據改。

〔二〕雄：底本訛作「微」，據《宋詩紀事》卷六十一改。

廑　山齋戲書　　歐陽修

蜜脾未滿蜂採花，麥壠已深鳩唤雨〔一〕。正是山齋睡足時，不覺花間日亭午。

蕭　晦日呈諸判官　　韓滉

晦日新晴春自嬌，萬家攀折渡長橋。年年老向江城寺，不覺東風换柳條。

東　曲肱詩　　葛長庚

昔在青華第一宫，衹緣醉後怒騎龍。傾翻半滴金瓶水，不覺人間雨發洪。

尤　秦淮　　楊備

一氣東南玉斗牛，祖龍潛爲子孫憂。金陵地脈何曾斷，不覺真人已姓劉。

〔一〕唤：底本訛作「呼」，據《文忠集》卷九改。

用不辭字格

魚　送謝十二判官　皇甫冉

四牡驅馳千里餘，越山稠叠海林疎。不辭終日離家遠，應爲劉公一紙書。

真　三月晦日會李員外　令狐楚

三月唯殘一日春，玉山傾倒白鷗馴。不辭便學山人醉，交下無人作主人。

月　遊三遊洞　蘇軾

凍雨霏霏半成雪，遊人屨冷蒼崖滑。不辭携被嵓底眠，洞口雲深夜無月。

用不辭字又格

寒　長灘夢李紳　元稹

孤吟獨寢意千般，合眼逢君一夜歡。慚媿夢魂無遠近，不辭風雨到長灘。

先　與鄭時敏登樓把酒　王十朋

登樓能賦悲王粲，沽酒忘形有鄭虔。千里相從文字飲，不辭費盡杖頭錢。

寒　梅花　韓駒

江南歲晚雪漫漫，磵谷梅花巧耐寒。幸有幽香當供給，不辭三載滯長安。

用不知字格

虞　燕子　秦韜玉

不知大厦許栖無，頻已銜泥到座隅。曾與佳人並頭語，幾回拋却繡功夫。

灰　友人婚楊氏催妝　賈島

不知今夕是何夕，催促陽臺近鏡臺。誰道芙蓉水中種，青銅鏡裏一枝開。

虞　曉霧　　　　　　　　　　楊萬里

不知香霧濕人鬚，日照鬚端細有珠。政是春山眉樣翠，被渠淡粉作糊塗。

用不知字又格

虞　戲贈蘇九翛〔一〕于蒍于，歌名　　　　權德輿

白首書窗成巨儒，不知簪組遍屠沽。勸君莫問長安路，且讀魯山于蒍于。

遇　路旁墓　　　　　　　　　耿湋

石馬雙雙當古樹，不知何代公侯墓。墓前靡靡春草深，唯有行人看碑路。

微　柳枝辭　　　　　　　　　徐鉉

柳岸煙曚醉裹歸，不知深處有芳菲。重來已見花飄盡，唯有黄鸝囀樹飛。

〔一〕翛：底本訛作「修」，據《全唐詩》卷三百二十二改。

灰　題周恭帝陵　李淑

弄栭牽車晚鼓催，不知門外倒戈迴。黄墳斷隴纔三尺，猶認房陵半仗來。

鹽　辛亥望祭齋宮因遊甘園　朱繼芳

老眼看花興未厭，不知頭上雨簾纖。流鶯浪語東風恨，誰拗花枝插帽簷。

微　夢中作　楊備

月俸蚨錢數甚微，不知從官幾時歸。東吳一片煙波在，欲問何人買釣磯。

用不識字格

虞　寄杜子　杜牧

不識長楊事北胡，且教紅袖醉來扶。狂風烈焰雖千尺，豁得平生俊氣無。

支　毛遂　周曇

不識囊中穎脱錐，功名方信有英奇。平原門下三千客，得力何曾是素知。

尤　小舟遊近村捨舟步歸　陸游

不識如何唤作愁，東阡南陌且閒遊。兒童無道先生醉，折得黄花插滿頭。

真　次韻答石室元晦　僧大訢

不識往來相熟未，青衣迎棹慣看人。糗餐分餉家家似，薯蕷炊香頓頓新。

用不識字又格

虞　宫詞　王建

宫人拍手笑相呼，不識庭前掃地夫。乞與金錢争借問，外頭還似此間無。

元　宮中　羅鄴

雖然自小屬梨園，不識先皇玉殿門。還是當時歌舞曲，今來何處最承恩。

侵　湖州歌　汪元量

宮人清夜按瑶琴，不識明妃出塞心。十人拍中無限恨，轉絃又奏廣陵音。

用不識字又格

先　省試日上崔侍郎　劉得仁

方寸終朝似火燃，爲求白日上青天。自嗟辜負平生眼，不識春光二十年。

支　秘省金魚池　王琮〔一〕

落葉闌干小立時，諸公慨想到腰圍。但知宮餅堪爲餌，不識人間有釣磯。

〔一〕琮：底本訛作「宗」，據《宋百家詩存》卷十五改。

真　呂洞賓賣墨圖　　鄭思肖

鍊就玄玄一塊金，朝磨暮寫愈精神。先生此墨初無價，不識誰爲買墨人。

用不識字又格

陽　論詩　　戴復古

文章隨世作低昂，變盡風騷到晚唐。舉世吟哦惟李杜，時人不識有陳黃。

微　雜題　　陸游

羊裘老人只念歸，安用星辰動紫微。洛陽城裏市兒眼，情知不識釣魚磯。

尤　和子賢途中　　歐陽徹

暫停雙槳傍蘋洲，磯上漁翁雪滿頭。釣破煙波深得趣，坐來不識世間愁。

用不奈字格

蕭　解嘲　陸暢

粉面仙郎避聖朝，偶逢秦女學吹簫。須教翡翠聞王母，不奈烏鳶噪鵲橋。

陽　七夕　劉筠

華寢星陳夜未央，橫河奕奕度神光。一年暫得停機杼，不奈秋蟲促織忙。

用不得字格

東　楸樹　韓愈

青幢紫蓋立童童，細雨浮煙作彩籠。不得畫師來貌取，定知難見一生中。

陽　觀魚　陸希聲

惠施徒自學多方，漫說觀魚理未長。不得莊生濠上旨，江湖何似見相忘。

尤　謫連州書春牛榜子　盧肇

陽和未解逐民憂，雪滿群山對白頭。不得職由飢欲死，兒儂何事打春牛。

用不得字又格

冬　二妃廟　崔塗

萬里同心別重九，定知涉歷此相逢。誰人翻向群峰路，不得蒼梧狗玉容。

庚　理笙　卓英英

頻倚銀屏理鳳笙，調中幽意起春情。因思往事成惆悵，不得緱山和一聲。

尤　獅子峰　僧重顯

踞地盤空勢未休，爪牙安肯混常流。天教生在千峰上，不得雲擎也出頭。

新唐宋聯珠詩格卷十

用不聞字格

歌　蝴蝶　徐寅

栩栩無因繫得他，夜園荒徑一何多。不聞絲竹誰教舞，應仗流鶯爲唱歌。

東〔一〕　直讀　楊備

晝役人功夜鬼功，陽開陰闔幾時終。不聞擲土江中語〔二〕，争得盈流一水通〔三〕。

〔一〕東：底本訛作「尤」。按詩押「功、終、通」，屬「一冬」韻，據改。
〔二〕土：底本訛作「上」，據《兩宋名賢小集》卷三百六十一改。
〔三〕通：底本訛作「流」，據《兩宋名賢小集》卷三百六十一改。

用不聞字又格

真　米囊花　郭震

開花空道勝於草，結實何曾濟得民。卻笑野田禾與黍，不聞絃管過青春。

元　送孫直遊郴州　戴叔倫

孤舟上水過湘沅，桂嶺南枝花正繁。行客自知心有托，不聞驚浪與啼猿。

尤　端州江亭得家書　李紳

長安別日春風早，嶺外今來白露秋。莫道淮南悲木葉，不聞搖落更堪愁。

用不見字格

麻　重陽日酬李觀　皇甫冉

不見白衣來送酒，但令黄菊自開花。愁看日晚良辰過，步步行尋陶令家。

陽　道中聞九里香　王以寧

不見江梅三百日，聲斷紫簫愁夢長。何許綠帬紅帔客，御風來獻返魂香。

元　二蘇賢良硯　趙鼎臣

不見東坡老弟昆〔一〕，年年曲阜履猶存。計功何必悲周鼎，會使詞林百怪奔〔二〕。

用不見字又格

真　小遊仙詩　曹唐

叔卿遍覽九天春，不見人間故舊人。怪得蓬萊山下水，半成沙土半成塵。

〔一〕昆：底本訛作「兄」，據《宋詩紀事》卷三十二改。

〔二〕林：底本訛作「才」，據《宋詩紀事》卷三十二改。

先　題浄空院　周紫芝

誰穿巨石貯清泉，不見超公舊講筵。龍伴白雲歸寶藏，魚隨流水下春田。

陽　三月廿五日飲方校書園　劉克莊

空留蘚石仆斜陽，不見奇章與贊皇。何必雍門彈一曲，蟬聲極意説凄凉。

用不見字又格

支　贈遠　王涯

當年只自守空帷，夢裏闗山覺别離。不見鄉書傳雁足，惟看新月吐蛾眉。

魚　問張山人疾　李端

先生沈病意如何，蓬艾門前客轉疎。不見領徒過絳帳，惟聞與婢削丹書。

微　鳴鳩　謝薖

雲陰解盡郤殘暉，屋上鳴鳩喚婦歸。不見池塘煙雨裏，鴛鴦相並濕紅衣。

用不見字又格

支　河橋春別　司馬光

河橋春盡送君歸，又惜無歡度此時〔一〕。亂花滿眼遮人望，不見行塵空酒旗。

尤　次韻羅郢州送別　項安世

江上相留不肯留，渡江沿岸郤回頭。漢江東去人西去，不見高城始是愁。

青　玉京洞　余爽

羽駕歸來户已扃，洞門深鎖讀殘經。瓊台一覺仙都夢，不見松根長茯苓。

〔一〕歡：底本訛作「觀」，據《傳家集》卷六改。

魚　和呂居仁　汪革

晏坐覺堂一事無[一]，居官蕭散似相如。偶違濁酒風前約，不見繁英雨後疎。

庚　題定山寺　張孝祥

蹇驢夜入定山寺，古屋貯月松風清。正聞桂塔一鈴語，不見撞鐘千指迎。

真　響屧廊　楊備

步步香翻羅襪塵，粉紅花艷滿宮春。傾城一笑無遺跡，不見長廊響屧人。

用不及字格

真　經桃花夫人廟　施肩吾

誰能枉駕入荒榛，隨例形相土木身。不及連山種桃樹，花開獨得識夫人。

〔一〕堂：底本訛作「舍」，據《紫薇詩話》改。

佳　武城致齋奉酬吴翀卿寺丞大學宿直而見寄　司馬光

廣文更直大常齋，咫尺無從盡素懷。不及清風得隨意，夜深容易過天街。

歌　長橋玩月　陳遠

世間八月十五日，何處樓臺得月多。不及吴江橋上望，水晶宫殿揖嫦娥。

支　五月聞鶯　范成大

桑陰淨盡麥頭齊，江上聞鶯每歲遲。不及曉風鴨鳰子，迎春啼到送春時。

用不及字又格

庚　水芙蓉　黄滔

郤假青腰女剪成，緑羅囊綻彩霞呈。誰憐不及黄花菊，只遇陶潛便得名。

先 秋宫詞　許棐

碧玉涼梳落枕邊〔一〕，懶梳雙鬢學新蟬。恩情不及中秋月，處處分身處處圓〔二〕。

蕭 絶句　蘇軾

日色映山才到地，雪花鋪草不曾消。晴寒不及陰寒重，攬篋猶存未著貂。

尤 送永倅周茂叔還濂溪　任大中

君去何人最淚流，老翁身獨宿南州。隨君不及秋來雁，直到瀟湘水盡頭。

支 會飲李氏園池　文彦博

洛浦林塘春暮時，暫同遊賞莫相違。風光不及人傳語，一任花前盡醉歸。

〔一〕梳：底本訛作「流」，據《梅屋集》卷一改。

〔二〕「恩情」二句：《梅屋集》及他本均作「恩情不及班姬扇，縱是炎天亦棄捐」。

真　寄羅浮别業　高駢

不將直性染埃塵，爲有煙霞伴此身。帶月長江好歸去，博羅山下碧桃春。

真　言懷　張蠙〔一〕

不將高蓋竟煙塵，自向蓬茅認此身。高祖本來成大業，豈非姚宋是平人。

東　水墨海棠　真山民

不將翠袖卷紗紅，怪得陳玄奪化工。想是太真春睡去，夢魂正在黑甜中。

用不將字又格

真　紅槿花　戎昱

花是深紅葉麴塵，不將桃李共争春。今日驚秋自憐客，折來持贈少年人。

〔一〕蠙：底本訛作「演」，據《全唐詩》卷七百二改。

陽　子瞻席上令歌舞者求余詩賦此以贈　　僧道潛

底事東山窈窕娘，不將幽夢囑襄王。禪心已作沾泥絮，肯逐春風上下狂。

侵　過楊二渡　　楊萬里

春迹無痕可得尋，不將詩眼看春心。鶯邊楊柳鷗邊草，一日青來一日深。

用不將字又格

真　乞新茶　　姚合

嫩緑微黄碧澗春，採時聞道斷葷辛。不將錢買將詩乞，借問山翁有幾人。

東　周泰　　孫元晏

名與諸公又不同，金瘡痕在滿身中。不將御蓋宣恩露，誰信將軍別有功。

侵　周都妻　周曇

緑水雙鴛一已沈，皇天更欲配何禽。不將血淚隨霜刃，誰見朱殷未死心。

用不將字又格

庚　龍門下作　白居易

龍門澗下濯塵纓，擬作閒人送此生。筋力不將諸處用，登山臨水咏詩行。

庚　公宇廬　歐陽詹

漁家合得兩三莖，公退徐吟思倍清。官滿不將歸舊隱，蕭蕭留與後人听。

真　早發上東門　薛據

十五能行西入秦，三十無家作路人。時命不將明主荅，素衣空染洛陽塵。

用不將字又格

東　答振武李逢吉判官　楊巨源

近來時輩都無與，把酒皆言肺病同。惟有單于李評事，不將華髮負春風。

侵　題貢院　魏扶

梧桐葉落滿庭陰，鎖閉朱門試院深。曾是昔年辛苦地，不將今日負初心。

虞　陳季常所蓄朱陳村嫁娶圖　蘇軾

何年顧陸丹青手，畫作朱陳嫁娶圖。聞道一村唯兩姓，不將門户買崔盧。

麻　李茂嘉寄茶　孫覿

蠻珍分到謫仙家，斷碑殘璋裹絳紗。擬把金釵候湯眼，不將白玉伴脂麻。

東　阿虞試睟戲作　樓鑰

阿虞匍匐睟盤中，事事都拏要學翁。最是傳家清白處，不將纖手向頑銅。

删　題廣德州三峰樓　李光

一川花柳擁雕闌，濃緑浮空四面山。便欲携家來此住，不將名姓落人間。

用不堪字格

先　秋雨寄元九　白居易

不堪紅葉青苔地，又是涼風暮雨天。莫怪獨吟秋思苦，比君較近二毛年。

庚　宿棣華館聞雁　雍裕之

不堪旅宿棣華館，况有離群鴻雁聲。一點秋燈殘影下，誰知寒夢幾回驚。

支　曉起　　楊萬里

不堪久居只思歸，曉起巡簷强撚髭。偶聽梅梢啼一鳥，舉頭立看獨多時。

用不堪字又格

先　破鏡詞　　許棐

寶鏡一從分破後，不堪磨拭照妝鈿。倩誰携上晴雲際，補得今宵缺月圓。

歌　和蒨桃　　寇準

將相功名終若何，不堪急景似奔梭。人間萬事何須問，且向樽前聽艷歌。

删　遊慧聚寺　　胡嶧

正欲相携紫翠間，不堪風雨徑催還。何時更上月華閣，細認仙山是假山。

元　次韻草堂主人雨中　周紫芝

避地偷生只閉門，不堪搔首對醨尊。行歌野哭江頭路，雨葉風花總斷魂。

真　光澤朱君賡挽歌　林亦之

諸老蕭蕭似卷塵，不堪再見素旌新。白頭縣令笭箵浦，夜雨寒窗是舊人。

微　秋社寄山中故人　謝翶

燕子來時人送客，不堪離別淚沾衣。如今爲客秋風裏，更向人家送燕歸。

用不堪字又格

庚　幽齋　僧齊己

幽院纔入箇小庭，疏篁低短不堪情。春來猶賴鄰僧樹，時引流鶯送好聲。

庚農桑　朱繼芳

裹飯驅兒候暖耕，塍泥滑滑不堪行。如何説得農家苦，雨笠風蓑過一生。

屋　陸羽井司　馬允中

百尺寒泉浸崖腹，蘚蝕題名不堪讀。只今此味屬誰論，自把銅瓶汲新緑。

用不勝字格

尤　龍女祠後塘自生荷花數枝與史誠之更相酬和　司馬光

平湖漠漠芰荷稠，水國芳春不勝秋。空有棹歌人不見，晚風一曲去悠悠。

魚　探春　吕本中

摇曳風頭欲振枯，柳梢垂髮不勝梳。從來輕薄纔先發，誰記秋霜墜葉初。

蕭　答龍女　何光遠

澹澹春光物象饒，一枝瓊艷不勝嬌。若能許解相思佩，何羨星天渡鵲橋。

用不勝字格

尤　惆悵詩　顧甄遠

緑槐影裏傍春樓，陌上行人空舉頭。煙水露光無處所，摇鞭凝睇不勝愁。

尤　宴詞　王之渙

長堤春水緑悠悠，畎入漳河一道流。莫聽聲聲催去棹，桃溪淺處不勝舟。

庚　别茶嬌　劉攽

畫堂銀燭徹宵明，白玉佳人唱渭城。唱盡一杯須起舞，關河明月不勝情。

用不勝字又格

尤 復偶見 韓偓

半身映竹輕聞語，一手揭簾微轉頭。此意别人應未覺，不勝情緒兩風流。

灰 歸雁 錢起

瀟湘何事等閒回，水碧沙明兩岸苔。二十五弦絃彈夜月，不勝清怨卻飛來。

尤 庚申 車若水

襄陽耆舊總堪羞，只有龐公已入州。自向芭蕉眠夜雨，不勝更鼓在床頭〔一〕。

〔一〕勝：《宋詩紀事》卷七十二作「堪」。

用不禁字格

灰　西城　韓維

暖風和日著人來，細柳高榆抱徑回。我爲傷春足悲恨，不禁驅馬上秋臺。

删　以無子被出　真氏

當時心事已相關，雨散雲收一餉間。便是孤帆從此去，不禁重過望夫山〔一〕。

元　乙巳暮春初六日晚對對新月　汪莘

春來風雨耿黄昏，初見青青月一痕。憶自消魂南浦後，不禁描出向前村。

〔一〕禁：《詩人玉屑》卷二十作「堪」。

用不禁字又格

寒　舟中風雪　蘇轍

濁醪粗飯不成歡，白浪飛花雪作團。窗外時來一雙鴨，浮沈笑我不禁寒。

尤　黄葵　范鎮

開時閒淡斂時愁，蘭菊應容預勝流。剩欲持杯相領略，一庭風露不禁秋。

支　楊柳　高士談

魏王堤暗雨垂垂，還似春殘欲别時。傳語西風且停待，黛深黄淺不禁吹。

用不耐字格

寒　折楊柳　段成式

嫩葉初齊不耐寒，風和時拂玉闌干。君王去日曾攀折，泣雨傷春翠黛殘。

真　春詠　雍陶

風惱花枝不耐頻，等閒飛落易愁人。殷勤最是章臺柳，一樹千條管帶春。

用不耐字又格

陽　戲答王子予送凌風菊　黄庭堅

王郎頗病金瓢酒，不耐寒花晚更芳。瘦盡腰圍怯風景，故來歸我一枝香。

東　苔梅　張泋聲

老龍全身著艾納，不耐久蟄潛拏空。爪頭撥動陽春信，香在霜痕雪點中。

用不耐字又格

寒　海棠花　李白

細雨霏霏弄曉寒，海棠無力倚闌干。想應昨夜東風急，零落殘紅不耐看。

尤 尋隱者不遇　　竇鞏

籬外涓涓澗水流，槿花半照半陽收。欲題名字知相訪，又恐芭蕉不耐秋。

用不忍字格

真 爲人題　　鄭谷

淚濕孤鸞曉鏡昏，近來方解惜芳春。杏花楊柳年年好，不忍回頭舊寫真。

蕭 楊柳詞　　韓琮

折柳花中得翠條，遠移金殿種青霄。上陽宫女吞聲送，不忍先歸舞細腰。

虞 洗兒　　朱松

舉子三朝壽一壺，百年歌好笑掀鬚。厭兵已識天公意，不忍回頭更指渠。

用不忍字又格

灰　對竹　李中

懶穿幽徑銜鳴鳥，忍踏清陰損翠苔。不似閉門欹枕聽，秋聲如雨入軒來。

虞　春雨　許棐

老來慵把種花鉏，片紫纖紅一任無。不忍今春孤負雨，自收簷水浸菖蒲。

真　宣政末作　馬定國

蘇黄不作文章伯，童蔡翻爲社稷臣。不忍年來無定論〔一〕，到頭姦黨是何人。

新唐宋聯珠詩格上終

〔一〕不忍：《宋元詩會》卷六十二及他本均作「三十」。

新唐宋聯珠詩格卷下　下册

用一孤字格

庚　新息道中　劉長卿

蕭條獨向汝南行，客路多逢漢將營。古木蒼蒼離亂後，幾家同住一孤城。

陽　新定　杜牧

無端偶效張文紀，下杜鄉園別五秋〔一〕。重過江南更千里，萬山深處一孤舟。

蒸　冬寺　司馬耕

寒山無碧對崚嶒，厨絶炊煙不可憑。知道年來荒廢久，只存趺坐一孤僧。

〔一〕杜：底本訛作「社」，《萬首唐人絶句》卷二十五改。

用一陣字格

麻　梅　陳與義

愛欹纖影上窗紗，無限輕香夜繞家。一陣東風濕殘雪，强將嬌淚學梨花。

尤　古斷腸曲　周端臣

玉纖無力怯梳頭，鏡裏容顏見自羞。一陣落紅簾外雨，十分春是十分愁。

灰　夏日雜興　僧善住

中庭日午橘花開，蜂蝶何知故故來。一陣南熏生殿閣，亂飄香雪點蒼苔。

用一葉字格

庚〔一〕　仲欽寄民爲重齋詩和答　張孝祥

玉節南來兩使星，埋輪折檻有家聲。不嫌齋榜民爲重，去國當時一葉輕。

微　發湖州　羅公升

彭蠡太湖三十驛，澄江如練憶元暉。他年雲海相逢處，還取苕溪一葉飛。

西湖閒居　汪莘〔二〕

醉把青荷當篛笠，亂披紅芰作蓑衣。漁翁家在蓬瀛上，欲駕蓮舟一葉歸。

〔一〕庚：底本訛作「康」。按詩押「聲、輕」，屬「八庚」韻，據改。

〔二〕莘：底本訛作「宰」，據《兩宋名賢小集》卷一百九十二改。

用一叶葉字又格

支 漁者　郭震

江柳弄風顰翠黛，山花著雨濕臙脂。却收短棹拈長笛，一葉舟中仰面吹。

青 秋題　薛能

獨坐東南見曉星，白雲微透泬寥青。磷磷甃石堪僧坐，一葉梧桐落半庭。

庚 秋行　徐璣

戛戛秋蟬響似箏，聽音閒傍柳邊行。小溪清水平於鏡，一葉飛來細浪生。

麻 初抵富沙　華岳

鞭鐙兩三千里路，樓臺數十萬人家。長虹不吸秋江水〔一〕，一葉扁舟飛雪花。

〔一〕虹：底本訛作「江」，據《翠微南征録》卷九改。

用一葉字又格

庚　遊常州僧舍　　蘇軾

知君此去便歸耕，笑指孤舟一葉輕。待向三茅乞靈雨，半篙流水送君行。

尤　湖上逢漁者　　陳泊

雨蓑煙笠洞庭秋，獨繭綸輕一葉舟。擬共停橈醉天幕，緩歌濯足不回頭。

用一簇字格

尤　柳　　羅隱

一簇青煙鎖玉樓，半垂闌畔半垂溝。明年更有新條在，繚亂春風卒未休。

尤　漁村夕照　　楊公遠

一簇漁家古渡頭，生涯只在幾扁舟。歸來曬網斜陽外，欸乃數聲煙樹秋。

先　舟過雪川〔一〕　李曾伯

一簇樓臺銷翠煙，雨疎溪闊晚秋天。西風吹老芙蓉院，兩兩鷗鳧傍水眠。

用一溪字格

魚　延平道中　朱槔

一溪春漲午晴初，日透波光緑浸裾。却憶孤山山下路，石橋清澈看叉魚。

麻　道間　施樞

一溪新碧漲晴沙，傍岸疎籬八九家。桑葉又抽麻正長，緑陰深處響繅車。

麻　山家　僧斯植

一溪流水繞煙霞，路入青松第幾家。蝴蝶傍人飛不去，隔墻開盡碧桃花。

〔一〕雪：底本訛作「雪」，據《可齋雜藁》卷二十七改。

用一溪字又格

庚 宿石門山居 雍陶

窗燈欲滅夜愁生，螢火飛來促織鳴。宿客幾回眠又起，一溪秋水枕邊聲。

尤 商山道中 趙嘏

和如春色净如秋，五月商山是勝遊。當晝火雲生不得，一溪縈作萬重愁。

東 過溪 叶茵

筍輿軋軋亂山中，籬落桃花潑眼紅。小駐渡頭呼艇子，一溪淺緑漾清風。

用一川字格

麻 寄劉駕 曹鄴

一川草色青裊裊，繞屋水聲如在家。悵望美人不携手，墻東先發數枝花。

尤　高郵逢人約襄陽之遊　曾巩

一川風月高郵夜，玉麈清談畫鷁遊。未把迂疎笑山簡，更須同上習池舟。

陽　泛舟越來溪　范成大

一川新漲慰秋光，挂起篷窻受晚凉。楊柳無窮蟬不斷，好風將夢過横塘。

麻　和賀子忱　曹勛

一川清露泣黄花，拜掃人歸石路斜。我亦天涯淪落客，邱園回首亂雲遮。

歌　曹娥江　潘牥〔一〕

一川紅日漲清波，黄絹碑漫閉碧蘿。不止但争三十里〔二〕，曹瞞元不識曹娥。

〔一〕牥：底本訛作「枋」，據《宋詩紀事》卷六十五改。
〔二〕止：底本訛作「正」，據《宋詩紀事》卷六十五改。

元　江上雨懷　　僧道惠

一川濁浪墨池昏，六合飛雲鐵騎奔。篷内淒風篷外雨，不知愁斷幾人魂。

用一川字又格

庚　樊川寒食　　盧延讓

寒食權豪盡出行，一川如畫雨初晴。誰家金絡遊春盛，擔入花間軋軋聲。

灰　定山寺　　薛逢

十里松蘿映碧苔，一川晴色鏡中開。遥聞上界翻經處，片片香雲出院來。

文　漁郎　　劉克莊

溪上漁郎占斷春，一川碧浪映紅雲。問渠定是神仙否，艕去如飛語不聞。

用一川字又格

庚　近岸　楊萬里

十日都無一日晴，牽船客子總斜行。一川黄犢朝朝飽，岸草何曾減寸青。

先　溪橋晚望　鄭協

寂寞亭基野渡邊，春流平岸草芊芊。一川晚照人閒立，滿袖楊花聽杜鵑。

灰　湖州歌　汪元量

邵伯津頭閘未開，山城鼓角不勝哀。一川霞錦供行客，且掬荷香進酒杯。

用一川字又格

蕭　和許寺丞泊釣龍臺　蔡襄

釣龍臺下艤行橈，獵獵船旗待晚潮。萬里征人應悵望，一川風色正蕭條。

東　贈覺成上人　　僧惠洪

雲泉措置萬里外，鬢髮凋零伸欠中。想見龍城山下路，一川秋色稻花風。

尤　登峴首阻風　　楊時

庭前古木已經秋，天外行雲瞑不收。倚杖却尋山下路，一川風雨濕征輈。

灰　偶題　　朱熹

劈開蒼峽吼奔雷，萬斛飛泉湧出來。斷梗枯查無泊處，一川寒碧自縈回。

陽　秋日郊居　　陸游

行歌曳杖到新塘，銀闕瑶臺無此涼。萬里秋風菰菜老，一川明月稻花香。

删　題史子仁碧池　　吕祖儉

相家小有四明山，更葺桃源渺莽間。四面樓臺相映處，一川煙水自灣環。

用一川字又格

麻 秋曉出郊　楊萬里

初日新寒政曉霞，殘山勝水稍人家。霜紅半臉金罌子，雪白一川蕎麥花。

麻 過飛泉　曾彦約

曉入飛泉帶月華，山如相識路如家。山禽啼罷霜風下，開遍一川枳殼花。

用一路字格

庚 春行武關作　雍陶

風香春暖展歸程，全勝遊仙入洞情。一路緑溪花覆水，不妨閒看不妨行。

陽　秋日村落　　樂雷發

兒童籬落帶斜陽[一]，豆莢薑芽社肉香。一路稻花誰是主，紅蜻蜓伴緑螳螂。

删　自庫入鎮十二里皆山徑邢侯以馬相招道間口占問梅　　朱南杰[二]

蹇驢突兀萬山間，欲雨還晴雪又慳。一路梅花尋不見，多應開向小溪彎。

用一路字又格

東　送齊山人　　韓翃

舊事仙人白兔公，掉頭歸去又乘風。柴門流水依然在，一路寒山萬木中。

〔一〕斜：底本訛作「夕」，據《雪磯叢稿》卷四改。

〔二〕朱南杰：底本脱，據《兩宋名賢小集》卷三百二十改。

陽　宿南嶺驛　楊萬里

蕨手猶拳已箸長，菊苗初甲可羹嘗。山村富貴無人享，一路春風野菜香。

庚　山村　戴復古

萬竹梢頭雲氣生，西風吹雨又吹晴。題詩未了下山去，一路吟聲雜水聲。

用一行字格

真　楊柳枝　孫魴

靈和風暖太昌春〔一〕，舞線揺絲向昔人。何似曉來江雨後，一行如畫隔遥津。

尤　秋懷　雍陶

古槐煙薄晚鴉愁，獨向黄昏立御溝。南國望中生遠思，一行新雁去汀洲。

〔一〕靈：底本訛作「雲」，據《全唐詩》卷二十八改。

緝　幽州　　　汪元量

漢兒辮髮籠氈笠，日暮黄金臺上立。臂鷹解帶忽放飛，一行塞雁南征泣。

用一隻字格

支　長信宫　　　高蟾

天上鳳皇休寄夢，人間鸚鵡舊堪悲。平生心緒無人識，一隻金梭萬丈絲。

先　花下　　　司空圖

關外風昏欲雨天，薺花耕倒枕河壖。郇南寂寞時回望，一隻鴛鴦下渡船。

庚　荆溪夜泊　　　李九齡

點點漁燈照眼清，水煙疎碧月朧明。小灘驚起鴛鴦處，一隻採蓮船過聲。

用一雙字格

灰　無題　唐彦謙

楚雲湘水會陽臺，錦帳芙蓉向夜開。吹罷玉簫春似海，一雙彩鳳忽飛來。

蕭　春曉　陳允平

曉風獵獵卷芭蕉，簾幕深深燕子巢[一]。十二畫闌多倚遍，一雙蝴蝶上花梢。

支　恭題御畫雙鵲圖　韓駒

君王妙畫出神機，弱羽爭巢並占時。想見春風鳷鵲觀，一雙飛上萬年枝。

[一] 巢：底本訛作「飛」，據《江湖小集》卷十七改。

用惆悵字格

歌　聞梨花發贈劉師命　　韓愈

桃蹊惆悵不能過，紅艷紛紛落地多。聞説郭西千樹雪，欲將君去醉如何。

虞　三月二十八日贈周判官　　白居易

一春惆悵殘三日，醉問周郎憶得無。柳絮送人鶯勸酒，去年今日别東都。

用惆悵字又格

麻　不羨花　　劉商

惆悵朝陽午又斜，剩栽桃李學仙家。花開花落人如舊，誰道容顔不及花。

歌　落第失意作　盧汪[一]

惆悵興亡繫綺羅，世人猶自選青娥。越王解破夫差國[二]，一箇西施已太多。

微　懷故園　顧況

惆悵多山人復稀，杜鵑啼處淚沾衣[三]。故園此去千餘里，春夢猶能夜夜歸。

用惆悵字又格

庚　八月望夜無月有感　宋祁

素波涼暈淡曾城，惆悵三年此夜情[四]。獨捲練帷成默座，暗蟲相命作秋聲。

〔一〕汪：底本訛作「注」，據《萬首唐人絶句》卷五十四改。

〔二〕王：底本訛作「國」，據《萬首唐人絶句》卷五十四改。

〔三〕沾：底本訛作「濕」，據《華陽集》卷中改。

〔四〕惆：《宋詩紀事》卷十一及他本均作「怊」。

齊 燈詞　姜夔

沙河雲合無行處，惆悵來遊路已迷。却入静坊燈火室，門門相似列蛾眉。

冬 上强寺　周文璞

方池流水碧溶溶，惆悵靈蛇不易逢。門外行人常立看，一株唐末半枯松。

用惆悵字又格

寒 杭州開元寺牡丹　張祜〔一〕

濃艷初開小藥欄，人人惆悵出長安。風流却是錢塘寺，不踏紅塵見牡丹。

微 南園　趙嘏

雨過郊園緑尚微〔二〕，落花惆悵滿塵衣。芳樽有酒無人共，日暮看山還獨歸。

〔一〕祜：底本訛作「祐」，據《全唐詩》卷五百十一改。

〔二〕尚：底本訛作「猶」，據《萬首唐人絶句》卷三十七改。

尤　送沈亞之赴郢掾　徐凝

千萬乘驄沈司户〔一〕，不須惆悵郢中遊。幾年白雪無人唱，今日唯君上雪樓。

用惆悵字又格

支　湘妃廟　李涉

斑竹林邊有古祠，鳥啼花發盡堪悲。當時惆悵同今日，南北行人可得知。

庚　題明霞臺　顧況

野人元自不求名，欲向山中過一生。莫嫌惆悵無知己〔二〕，别有煙霞似弟兄。

〔一〕乘驄：底本訛作「驄馬」，據《萬首唐人絶句》卷三十七改。

〔二〕惆悵：《萬首唐人絶句》卷二十九及他本均作「憔悴」。

齊 悼周后 李煜南唐後主

又見桐花發舊枝，一樓煙雨暮淒淒。凭闌惆悵人誰會，不覺潸然淚眼低〔一〕。

微 結客少年場行 沈彬

重義輕生一劍知，白虹貫日報讎歸。片心惆悵清平世，酒市無人問布衣。

遇 白雲菴 黄庶

白雲無種滿地生，有時出山爲雨露。老僧惆悵望雲歸，盡日庵前自來去。

用惆悵字又格

寒 登樂遊原 張祜〔二〕

幾年詩酒滯江干，水積雲重思萬端。今日南方惆悵盡，樂遊原上見長安。

〔一〕潸：底本訛作「潜」，據《全唐詩》卷八改。
〔二〕祜：底本訛作「祐」，據《全唐詩》卷五百十一改。

支　中春憶贈　韓偓

年年長是阻佳期，萬種恩情只自知。春色轉添惆悵事，似君花發兩三枝。

先　牛僧孺　韋絢

香風引到大羅天，月地雲階拜洞仙〔一〕。共道人間惆悵意，不知今夕是何年。

庚　春日雜興　唐庚

茸茸小雨弄春晴，已有狂花未見鶯。便使一年惆悵在，曉窗寒夢別輕盈。

用惆悵字又格

灰　惜花　郭震

艷拂衣襟蕊拂杯，繞枝閑共蝶徘徊。春風滿目還惆悵，半欲離披半未開。

〔一〕地：底本訛作「池」，據《萬首唐人絶句》卷六十六改。

灰　秋日懷儲嗣宗　　司馬禮

故人北遊久不回，霜雁南渡聲何哀。相思聞處堪惆悵，以後逢春更莫來。

先　寄潘緯　　僧清塞

楊柳垂絲與地連，歸來一醉向溪邊。相逢頭白莫惆悵，世上無人長少年。

微　城南　　曾鞏

水滿横塘雨過時，一番紅影雜花飛。送春無限情惆悵，身在天涯未得歸。

麻　陳叔易被召出山　　晁說之

處士何人爲作牙，盡携猿鶴到京華。故山巖壑應惆悵，六六峰前只一家。

真　送春寄呈祖袁州　　李覯

去年春盡在宜春，醉送東風淚滿巾。今日春歸倍惆悵，相逢不是去年人。

文　雨後登坐嘯亭　劉敞

風捲高花舞成雪，雨滋芳草緑侵雲〔一〕。層軒獨立時惆悵，淮北春光過五分。

尤　自秦入蜀道中　尹焞

南枝北枝春事休，啼鶯乳燕也含愁。朝來回首頻惆悵，身過秦川最盡頭。

用惆悵字又格

灰　楊柳枝　陳子昂

萬里長江一帶開，岸邊楊柳幾千栽。錦帆未落干戈起，惆悵龍舟去不回。

真　湘中謡　崔塗

蒼山遥遥江潾潾，路傍老盡無閒人〔二〕。王孫不見草空緑，惆悵渡頭秋復春。

〔一〕滋：底本作「濕」，據《公是集》卷二十九改。
〔二〕閒：底本訛作「用」，據《樂府詩集》卷九十一改。

微 行營病中　　劉商

心許征南破虜歸，可言羸病卧戎衣。遲遲不見憐弓箭，惆悵秋鴻敢近飛。

東 湘妃　　尤啓中

常説仙家事不同，偶陪花月此宵中。錦屏銀燭皆堪恨，惆悵紗窗向曉風。

支 榴花　　歐陽修

絮亂絲繁不自持，蜂黄蝶紫燕參差。榴花最恨來時晚，惆悵春期獨後期。

庚 方廣寺　　張栻

僧舍孤衾寄此情〔一〕，莊生夢破梵鐘聲。浮漚蹤跡原無定，惆悵西風一夜清〔二〕。

〔一〕情：底本訛作「清」，據《宋詩紀事》卷五十七改。

〔二〕清：底本訛作「情」，據《宋詩紀事》卷五十七改。

庚　夢中作　陸游

大慶橋頭春雨晴，行人馬上聽鶯聲。祥符西祀曾迎駕，惆悵無人説太平。

齊　山居　朱繼芳

宿雨初乾一杖藜，欲呼漁艇訪前溪。碧桃花落無尋處，惆悵人間日又西。

用惆悵字又格

覃　庾信　孫元晏

苦心詞賦向誰談，淪落周朝志豈甘。可惜多才庾開府，一生惆悵憶江南。

真　坐中聞思帝鄉有感　令狐楚

年年不見帝鄉春，白日尋思夜夢頻。上酒忽聞吹此曲，坐中惆悵更何人。

删　題櫻樹　李群玉

春初攜酒此花間，几度臨風倒玉山。今日葉深黄滿樹，再來惆悵不能攀。

先　賈誼　吴仁璧

扶持一疏滿遺編，漢陛前頭正少年。誰道恃才輕絳灌，却將惆悵弔湘川。

陽　鑾駕東回〔一〕　崔道融

兩川花捧御衣香，萬歲山呼輦路長。天子還從馬嵬過，别無惆悵似明皇。

真　春雨絶句　陸游

今年春半不知春，飛雹犇雷嚇殺人。縫得春衫元未著，免教惆悵洛陽塵。

〔一〕鑾駕：底本訛作「答賀」，據《萬首唐人絶句》卷四十七改。

用嘆息字格

嘯　十二日次浮塘驛見張施州小詩次其韻　黄庭堅

嘆息施州成老醜，當年玉雪瑩相照。舊時去天一尺五，今日萬里聽猿叫。

真　襄陽　王元粹

嘆息耆舊不復見，欲問土風誰爲陳。羊公遺碑武侯廟，江邊酒家説向人。

陽　以正賜庫蒲萄醅送何斯舉復次其韻　韓駒

嘆息蘇公無恙日，坡頭自築小山房。五年不識官壺味，只以春江當酒觴。

用嘆息字又格

侵　聽王敬敖彈琴　李山甫

幽蘭緑水耿清音，嘆息先生枉用心。世上幾時曾好古，人前何必獨沾襟。

真 送別　陳介

楊花如雪草如茵，嘆息東風起軟塵。無數青山春雨後，鷓鴣啼送遠行人。

用嘆息字又格

微 途中再詠金陵〔一〕　汪莘〔二〕

石頭城上望斜暉，覽盡金陵寂寞歸。嘆息青天如許大，可無一箇鳳凰飛。

尤 倚樓　陸游

暮雲細細鱗千疊，新月纖纖玉一鈎。嘆息化工真妙手，衝寒來倚水邊樓。

〔一〕再：底本訛作「雨」，據《兩宋名賢小集》卷一百九十二改。

〔二〕莘：底本訛作「宰」，據《兩宋名賢小集》卷一百九十二改。

用嘆息字又格

侵　鯉魚　章孝標

眼似珍珠鱗似金，時時動浪出還沈。河中無上龍門去，嘆息江湖歲月深。

陽　絶句　張耒

黄葉桑林赤土岡，蓬茅小徑度牛羊。似聞流乞之唐汝〔一〕，嘆息何人爲發倉。

東　次韻伯崇登滕王閣感舊　朱熹

金闕銀臺夢想中，樓前拜舞皂囊空。十年殄瘁無窮恨，嘆息今人少古風。

寒　春日絶句　陸游

二十四番花有信，一百七日食猶寒。眼中不是無春色，嘆息衰翁自鮮歡。

〔一〕乞：底本訛作「冗」，據《柯山集》卷二十六改。

用嘆息字叉格

灰　後主　周曇

萬峰如劍載前來，危閣横空信險哉。對此玄休長嘆息，方知劉禪是庸才。

尤　次韻汪仲嘉尚書喜雨　范成大

老身窮苦不須憂，未有毫分慰此州。但得田間無嘆息，何須地上見錢流。

陽　延陵道中　朱南杰

人家密簇近溪旁，舊袂青裙競採桑。相唤相呼相嘆息，繭絲歲歲爲官忙。

虞　曹公　錢惟岳

二袁劉表笑談無，眼底英雄不足圖。赤壁歸來應嘆息，人間更有一周瑜。

用消息字格

文　臨春閣　孫元晏

臨春高閣上侵雲，風起香飄數里聞。自是君王正沈醉，豈知消息報隋軍〔一〕。

删　題李士言秀才別貯帕　穆修

蘭薰麝浥輕綃帕〔二〕，略許携持又索還。題破白雲深有意，要傳消息到巫山。

東　懷天經智老因訪之　陳與義〔三〕

今年二月凍初融，睡起苕溪緑向東。客子光陰詩卷裏，杏花消息雨聲中。

〔一〕隋：底本訛作「隨」，據《萬首唐人絶句》卷六十改。
〔二〕帕：底本訛作「帖」，據《穆參軍集》卷上改。
〔三〕陳與義：底本訛作「沈與求」，據《簡齋集》卷十二改。

用努力字格

尤　韓公堆寄元九　白居易

韓公堆北澗西頭，冷雨涼風拂面秋。努力南行少惆悵，江州猶似勝通州。

齊　放鶴　雍陶

從今一去不須低，見説遼東好去棲。努力莫辭仙客遠，白雲飛處免群鷄。

虞　農桑　朱繼芳

淡黄竹紙説蠲逋，白紙仍科不稼租。努力經營猶恨晚，官司那問有錢無。

用子細字格

虞　醉起　許棐

午醉醺醺到日晡，起呼茶碗灶爋爐。隔窗幾點敲花雨，子細聽時却又無。

尤　獅子峰　李遹

解脱眼光三界静，端公伎倆一時休。雲開正使金毛現，子細看來是石頭。

用子細字又格

支　撫州被推昭雪答陸太祝　戴叔倫

求理由來許便宜，漢朝龔遂不爲疵。如今謗起翻成累，唯有新人子細知。

寒　寄大府兄侍史　沈傳師

積雪山陰馬過難，傳更深夜鐵衣寒。將軍破了單于陣，更把兵書子細看。

庚　深居山中　僧象田

窮勝極幽不記程，隔林隱隱一鷄鳴。誰家門户無關閉，累我風前子細聽。

用邂逅字格

灰 送王貞 劉商

清揚玉潤復多才，邂逅佳期過早梅。槿花亦可浮杯上，莫待東籬黄菊開。

麻 梅花 黄祖潤

林間翠羽啄枯槎，邂逅孤笻次水涯。飛過小溪留數語，殷勤報有隔橋花。

灰 釣臺 范成大

山林城市兩塵埃，邂逅人生有往來。各問此心安處住，釣臺無意厭雲臺。

灰 城東寄王越州 高茂華

五年不出青門道，邂逅尋春此一回。忽憶秦川貴公子，桃花落盡合歸來。

用慚愧字格

冬　題惠照寺　王播

上堂已了各西東〔一〕，慚愧闍黎飯後鐘。三十年來塵撲面，如今始得碧紗籠。

先　贈延福端老　黄公度

我來欲問小乘禪，慚愧塵埃未了緣。忽憶去年秋夜話，共聽風雨不成眠。

鹽　山村　蘇軾

老翁七十自腰鐮，慚愧春山筍蕨甜。豈是聞韶解忘味，邇來三月食無鹽。

先　寄俞秀老清老居士　僧道潛

梅梢青子大於錢，慚愧春光又一年。亭午無人初破夢，杜鵑聲在柳花邊。

〔一〕已：底本作「揖」，據《唐人萬首絶句選》卷四改。

灰　癸巳元日雪晴再用舊韻　范成大

拙疎何計補涓埃，慚愧雙旌去又來。三過溪門今老矣，病無腳力更登臺。

用慚愧字又格

先　寒食獻郡守　伍唐珪

入門堪笑復堪憐，三徑苔荒一釣船。慚愧四鄰教斷火，不知厨裏久無煙。

陽　山光寺　僧曇秀

扁舟乘興到山光，古寺臨流勝氣藏。慚愧南風知我意，吹將草木作天香。

删　得沖祐命　劉子翬

幾年歸夢水雲間，猿鶴重尋已厚顏。慚愧君恩猶竊禄，官銜偏帶武夷山。

用慚愧字又格

麻　再至惠照寺　孫覿

老眼逢春病有花，淋浪醉墨字如鴉。懸知不是唐王播，慚愧高僧護碧紗。

齊　自梅花村回道中書壁　陳淵

刺水秧針出已齊，雨餘膏澤未全犂。道旁牛喘無情問，慚愧林間布穀啼。

虞　病中遣懷　陸游

菘芥煮羹甘勝蜜，稻粱炊飯滑如珠。上方香積寧過此，慚愧天公養病夫。

用慚愧字又格

支　病中　白居易

世間生老病相隨，此事心中久自知。今日行年將七十，猶須慚愧病來遲。

陽　醉題廣州使院　鄭愚

數年百姓受飢荒，太守貪殘似虎狼。今日海隅魚米賤，大須慚愧石留黄。

文　寄陳希夷　張詠

性愚不肯林泉住〔一〕，强要清流擬致君。今日星馳劍南去，回頭慚愧華山雲。

用慇勤字格

庚　題石泉　白居易

慇勤傍石繞泉行，不説何人知我情。漸恐耳聾兼眼暗，聽泉看石不分明。

尤　曲江池上　雍裕之

慇勤春在曲江頭，全藉群仙占勝游。何必三山待鸞鶴，年年此地是瀛洲。

〔一〕林泉住：底本作「住山林」，據《乖崖集》卷五改。

侵　送道者　　司空圖

慇勤不爲學燒金，道侶惟應識此心。雪裏千山訪君易，微微鹿迹入深林。

元　無言亭　　蘇軾

慇勤稽首維摩詰，敢問如何是法門。彈指未終千偈了，向人還道本無言。

用慇勤字又格

庚　和武相公春曉聞鶯　　楊巨源

語恨飛遲天欲明，慇勤似訴有餘情。仁風已及芳菲節，猶向花溪鳴幾聲。

支　汎舟横塘遇雨〔一〕　　蔡肇

平野風煙入夢思，慇勤作畫更題詩。扁舟卧聽横塘雨，恰遇江南歸雁時。

〔一〕横塘：底本訛作「平野」，據《宋元詩會》卷三十改。

微　巢鶴　　儲嗣宗

千歲雲間丁令威，慇勤仙骨莫仙飛〔一〕。若逢茅氏傳消息，貞白先生久不歸。

東　武陵洞　　曹唐

却恐重來路不通，慇勤回首謝春風。白鷄黄犬不將去，且寄桃花深洞中。

虞　寄彭仇　　張氏

驛使今朝過五湖，慇勤爲我報狂夫。從來誇有龍泉劍，試割相思得斷無。

微　挽敖儀仲　　劉翼

晝倚籃輿餞一杯，慇勤别語到簾幃。那知此夜成長往，書屋無人月掩扉。

〔一〕仙：底本作「企」，據《萬首唐人絶句》卷三十六改。

用慇勤字又格

麻　題宇文秀才櫻桃　李涉

風光莫占少年家，白髮慇勤最戀花。今日顛狂任君笑，趁愁得醉眼麻茶。

東　夜看牡丹　温庭筠

高低深淺一欄紅，把火慇勤照露叢。希逸近來成懶病，不能容易向春風。

支　離筵訴酒　鄭谷

感君情重惜分離，送我慇勤酒滿巵。不是不能判酩酊，却憂前路醉醒時。

支　玩花　徐凝

誰家躑躅青林裏，半見慇勤焰焰枝。憶得倡樓人送客，深紅衫子影門時。

尤　聽僧吹蘆管　　薛濤

曉蟬嗚咽暮鶯愁，言語慇勤十指頭。罷閱梵書勞一弄[一]，散隨金磬泥清秋。

灰　送許順之南歸　　朱熹

門前三徑長蒿萊，愧子慇勤千里來。校罷遺書却歸去，此心元自不曾灰。

用慇勤字又格

魚　李龜年所歌　　王維

清風朗月苦相思，蕩子從戎十載餘。征人去日慇勤祝，歸雁來時數附書。

尤　笛　　張喬

剪雨裁雲一節秋，落梅楊柳曲中愁。尊前暫借慇勤見，明月曾聞向隴頭。

〔一〕勞：底本訛作「鶯」，據《薛濤詩集》改。

微　秋夜曲　王涯〔一〕

桂魄初生秋露微，輕羅已薄未更衣。銀筝夜久慇勤弄，心怯空房不忍歸。

用慇勤字又格

支　臨洮送袁書記歸朝　呂温

憶年十五在江湄，聞道平涼且半疑。豈料慇勤洮水上，却將家信寄袁師。

先　聞道士彈思歸引　劉禹錫

仙翁一奏思歸引，逐客初聞自泫然。莫怪慇勤悲此曲，越聲長苦已三年。

元　贈同年生河澤　崔公

四十九年前及第，同年唯有老夫存。今日慇勤語吾子，穩將鬐鬣上龍門。

〔一〕王：底本訛作「土」，據《唐詩品彙》卷五十一改。

用慇勤字又格

侵　李西川薦琴石　柳宗元

遠師騶忌鼓鳴琴，去和南風愜舜心。從此他山千古意，慇勤曾是奉徽音。

支　贈美人琴絃　裴夷直〔一〕

應從玉指到金徽，萬態千情料可知。今夜燈前湘水怨，慇勤封在七條絲。

文　赴西川途經虢縣作　高駢

亞夫重過柳營門，路指岷峨隔暮雲。紅額少年遮道拜，慇勤認得舊將軍。

〔一〕裴：底本作「斐」，據《唐人萬首絶句選》卷七改。

麻　觀張功父南湖海棠杖藜走筆〔一〕　楊萬里

天公信手灑明霞，若遣停勻未必佳。却得數株多葉底，慇勤襯出密邊花。

魚　夜坐　李綱

平生最喜夜看書，人静心閒樂有餘。識盡古今興廢事，慇勤一枕夢華胥〔二〕。

用慇勤字又格

灰　白蓮池泛舟　白居易

白藕新花照水開，紅窗小舫信風迴。誰教一片江南興，逐我慇勤萬里來。

〔一〕父：底本訛作「夫」，據《誠齋集》卷三十改。　筆：底本訛作「事」，據改。

〔二〕慇勤：《石倉歷代詩選》卷一百七十一作「何如」。

冬 蜻蜓 韓偓

碧玉眼睛雲母翅，輕於粉蝶瘦於蜂。坐來併拂波光舞，可是慇勤戀蓼叢。

真 覓芍藥代簡 戴復古

照映亭池芍藥春，紅紅白白鬭精神。與其雨打風吹去，争似慇勤折贈人。

陽 秋日 高翥

庭草銜秋自短長，悲蛩傳響答寒螿。豆花似解通鄰好，引蔓慇勤遠過墻。

齊 玉山道中 楊萬里

邨北邨南水響齊，巷頭巷尾樹陰低。青山自負無塵色，盡日慇勤照碧溪。

用想像字格

陽　初起　李商隱

想像咸池日欲光，五更鐘後更迴腸。三年苦霧巴江水，不爲離人照屋梁。

寒　延平劍津　歐陽詹

想像精靈欲見難，通津一去路漫漫。空餘千歲凌霜色，長與澄潭白日寒。

用想像字又格

灰　題海陵天慶觀樂子長真人碑　蔣之奇

瑶壇三級滿蒼苔，想像真人飲赤杯。颯颯仙風動松檜，只應飈馭暫歸來。

支　詠史　真山民

未央前殿養親時，想像當年俎上危[一]。借問杯羹何等語，如今安用玉卮爲。

東　遊崆峒　趙秉文

斷碑零落任苔封，想像當時問道宫。煙鎖洞天三十六，時人空禮白雲中。

用顛倒字格

灰　喜雨　歐陽徹

北窗支枕夢初回，風送餘香特地來。顛倒衣裳望池上，荷衣無語爲誰開。

東　樊城　李俊民

暫來朱序秦還守，初入曹仁漢復功。顛倒江山今何在，樊侯依舊襲周封。

[一] 像：《真山民集》作「記」。

用顛倒字又格

庚 榴花　韓愈

五月朔晨照眼明，枝間時見子初成。可憐此地無車馬，顛倒青苔落絳英。

支 玩月有感　謝鑰

入夜茶甌苦上眉，眼前推落石牀棋。舉頭却恨天邊月，顛倒山河作樹枝。

用醉倒字格

陽 夏日讌九華池贈主人　陳羽

池上高臺五月涼，百花開盡水芝香。黄金買酒邀詩客，醉倒簷前青玉牀。

支 獨步滄浪亭　蘇舜欽

花枝低欹草生迷，不可騎入步是宜。時時携酒只獨往，醉倒惟有春風知。

用壓倒字格

支 古梅　范成大

孤標元不鬪芳菲，雨瘦風皴老更奇。壓倒嫩條千萬蕊，只消疎影兩三枝。

尤 詠酒　陸游

温如春色冷如秋，一榼樽前各獻酬。壓倒愁魔千百萬，故應用爾作戈矛。

虞 赤壁圖　僧默翁

樹無青色萬梢枯，斷岸千尋水墨圖。壓倒豪雄鼎立志，却將功業付髯蘇。

用壓倒字又格

蒸　鄒松滋寄苦竹泉橙菊蓮子湯　黄庭堅[一]

天將金闕真黄色，借與洞庭霜後橙。松滋解作逡巡麴，壓倒江南好事僧。

支　香林　陳與義

誰見繁香度牖時，碧天殘月映花枝。固應撩我題新句，壓倒韋郎宴寢詩。

先　謝鄭贈酒　曾幾[二]

鳴鞭走送徒紛然，開嘗政足甜中邊[三]。甘辛未省有如許，氣壓爛柯山下泉[四]。

[一] 黄庭堅：底本脱，據《山谷集》卷七補。

[二] 曾幾：底本作「家鉉翁」，據《茶山集》卷八改。

[三] 「開嘗」句：底本作「忽有一壺來眼邊」，據《茶山集》卷八改。

[四] 「氣壓」句：底本作「壓倒三衢不老泉」，據《茶山集》卷八改。

用報答字格

麻　江畔獨步尋花　杜甫

江深竹静兩三家，多事紅花映白花。報答春光知有處，應須美酒送生涯。

庚　獨步小園　曾幾

山衣重叠六銖輕，淡拂槐花染不成。報答春工選何物，鵝兒黄酒十分傾。

真　春宫詞　王珪〔一〕

東宫花燭彩樓新，天上仙橋不鎖春。報答紅鸞錦鳳舞〔二〕，姮娥初到月虚輪。

〔一〕珪：底本訛作「涯」，據《華陽集》卷五改。
〔二〕「報答」句：《華陽集》卷五作「偏出六宫歌舞奏」。

用驚起字格

尤 題水口草市 杜牧

倚溪侵嶺多高樹，誇酒書旗有小樓。驚起鴛鴦豈無恨，一雙飛去却回頭。

陽 潤州聽暮角 李涉

江城吹角水茫茫，曲引邊聲怨思長。驚起暮天沙上雁，海門斜去兩三行。

支 後湖 朱存

雷轟疊鼓火翻旗，三異翩翩試水師。驚起黑龍眠不得，狂風猛雨不多時。

東 宮詞 宋徽宗

刺花彈箆紫檀弓，何處星丸入苑中。驚起流鶯花裏去，紛紛如雨落殘紅。

庚　清明湖上　周端臣

誰家園裏一聲鶯，啼向春風似有情。鶯起少年遊冶興，插花沽酒醉清明。

用鶯起字又格

支　釣魚　李群玉

七尺青竿一丈絲，菰蔣葉裏逐風吹。幾回舉手抛芳餌，鷩起沙灘水鴨兒。

庚　檜徑曉步　楊萬里

雨歇林間涼自生，風穿徑裏曉逾清。意行偶到無人處，驚起山禽我亦驚。

庚　偶成　沈説

讀罷黄庭一卷經，磬殘煙冷夜壇清。月明何處人開户，驚起松梢睡鶴鳴。

用鷩起字又格

東　龍門看花　竇庠

無葉無枝不見空，連天撲地徑纔通。山鶯鷩起酒醒處，火焰燒人雪噴風。

微　鴛鴦　吉師老

江島濛濛煙靄微，緑蕪深處刷毛衣。渡頭鷩起一雙去，飛上文君舊錦機。

灰　無題　唐彦謙

夜合庭前花正開，輕羅小扇爲誰裁。多情鷩起雙蝴蝶，飛入巫山夢裏來。

齊　曉鷄　來鵠

黯黯嚴城罷鼓鼙，數聲相續出寒栖。不嫌鷩起紗窻夢〔一〕，却怯爲妖半夜啼。

〔一〕起：《萬首唐人絶句》卷四十九作「破」。

用驚起字又格

齊　櫻桃　陸龜蒙

佳人芳樹雜春蹊，花外煙濛月漸低。幾度艷歌清欲絶，流鶯驚起不成棲。

尤　長安春雨　高駢

兼風颯颯灑皇州，能滯輕寒與勝遊。半夜五侯池館夢，美人驚起爲花愁。

微　題光孝觀　葛長庚

偶然騎鶴去遊仙，來訪泉山古洞天。一劍當空又飛去，碧潭驚起老龍眠。

用喚起字格

真　夢放翁爲予作貧樂齋扁誠齋許畫齋壁予本無是齋亦不省誠齋之能畫也　方岳

晴窗欲曉鳥聲春，喚起藜床入定身。老去不知三月暮，夢中親見兩詩人。

尤　題自畫蘆雁　　李膺仲

晚來無事理扁舟，喚起騷人漫浪愁。過眼飛鴻三兩字，淡煙寒日荻花秋。

齊　雨後　　馮辰

東風花外錦鳩啼，喚起西山雨一犁。緑滿蔬畦人不到，桔槔閒立夕陽低。

用喚起字又格

庚　清明　　何應龍

踏歌搥鼓過清明，小雨霏霏欲弄晴。喚起十年心上事，春風樓下賣花聲。

寒　春詞　　李綱

朝來急雨作輕寒，只恐梨花落點殘。喚起小童窗外看，玉妃何事淚闌干。

微　春日雜興　　王同祖

清明過了柳花飛，簾外萋萋草正肥。喚起惜春情緒處，空山殘月杜鵑啼。

用喚起字又格

先　徐進齋古銅香爐　　俞文豹

願得身遊海外天，蓬萊頂上覓沈箋。爲君喚起槐安夢，細讀南華内外篇。

庚　遊錦堂後園　　李俊民

妝點園林次第新，野花無數不知名。即時喚起閒中興，慚愧陶家趣未成。

陽　風雨停舟圖　　元好問

老木高風作意狂，青山和雨入微茫。畫圖喚起扁舟夢，一夜江聲撼客床。

用喚起字又格

冬 玉淵　張孝祥

靈源直上與天通，借路來從五老峰。試向闌干敲柱杖，爲君喚起玉淵龍。

先 買魚　陸游

兩京春薺論斤賣，江上鱸魚不直錢。斫膾搗齏香滿屋，雨窗喚起醉中眠。

冬 金鷄洞龍潭　葛長庚

滿天沆瀣發清風，白鶴飛來上翠松。月冷山空吹鐵笛，一聲喚起九淵龍。

用分明字格

元 代宮嬪　柳公權

分明前時承主恩，已甘寂寞在長門。今朝卻得君王顧，再入椒房拭淚痕。

魚　讀漢武內傳　崔塗

分明三鳥下儲胥，一覺鈞天夢不如。争那白頭方士到，茂陵紅樹已蕭疎。

豪　宫詞　王建

分明閒坐賭櫻桃，收却投壺玉腕勞。各把沈香雙六子，局中鬬纍阿誰高。

元　題畫　陳與義

分明樓閣是龍門，亦有溪流曲抱邨。萬里家山無路入，十年心事與誰論。

用分明字又格

尤　秋夜安國觀聞笙　劉禹錫

織女分明銀漢秋，桂枝梧葉共颼颼。月露滿庭人寂寂，霓裳一曲在高樓。

真　東阿王　李商隱

國事分明屬灌均，西陵魂斷斷來人。君王不得爲天子，半爲當時賦洛神。

尤　三月廿五日飲方校書園　劉克莊

早退分明勝一籌，年行六十復何求。東門瓜與南山豆，誰道君恩薄故侯。

侵　詠燈　李昪南唐先主

一點分明值萬金，開時惟怕冷風侵。主人若也勤挑撥，敢向樽前不盡心。

用分明字又格

先　太極圖　朱繼芳

動静無端晝一圈，分明擘破又渾全。日光漏得先天意，鑽入書窗箇箇圓。

齊 自題像　僧惟政

貌古形疎倚杖藜，分明畫出須菩提。解空不許離聲色，似聽孤猿月下啼。

微 鸚鵡　僧定諸

罩向金籠好羽儀，分明喉舌似君稀。不須一向隨人語，須信人心有是非。

用分明字又格

真 哭子　元稹

纔能辨别東西位，未解分明管帶身。自食自眠猶未得，九重泉路託何人。

陽 辭閩王歸朝寄倪先輩　翁承贊

時人莫訝再還鄉，簡册分明劍佩光。駟馬高車太常樂，登庸門下憶賢良〔一〕。

〔一〕良：底本訛作「梁」，據《全唐詩》卷七百三改。

陽　雪霽玉堂曉望　程珌

當年銀界隔鯨江，今日分明玉作堂。不是瓊林宮樹密，也應白虎接明光。

先　寄題陟屺寺　司馬光

鄭南峰下寺軒前，反景分明見渭川。爲報十年容易别，於今愁悴不如先。

删　和王徽之漁陽圖　沈遘

燕山自是漢家地〔一〕，北望分明掌股間。休作畫圖張屋壁，空教壯士老朱顔。

先　華陽吟　葛長庚

青牛人去幾多年，此道分明在目前。欲識目前真的處，一堂風冷月嬋妍。

〔一〕地：底本作「關」，據《西溪集》卷二改。

用分明字又格

蒸　新受戒尼　王建

新短方裙叠作稜，聽鐘洒盔繞青蠅。自知戒相分明後，先出壇場禮大僧。

麻　自遣　陸龜蒙

長嘆人間髮易華，暗將心事許煙霞。病來前約分明在，藥鼎書囊便是家。

之　携仙籙　司空圖

剪取紅雲剩寫詩，年年高會趁花時。水精樓閣分明見，只欠霞漿别著旗。

用分明字又格

庚　奉和武相公春曉聞鶯　李益

蜀道山川心易驚，緑窗殘夢曉聞鶯。分明似寫文君怨，萬怨千愁弦上聲。

微 聽彈湘妃怨 白居易

玉軫朱絃瑟瑟徽，吴娃聲調奏湘妃。分明曲裏愁雲雨，似道蕭郎久不歸。

麻 聽李簡上人吹蘆管 張祜

月落江城樹繞鴉，一聲蘆管是天涯。分明西國人來説，赤佛堂西是漢家。

齊 和小溪閒泛 皮日休

鼓子花明白石岸，桃枝竹覆翠嵐溪。分明似對天台洞，應厭頑仙不肯迷。

麻 池上作 林逋

蔟蔟菰蒲映蓼花，水痕天影蘸秋霞。分明似箇屏風上，飛起鵁鶄一道斜。

庚 宿觀音寺 李之儀

倦聽檐間點滴聲，棲禽初報曉來晴〔一〕。分明市合人争語，清濁高低各有情。

〔一〕晴：底本訛作「清」，據《姑溪居士前集》卷十改。

覃 蘭亭圖　　鄭思肖

猶記蘭亭三月三，流觴曲水暢清酣。分明一段永和意，好向羲之筆外參。

用分明字又格

齊 夢仙　　祝元膺〔一〕

蟾蜍夜作青冥鏡，螮蝀晴爲碧落梯。好個分明上天路，誰教移入武陵溪。

侵 贈妓　　李群玉

誰家少女字千金，省向人間觸處尋。今日分明花裏見，一雙紅臉動春心。

微 秋閨怨　　張仲素

碧窗斜月藹深暉，愁聽寒蟲淚濕衣。夢裏分明見關塞，不知何路向金微。

〔一〕元：底本訛作「天」，據《全唐詩》卷五百四十六改。

用分明字又格

先　感夢　元稹

行吟坐嘆知何極，影絶魂消動隔年。今夜商山館中夢，分明同在後堂前。

真　石楠　權德輿

石楠紅葉透簾春，憶得妝成下錦裀。試折一枝含萬恨，分明說向夢中人。

冬　延平津〔一〕　胡曾

延平津路水溶溶，峭壁巍峩一萬重。昨夜七星潭底見，分明神劍化爲龍。

東　纖指　趙鸞鸞

纖纖軟玉削春葱，長在香羅翠袖中。昨日琵琶絃索上，分明滿甲染猩紅。

〔一〕平：底本訛作「年」，據《全唐詩》卷六百四十七改。

歌　宮詞　　　　　　宋徽宗

十花金盞勸仙娥，乘興追歡酒量多。燈影四圍深夜裹，分明紅玉醉顏酡。

虞　華陰道中　　　　　　宗澤

菅茅作屋幾家居，雲碓風帘路不紆〔一〕。坡側杏花溪畔柳，分明摩詰輞川圖。

用分明字又格

庚　偶題　　　　　　僧齊己

時事嬾言多忌諱，野吟無主苦縱橫。君看三百篇章首，何處分明著姓名。

〔一〕碓：底本訛作「確」，據《宗忠簡集》卷五改。

東　江上見月懷古　裴夷直〔一〕

月上江平夜不風，伏波遺跡半成空。今宵倍欲悲陵谷，銅柱分明在水中。

支　癸亥夜夢　裘萬頃

丙夜清眠正熟時，夢魂飛去拜丹墀。小臣乍得披肝膽，感慨分明涕淚垂。

用分外字格

庚〔二〕　早行　陳與義

露侵駝褐曉寒輕，星斗闌干分外明。寂寞小橋和夢過，稻田深處草蟲鳴。

〔一〕裴：底本作「斐」，據《萬首唐人絶句》卷三十八改。

〔二〕庚：底本脱。按詩押「明、鳴」屬「八庚」韻，據補。

豪 晴望　　楊萬里

愁於望處一時銷，山亦霜前分外高。枸杞一叢渾落盡，只殘紅乳似櫻桃。

庚 訪梅　　張退洽

梅花欲放繞溪行，隔水香來分外清。拄杖過橋尋欲遍，竹林疎處數花明。

用分外字又格

尤 晚岸　　韓偓

揭起青蓬上岸頭，野花和雨冷修修。春江一夜無波浪，校得行人分外愁。

支 春　　高蟾

天柱幾條措白日〔一〕，天門幾扇鎖明時。陽春發處無根蒂，憑仗東風分外吹。

〔一〕柱：底本訛作「外」，據《全唐詩》卷六百六十八改。

支　觀哺乳燕　郝經

黄口呰呰競食時，一雙忙殺尚嫌遲。遥憐待哺諸兒女，更比烏衣分外飢。

新唐宋聯珠詩格卷十五

用早晚字格

庚 和武相公早春聞鶯 韓愈

早晚飛來入錦城，誰人教解百般鳴。春風紅樹驚眠處，似妒歌童作艷聲。

删 題靈山寺 劉昶

早晚報衙蜂擾擾，友朋相和鳥關關。餘香滿袖花驚眼，空翠霑巾雨暝山。

用早晚字又格

灰　候仙詞〔一〕　施肩吾

西歸公子何時降，南岳先生早晚來。巡歷世間猶未遍，乞求鸞鶴且裴回。

灰　寒日古人名〔二〕　陸龜蒙

初寒朗詠徘徊立，欲謝玄關早晚開。昨日登樓望江色〔三〕，魚梁鴻雁幾多來。

灰　農家晴望　雍裕之

嘗聞秦地西風雨，爲問西風早晚回。白髮老農如鶴立，麥場高處望雲開。

〔一〕候仙：底本訛作「侯山」，據《萬首唐人絶句》卷三十三改。

〔二〕日：底本訛作「色」，據《甫里集》卷十一改。

〔三〕日：底本訛作「夜」，據《甫里集》卷十一改。　江：底本訛作「黄」，據改。

微　答施先輩見寄新詩　　徐凝

紫河車裏丹成也〔一〕，皁莢枝頭早晚飛。料得仙宮列名籍，如君進士出身稀。

用早晚字又格

東　寄李表臣　　劉禹錫

世間人事有何窮，過後思量盡是空。早晚同歸洛陽陌，卜鄰須近祝鷄翁〔二〕。

庚　春日懷淮陽　　張耒

西城門外古壕清，太昊祠前春草生。早晚粗酬身計了，長爲閒客此間行。

〔一〕河：底本訛作「阿」，據《全唐詩》卷四百七十四改。　也：底本訛作「幃」，據改。

〔二〕卜：底本訛作「上」，據《劉賓客外集》卷五改。　鷄：底本訛作「髪」，據改。

用早晚字又格

删　次韻初秋　李彌遠

何日刀頭水石間，婆娑猶得一官閒。杖藜早晚尋幽處，望斷秋空不見山。

尤　次韻李瑞叔題孔方平書齋壁　僧道潛

萬事年來即罷休，心縈雲水尚追求。草堂早晚投君宿，紙帳蒲團不用收。

真　王希古乞言　元好問

支幹空虛不救貧，素衣相染洛陽塵。一龜早晚揩牀了，袖手風簾閲市人。

用早晚字又格

微　送李穆歸淮南　劉禹錫

揚州春草新年緑，未去先愁去不歸。淮水問君誰早晚，老人偏畏過芳菲。

麻　棣華驛見楊八題夢兄弟詩　白居易

遥聞旅宿夢兄弟，應有郵亭名棣華。名作棣華來早晚，自題詩後屬楊家。

齊　戈陽渡　劉過

車聲盡日滑黄泥，怕聽空桑叫竹鷄。風雨不知春早晚，柳條摇緑半江低。

用早晚字又格

先　贈别宣州崔群相公　杜牧

衰散相逢洛水邊，却思同在紫薇天。盡將舟楫板橋去，早晚歸來更濟川〔一〕。

文　酬崔表仁　李群玉

昨日朱門一見君，忽驚野鶴在鷄群。不應長啄潢汙水，早晚歸飛碧落雲。

〔一〕濟：底本訛作「隮」，據《全唐詩》卷五百二十六改。

青　山居　朱繼芳

擁樹溪雲迷遠近，低簷山果亂紅青。莫言身外都無事，早晚焚香看道經。

用早晚字又格

尤　塞下曲　張仲素

隴水潺湲隴樹秋，征人到此淚雙流。鄉關萬里無人見，西戎河源早晚收。

刪　留題興慶寺　趙嘏

滿水樓臺滿寺山，七年今日共躋攀。月高對菊問行客〔一〕，去折芳枝早晚還。

歌　山居　淳藏主

屋架數椽臨水石，門通一徑挂藤蘿。自緣此處宜投老，饒得溪雲早晚過。

〔一〕問：底本訛作「間」，據《萬首唐人絶句》卷三十七改。

用早晚字又格

麻 破陣樂　唐太宗

秋風四面足風沙，塞外征人暫别家。千里不辭行路遠，時光早晚到天涯。

青 題朗之槐亭〔一〕　白居易

春風可惜無多日，家醖唯殘軟半瓶。猶望君歸同一醉，籃輿早晚入槐亭。

沃 觀下湖漁者　盛烈

漁舠逗曉來相續，短笹亂割春塘緑。須留一半還詩翁，要看早晚鴛鴦浴。

〔一〕題朗之槐亭：底本訛作「勸夢得酒」，係涉《白氏長慶集》卷三十五下首詩題而誤，據改。

用愁絶字格

侵　北望　　吴芾

延福池臺荆棘深，上皇無復更登臨。寂寥崇觀當年事，愁絶關河萬里心。

東　西風　　劉克莊

性愛芙蓉淡復穠，倚欄終日待西風。池邊數本無消息，愁絶東家半樹紅。

陽　次韻熊雲瀑秋夜見寄　　樂雷發

叫徹蒼梧望八荒，暮雲秋客各凄凉。此情未許旁人會〔一〕，愁絶中庭月一方。

〔一〕會：底本作「看」，據《雪磯叢稿》卷四改。

用商略字格

先　醇道得蛤蜊復索舜泉　黄庭堅

青州從事難再得，墻底數樽猶未眠。商略督郵風味惡，不堪持到蛤蜊前。

先枕上　陸游

冥冥梅雨暗江天，汗浹衣裳失夜眠。商略明朝當少霽，南簷風珮已鏘然。

陽　重陽　仝

照江丹葉一林霜，折得黄花更斷腸。商略此時須痛飲，細腰宫畔過重陽。

用商量字格

東　過隆中　崔道融

玄德蒼黄起卧龍，鼎分天下一言中。可憐蜀國關張後，不見商量徐庶功。

灰　淮王府園與王元規承事同賦〔一〕　僧道潛

一霎催花驟雨來，集芳堂下錦千堆。浪紅狂紫渾争發，不待商量細細開。

庚　次韻袁起嵓常熟道中　范成大

小雨蕭寒破晚晴，疎疎密密滴簷聲。烏鴉盤舞黄雲亂，早與商量雪意生。

用思量字格

虞　西歸　元稹

寒窗風雪擁深爐，彼我相傷指白鬚。一夜思量十年事，幾人强健幾人無。

先　寒食夜　白居易

四十九年身老日，一百五夜月明天。抱膝思量何事在，癡男騃女唤秋千。

〔一〕規：底本脱，據《參寥子詩集》卷一補。

支　睡覺　仝

官初罷去歸來後，天欲明前睡覺時。起坐思量更無事，身心安樂復誰知。

用思量字又格

真　柳　裴説〔一〕

高拂危樓低拂塵，灞橋攀折一何頻。思量却是無情樹，不解迎人只送人。

冬　自遣　陸龜蒙

醖得秋泉似玉容，比於雲液更應濃。思量北海徐劉輩，枉向人間號酒龍〔二〕。

〔一〕裴：底本作「斐」，據《全唐詩》卷七百二十改。

〔二〕枉：底本訛作「狂」，據《甫里集》卷十一改。

豪　贈韋氏歌人　薛能

紘管聲凝發唱高，幾人心地暗傷刀。思量更有何堪比，王母新開一樹桃。

用思量字又格

元　蹤跡　韓偓

東烏西兔似車輪，劫火桑田不復論。唯有風光與蹤跡，思量長是暗消魂。

支　佳人嗅梅圖　李行中

蠶眉鴉髻縷金衣，折得梅花第幾枝。嗅盡餘香不回面，思量何事立多時。

真　金陵上吴開府　蘇邁

廟堂陶鑄人才盡，流落江淮老病身。又踏槐花隨舉子，思量鄧禹是何人。

用憑仗字格

尤　蒼溪縣寄楊州兄弟　　元稹

蒼溪縣下嘉陵水，入峽穿江到海流。憑仗鯉魚將遠信，雁回時節到楊州。

青　晋武帝〔一〕　　鄧林〔二〕

秋風銅雀曲池平，吴主宫娃滿掖庭。憑仗皇孫聰慧蚤，不知禍在夕陽亭。

寒　早梅　　劉元載妻

南枝向暖北枝寒，一種春風有兩般。憑仗高樓莫吹笛，大家留取倚闌干。

〔一〕武：底本訛作「文」，據《江湖小集》卷十三改。
〔二〕林：底本訛作「休」，據《江湖小集》卷十三改。

用憑仗字又格

真　春酬范傳真　鮑溶

昨日新花紅滿眼，今朝美酒緑留人。更宜明月含芳露，憑仗蕭郎夜賞春。

蕭　春恨　錢珝

負罪將軍在北朝，秦淮芳草緑迢迢。高臺愛妾魂消盡，憑仗丘遲爲一招。

麻　魏城東　賀鑄

短短宮墻見杏花，霏霏晚雨濕啼鴉。欲將今夜思歸夢，憑仗東風吹到家。

麻　寄米元章　陳覺民

汩汩塵埃隔歲華，青山相見認空鴉。清淮風月元無價，憑仗詩翁爲我賒。

用辛苦字格

庚 驪山　　蘇軾

功成雖欲善持盈，可嘆前王恃太平。辛苦驪山山下土，阿房纔廢又華清。

陽 古鼎作香爐　　范成大

雲雷縈帶古文章，子子孫孫永奉常。辛苦勒銘成底事，如今流落管燒香。

陽 蠶婦嘆　　葉茵

浴蠶纔罷餧蠶忙，朝暮蓬頭去採桑。辛苦得絲了租税，終年祗著布衣裳。

尤 過南園報師言諸友　　袁易

柳花吹破百花休，及此吾當秉燭遊。辛苦虞卿緣底事〔一〕，滿窗白日照窮愁。

〔一〕底：底本訛作「何」，據《静春堂詩集》卷四改。

用辛苦字又格

庚　重到錢塘　鮑輗〔一〕

萬家歌舞送浮生，曾有涓埃答太平。猨鶴沙蟲天始定〔二〕，豈須辛苦怨南征。

東　秦人　司馬光

楚旗獵獵蓋山紅，回首咸陽一炬空。惆悵秦人虚用意，幾年辛苦得山東。

尤　謝路憲送蟹　曾幾

從來嘆賞内黄侯，風味尊前第一流。祇合蹣跚赴湯鼎，不須辛苦上糟邱。

〔一〕鮑：底本訛作「鮑」，據《谷音》卷下改。
〔二〕定：底本訛作「足」，據《谷音》卷下改。

陽　長沙勸耕　　　　　　　　真德秀

田家拚取一春忙，男力菑畬女課桑。隴上黄雲機上雪，暫時辛苦樂時長。

用辛苦字又格

侵　葺夷陵幽居　　　　　　　李涉

負郭依山一徑深，萬竿如束翠沈沈。從來愛物多成癖，辛苦移家爲竹林。

魚　王荆公　　　　　　　　　羅大經

錯認蒼姬六典書，中原從此變蕭疎。幅巾投老鍾山日，辛苦區區活數魚。

微　劉宋　　　　　　　　　　李純甫

六十衰翁血打圍，深山赤手搏熊羆。子孫只解相魚肉，辛苦知他爲阿誰。

用怪底字格

侵　空門　朱繼芳

燈燈相續古猶今，怪底門前立雪深。衣鉢得傳關臂事〔一〕，汝師輕發老婆心。

青　和伯氏春雨中韻　胡仲參

兩堤楊柳拂新亭，怪底遊人懶踏青。手撚梨花成小立，半窻湖水雨冥冥。

虞　海陵堡城　毛珝

傍城三十里芙蕖〔二〕，怪底繁華浙景無〔三〕。元是近邊農事少，全憑蓮藕當官租。

〔一〕臂：底本訛作「壁」，據《江湖小集》卷三十一改。
〔二〕蕖：底本訛作「蓉」，據《江湖小集》卷十二改。
〔三〕浙：底本訛作「淅」，據《江湖小集》卷十二改。

用怪底字又格

删 乙未和孟天暐都司見寄　顧瑛

治安無策濟時艱，始信金消壯士顔。怪底颶風翻漲海，浪頭一直過狼山。

灰 荔子絶句　陸游

放翁遊蜀十年回，病眼茫茫每懶開。怪底酒邊光景别，芳紅江緑一時來。

灰 齊雲閣　僧仲皎

山雲吹斷路頭開，此處疑穿月脇來。怪底行人看碧落，笑談容易作風雷。

新唐宋聯珠詩格卷十六

用魂斷字格

真　感春　戎昱

看花淚盡知春盡，魂斷看花秖恨春。名位未霑身欲老，詩書寧救眼前貧。

真　悼亡　僧浄端

長安百萬玉樓人，魂斷紅顏秋復春。玳瑁明珠今不見，一時化作北邙塵。

用魂斷字又格

蕭　楊柳枝詞　孫魴

暖傍離亭静拂橋，入流穿檻緑陰揺。不知落日誰相送，魂斷千條與萬條。

真　書懷　牟巘

十歲離懷入夢頻，賃居寥落四無鄰。詩因才短難成句，魂斷鬢衰一悵神。

用斷魂字格

元　山中有所思　王嵒

零零夜雨漬愁根，觸物傷情好斷魂。莫怪杜鵑飛去盡，紫薇花裏有啼猿。

元　勉吟僧　僧齊己

千途萬轍亂真源，白晝勞形夜斷魂。忍著袈裟把名紙，學他低折五侯門。

元　聞鷓鴣　張詠

書中曾見曲中聞，不是傷情即斷魂。北客南來心未隱，數聲相應在前村。

元　秋晚思舊遊　陸游

幅巾筇杖立籬門，秋意蕭然欲斷魂。恰似嘉陵江上路，冷雲微雨濕黄昏。

用斷腸字格

文　别妻　崔涯

隴上流泉隴下分，斷腸嗚咽不堪聞。姮娥一入月宫去，巫峽千秋空白雲。

東　酒邊　范成大

團扇香中嫋嫋風，斷腸聲裏看差紅。不須過處催乾盞，聽徹歌頭盞自空。

東　分水嶺　黄公度

嗚咽流泉萬仞峰〔一〕，斷腸從此各西東。誰知不作多時别，依舊相逢滄海中。

〔一〕峰：底本訛作「嶂」，據《知稼翁集》卷上改。

用斷腸字又格

支　葉上題詩從苑中流出　顧況

花落深宫鶯亦悲，上陽宫女斷腸時。君恩不閉東流水，葉上題詩寄與誰。

先　柳　李商隱

曾逐東風拂舞筵，樂遊春徧斷腸天。如何肯到清秋日，已帶斜陽又帶煙。

支　遣侍兒朝華　秦觀

月落茫茫曉柝悲，玉人揮手斷腸姿。不須重向燈前泣，百歲終當一别離。

用斷腸字又格

陽　江亭　李紳

瘴江昏霧連天合，欲作家書獨斷腸。今日病身悲狀候〔一〕，豈能埋骨向炎荒。

陽　過曹氏園馬上作　賀鑄

香風細細出重墻，不見繁枝已斷腸。知有何人卷簾箔，卧看零落滿斜陽。

陽　無題　戴復古

憶聞春燕語雕梁，又聽秋鴻叫斷腸。一縷沈煙飛不過，兩樓相對立斜陽。

陽　寄妻　李令

有人教我向衡陽，一度思歸將斷腸。爲報艷妻兼少女，與吾覓取朗州場。

〔一〕狀候：底本訛作「壯侯」，據《知稼翁集》卷上改。

陽　雲海眺望有感　李綱

古來雲海浩茫茫，北望悽然欲斷腸。不得中州近消息，六龍何處駐東皇。

陽　爲楊大芳悼亡　周密

帳中蜨化真成夢，鏡裏鸞孤枉斷腸。吹徹玉簫人不見，世間難覓返魂香。

用斷腸字叉格

蕭　樓上　葛起耕

樓上何人吹玉簫，數聲和月伴春宵。斷腸喚起江南夢，愁絶寒梅酒半消。

東　晚春有感　朱淑真

却扇羞花春已空，掃紅飛白任顛風。斷腸芳草連天碧，春不歸來夢不通。

東　江上看桃花　僧廣澤

行盡淮山幾萬重，江邊桃萼嫩春風。斷腸最是一枝眼，帶露般般似血紅。

用斷腸字又格

陽　賞酴醿花　秦觀

春來百物不入眼，唯見此花堪斷腸。借問斷腸緣底事〔一〕，羅衣曾似此花香。

灰　聽角思歸　顧況

故園黄葉滿青苔，夢後城頭曉角哀。此夜斷腸人不見，起行殘月影徘徊。

歌　有寄　歐陽徹

懵騰醉眼漾嬌波，心印潛通一捻多。密寄斷腸雙麗曲，遏雲須倩雪兒歌。

〔一〕底：底本訛作「何」，據《淮海後集》卷四改。

用斷腸字叉格

真　至潭州聞猿　李紳

昔陪天上三清客，今作端州萬里人。湘浦更聞猿夜嘯，斷腸無淚可霑巾。

先　悼亡妓　朱褒

魂歸冥漠魄歸泉，只住人間十五年。昨日施僧裙帶上，斷腸猶繫琵琶絃。

删　贈歌妓　李商隱

水精如意玉連環，下蔡城危莫破顔。紅綻櫻桃含白雪，斷腸聲裏唱陽關。

支　阻風　韓偓

平生情趣羨漁師，此日煙江愜所思。肥鱖香秔小艛艓，斷腸滋味阻風時。

庚　秋晚　僧惠洪

碧雲紅樹晚相清，佇立不堪遊子情。劃破秋空一行雁，斷腸南去兩三聲。

尤　寄和邢子屑始春見寄　王銍

山林老去萬緣休，只有情鍾舊輩流。芳草無窮山四向，斷腸人在最高樓。

支　綠萼樓　姜夔

黄雲承襪知何處，招得冰魂付北枝。金谷樓中愁欲墜，斷腸誰把玉龍吹〔一〕。

用斷腸字又格

虞　明州于駙馬使君　白居易

何郎小妓歌喉好，嚴老呼爲一串珠。海味腥鹹損聲氣，聽看猶得斷腸無。

〔一〕吹：底本訛作「披」，據《白石道人詩集》卷下改。

豪　聽薛陽陶吹蘆管　張祜

紫清人下薛陽陶，末曲新笳調更高。無奈一聲天外絶，百年已死斷腸刀。

灰　聽歌回馬上贈崔法曹　戴叔倫

秋風裹許杏花開，杏樹傍邊醉客來。共待夜深聽一曲，醒人騎馬斷腸迴。

支　駱谷晚望　韓琮

秦川如畫渭如絲，去國還家一望時。公子王孫莫來好，嶺花多是斷腸枝。

庚　友人邀宴聽歌有感　吕温

文章抛盡愛功名，三十無成白髮生。辜負壯心羞欲死，勞君貴買斷腸聲。

真　聞吹楊葉者　郎士元

天生一藝更無倫，寥亮幽音妙入神。吹向别離攀折處，當應合有斷腸人。

用斷腸字又格

東　放猿　僧齊己

堪憶春雲十二峰，野桃山杏摘香紅。王孫可念愁金鎖，縱放斷腸明月中。

微　春思　李清照

屈指清明數歸期，紛紛紅葉已芳菲。人間何處無春色，春色斷腸人未歸。

用斷腸字又格

陽　長安賊中寄題江南所居茱萸村　武元衡

手種茱萸舊井傍，幾回春露又秋霜。今來獨向秦中見，攀折無時不斷腸。

陽　題秦嶺　歐陽詹

南下斯須隔帝鄉，北行一步掩南方。悠悠煙景兩邊意，蜀客秦人各斷腸。

陽　連綴體　韓偓

院宇明秋日日長，社前一雁辭遼陽。隴頭針線年年事，不喜寒砧搗斷腸。

陽　落花　僧貫休

蝶醉蜂癡一族香，繡葩紅蒂墮殘芳[一]。因嗟好德人難得，公子王孫盡斷腸。

陽　送陳日章秀才　林逋

閒却清尊掩縹囊，病來無故亦凄凉。江南春草舊行路，因送歸人更斷腸。

陽　買愁村　胡銓

北往常思聞喜縣[二]，南來怕入買愁鄉。區區萬里天涯客，野草芳煙正斷腸。

〔一〕蒂：底本訛作「葉」，據《禪月集》卷二十二改。　芳：底本訛作「香」，據改。

〔二〕往：底本訛作「征」，據《宋元詩會》卷三十六改。

陽　過永福精舍有懷仲白　劉克莊

永福招提小步廊，憶携詩卷共追涼〔一〕。年年行處常迂路，才近君家即斷腸。

用腸斷字格

尤　漫題　杜甫

腸斷春江欲盡頭，杖藜徐步立芳洲。顛狂柳絮隨風舞，輕薄桃花逐水流。

齊　曾宏父將往霅川見内相葉公以詩爲别次其韻以自見　沈與求

腸斷故園春到時，澆花日日繞芳蹊。而今夢逐東風去，小榼深盃手自携。

〔一〕追：底本訛作「逐」，據《後村集》卷三改。

庚　曉角　　　　　　　　李覯[一]

腸斷城頭畫角聲，燈青月黑酒微醒。濃香夢裏誰曾管，只有離人夜夜聽。

用腸斷字又格

文　比紅兒詩　　　　羅虬

青絲高綰石榴裙，腸斷當筵酒半醺。置向漢宫圖畫裏，入胡應不數昭君。

麻　長安看花　　　　趙萬年

十年不見故鄉花，腸斷愁眉看轉嘉。懷舊思花長似夢，不知春已滿誰家。

〔一〕李覯：底本訛作「徐積」，據《盱江集》卷三十六改。

用腸斷字又格

真　鄴中懷古　張祜

鄴中城下漳河水，日夜東流莫記春。腸斷宮中望陵處，不堪臺上也無人。

微　題楊録事江亭　劉言史

垂絲蜀客涕濡衣，歲盡長沙未得歸。腸斷錦帆風日好，可憐桐鳥出花飛〔一〕。

支　景陽井　李商隱

景陽宮井剩堪悲，不盡龍鸞誓死期。腸斷吴王宮外水，濁泥猶得葬西施。

麻　春陌　韋莊

滿街芳草卓香車，仙子門前白日斜。腸斷東風各回首，一枝春雪凍梅花。

〔一〕「垂絲」四句：底本脱，據《全唐詩》卷四百六十八補。

尤　離荆南用夔州船　　王十朋

扁舟經月泝江流，又向江陵换蜀舟。腸斷一聲離岸櫓，不堪回首仲宣樓。

虞　和子賢途中　　歐陽徹

桐圭柳帶正凋疎，匹馬區區倦遠途。腸斷不堪回首處，寒雲景裏雁聲孤。

麻　九日呈真直院　　葉紹翁

秋風吹客客思家，破帽從渠自在斜。腸斷故山歸未得，借人籬落種黄花。

用腸斷字又格

庚　和行簡望郡南山　　白居易

反照前山雪樹明，從君苦道似華清。試聽腸斷巴猿叫，早晚驪山有此聲。

微　送別　沈宇

菊黄蘆白雁初飛，羌笛胡琴淚滿衣。送君腸斷秋江水，一去東流何日歸。

真　清明　胡仲参

杯酒濃澆壠上春，東風吹起紙灰塵。可堪腸斷中原路，草掩荒邱不見人。

用腸斷字又格

庚　哭女樊　元稹

秋天浄緑月分明，何事巴猿不勝鳴。應是一聲腸斷去，不容啼到第三聲。

青　醉後聽唱桂華曲　白居易

桂華詞意苦丁寧，唱到嫦娥醉便醒。此是人間腸斷曲，莫教不得意人聽。

蕭　楊柳枝　温庭筠

宜春苑外最長條，閒裊春風伴舞腰。正是玉人腸斷處，一渠流水赤欄橋。

灰　寄賀方回　黄庭堅

少游醉卧古藤下，誰與愁眉唱一盃。解作江頭腸斷客，只今惟有賀方回。

庚　琵琶亭　劉敞

江頭明月琵琶亭，一曲悲歌萬古情。欲識當時腸斷地，只應江水是遺聲。

微　題譚德稱扇　范成大

蠻風吹雨瘴江肥，短草荒山鳥不飛。盡是瀘南腸斷句，如今分與故人歸。

用腸斷字又格

尤　别李十一　元稹

聞君欲去潛銷骨，一夜暗添新白頭。明朝别後應腸斷，獨棹破船歸到州。

支　玩花　徐凝

麴塵溪上素紅枝，影在溪流半落時。時人自惜花腸斷，春風却是等閒吹。

支　題郴陽道中古寺壁　秦觀

門掩荒寒僧未歸，蕭蕭庭菊兩三枝。行人到此無腸斷，問爾黃花知不知。

微　留別昌國　王阮

當時底事乞身歸，萬物何曾與我違。最是臨行更腸斷，海鷗猶自掠船飛。

庚　過真陽峽　楊萬里

榕樹陰中一葦橫，鷓鴣聲裏數峰青。南人到此亦腸斷，不是南人作麼生。

真　湖湘道中見梅花　彭汝礪

滴葉開花妙入神，酥盤憶著北堂春。瀟湘此日堪腸斷，隨處幽香無附人。

侵　閨情回文　楊雲翼

梧井落花秋寂寂，竹窗摇月夜沈沈。孤鸞去後愁腸斷，遠雁來時别恨深。

用腸斷字又格

支　寄錢起　李嘉祐

雨過青山猿叫時，愁人淚點石榴枝。無端王事還相繫，腸斷蒹葭君不知。

東　送人之遠　陳羽

凉葉蕭蕭生遠風，曉鴉飛度望春宫。越人歸去一摇首，腸斷馬嘶秋水東。

庚　摇落　韋莊〔一〕

摇落秋天酒易醒，凄凄長是别離情。黄昏倚柱不歸去，腸斷緑荷風雨聲。

〔一〕韋莊：底本訛作「鄭谷」，據《才調集》卷三改。

支　悼妓　崔涯

赤板橋西小竹籬，槿花還似去年時。淡黄衫子渾無色，腸斷丁香畫雀兒。

尤　録舊詩有感　韓偓

緝綴小詩鈔卷裹〔一〕，尋思閒事到心頭。自吟自泣無人會，腸斷蓬山第一流。

真　柳枝詞　徐鉉

暫别揚州十度春，不知光景屬何人。一帆歸客千條柳，腸斷東風揚子津。

東　秋夕　趙希楷

半枕小窗幽夢蝶，數聲何處寄雲鴻。關山千里人歸晚，腸斷隔林一笛風。

〔一〕裹：底本訛作「中」，據《萬首唐人絶句》卷五十改。

蕭 謝韓實之直閣送燈　　陸游

玉作華星綴絳繩，樓臺交映暮天澄。東都父老今誰在，腸斷當時諫浙燈。

用腸斷字又格

齊 春怨　　無名氏〔一〕

音書杜絶白狼西，桃李無顔黄鳥啼。寒雁春深歸去盡〔二〕，出門腸斷草萋萋。

文 失猿　　李商隱

祝融南去萬重雲，清嘯無因更一聞〔三〕。莫遣碧江通箭道，不教腸斷憶同群。

〔一〕無名氏：底本訛作「王昌齡」。按《全唐詩》卷一百四十三《春怨》題下注：「《樂府·近代曲》載《蓋羅縫》二首，前一曲乃王昌齡《出塞》第一首，第二曲即此詩也，不著作者姓名。」據改。

〔二〕深：底本訛作「寒」，據《全唐詩》卷一百四十三改。

〔三〕嘯：底本訛作「齋」，據《李義山詩集》卷中改。

齊　別青州妓段東美　薛宜僚

經年郵驛許安棲，一會他鄉別恨迷。今日海帆飄萬里〔一〕，不堪腸斷對含啼。

元　鄭洛道中遇降羌作　晁説之

沙場尺箠致羌渾，玉陛惟承雨露恩。自笑百年家鳳闕，一生腸斷國西門〔二〕。

真　歸雁亭　張蘊

青雲影裏自由身〔三〕，幾倚欄干看不真。又是江湖春雪盡，年年腸斷玉關人。

虞　穿針樓　楊備

秋星如彈月如梳，宮妓香添乞巧爐。萬縷千針同一意，眼穿腸斷得知無。

〔一〕日：底本訛作「年」，據《全唐詩》卷五百四十七改。
〔二〕西：底本訛作「四」，據《老學庵筆記》卷九改。
〔三〕由：底本訛作「在」，據《江湖小集》卷八十九改。

灰　答同舍杜德機　汪元量

北風吹我上金臺，忍見蛾眉墮馬嵬。宴罷蟠桃王母去，江南腸斷賀方回。

用腸斷字又格

支　亂后經淮陰岸　朱放

古岸新花開一枝，岸傍花下有分離。莫將羅袖拂花落，便是行人腸斷時。

庚　答李公擇　蘇軾

濟南春好雪初晴，行到龍山馬足輕。使君莫忘霅溪女，時作陽關腸斷聲。

支　道中憶胡季懷　周必大

珍重臨分白玉巵，醉中那暇説相思。天寒道遠酒醒處，始是憶君腸斷時。

真 水仙花 僧贊寧

風流不肯遜梅兄，壓到群芳占小春。清香素影嫣然在，索起湘江腸斷人。

新唐宋聯珠詩格卷十七

用多謝字格

真 歙硯詩　趙抃

多謝君詩重見珍，硯從黟水濯來新〔一〕。持當夏晝南窗下，玉發光輝冷照人。

支 題仙洞并謝草堂方公贈石匣　葛慶龍

多謝林僧又好奇，新遺石匣我酬詩。鶴胎收却雲封裹，付屬山靈木客時。

〔一〕黟：底本訛作「黠」，據《清獻集》卷五改。

用多謝字又格

庚　重遊太虚　　安惇

昔年遊歷訪霓旌，多謝仙師數里迎。今日重來知有意，此身應不爲公卿。

侵　次韻通明叟晚春　　僧惠洪

春寒瘦骨病難禁，多謝新晴霽晚霖。自補衲衣矮窗下，黄鸝聲好屢停針。

真　寒鷄　　楊萬里

寒鷄睡著不知晨，多謝鐘聲唤起人。明曉莫教鐘睡著，被它鷄笑不須嗔。

用多謝字又格

東　折楊柳詞　　僧齊己

濃低似中陶潛酒，軟極如傷宋玉風。多謝將軍繞營種，翠中閒卓戰旗紅。

尤　詠柳書黄羅扇賜慶奴　　李煜

風情漸老見春羞，到處銷魂感舊游。多謝長條似相識，强垂煙態拂人頭。

寒　五色雀　　余靖

五方純色儼衣冠，應是山靈寄羽翰。多謝相逢殊俗眼，謫官猶作貴人看。

青　夜坐　　沈與求

虚堂夜寂自神清，更僕無端倦觸屏。多謝短檠隨我老，也温檀火校黄庭。

真　海棠　　凌景陽

名園封植幾經春，露濕煙梢畫不真。多謝許昌傳雅什，蜀都曾未識詩人。

用多情字格

灰　韋曲　　唐彦謙

欲寫愁腸愧不才，多情練漉已抵摧。窮郊二月初離别，獨傍寒村嗅野梅。

麻　過南鄰花園　　雍陶

莫怪頻過有酒家，多情長是惜年華。春風堪笑還堪恨，纔見開花又落花。

先　浮萍　　皮日休

嫩似金脂颺似煙，多情渾欲擁紅蓮。明朝擬附南風信，寄與湘妃作翠鈿。

微　杏花　　王禹偁

陌上紛紛枝上稀，多情猶解撲人衣。雙成灑道迎王母，十里濛濛絳雪飛。

陽　拒霜　　劉珵

翠幄臨流結絳囊，多情常伴菊花芳。誰憐冷落清秋後，能把柔姿獨拒霜。

用多情字又格

尤　真州江亭　　彭汝礪

潮落淮風怒不收，昇州一日到真州。多情楊柳能青眼，底事波瀾亦白頭。

麻 月夜江行 陳淵

吏隱飄然在一涯，更堪行役送年華。多情却有空江月，長伴離人夢到家。

元 雜詠 陸游

臂上燒香拜佛前，願郎安穩過新年。多情已是長多病，莫要留心在妾邊〔一〕。

用多情字又格

真 破屏風 劉禹錫

晝時應遇空亡日，賣處難逢識別人。唯有多情往來客，强將衫袖拂埃塵。

〔一〕妾：底本訛作「人」，據《放翁詩選後集》卷八改。

齊　和春卿學士柳枝詞　韓琦〔一〕

陌頭宮古緑煙迷，惹盡春愁困拂堤。却爲多情足離恨，故教溝水亦東西〔二〕。

灰　謝關景仁送紅梅　蘇軾

年年芳信負紅梅，江畔垂垂又欲開。珍重多情關令尹〔三〕，直和根撥送春來。

用多情字又格

真　劉家花〔四〕　白居易

劉家墻下花還發〔五〕，李十門前草又春。處處傷心心始悟，多情不及少情人。

〔一〕韓琦：底本脱，據《安陽集》卷四補。
〔二〕溝：底本訛作「滿」，據《安陽集》卷四改。
〔三〕關：底本訛作「門」，據《東坡詩集註》卷九改。
〔四〕花：底本訛作「巷」，據《白氏長慶集》卷十五改。
〔五〕還：底本訛作「復」，據《白氏長慶集》卷十五改。

删 别融州 陳藻

兩年爲客憶鄉關，何者尊前别此閒。今日移舟出城市，多情却戀眼中山。

先 臺城 楊備

六朝遺跡好山川，宫闕灰寒草樹煙。江令白頭歸故國，多情合賦黍離篇。

用多情字又格

陽 嘲飛卿 段成式

翠蝶密偎金叙首，青蟲危泊玉叙梁。愁生半額不開靨，只爲多情團扇郎。

真 江樓 韓偓

鯉魚苦筍香味新，楊花酒旗三月春。風光百計牽人老，争那多情足病身。

灰　和范希文懷慶朔堂　曹經[一]

池館名公舊日栽[二]，幾番零落又春開。誰人解識紅芳意，猶有多情五馬來。

用多少字格

文　送王十三校書分司　李商隱

多少分曹掌秘文，洛陽花雪夢隨君。定知何遜緣聯句，每到城頭憶范雲。

庚　望仙閣　孫元晏

多少沈檀結築成[三]，望仙爲號倚青冥。不知孔氏何形狀，醉得君王不解醒。

〔一〕經：底本訛作「俓」，據《宋詩紀事》卷十二改。
〔二〕栽：底本訛作「裁」，據《宋詩紀事》卷十二改。
〔三〕成：底本訛作「城」，據《萬首唐人絶句》卷六十改。

麻　題黃氏小園　林楚良

多少名園錢甃地，金鈴撼雀護千花。君家無此豪華事，七尺慈孫導母車。

用多少字又格

庚　閨怨　戴叔倫

看花無語淚如傾，多少春風怨別情。不識玉門關外路，夢中昨夜到邊城。

東　酒醒　崔道融

酒醒撥剔殘灰火，多少淒涼在此中。爐火自斟還自醉，竹窗深夜雪兼風。

尤　秋晚　宋伯仁

西風吹破黑貂裘，多少江山惜倦遊。紅葉已霜天欲雁，綠蓑初雨客吟秋。

庚　偶成　僧斯植〔一〕

東風玉勒馬蹄輕，多少遊人上鳳城。燕子不來春寂寞，海棠花發過清明。

用多少字又格

寒　嶺南歸途覽鏡　魏南史

生不逢時祇自寬，世間多少沐猴冠。誰云嶺外無霜雪，試向歸人頭上看。

真　棋　郭登

怕敗貪贏錯認真，運籌多少費精神。看來總是爭閒氣，笑殺傍觀袖手人。

〔一〕斯：底本訛作「期」，據《宋百家詩存》卷四十改。

用多少字又格

支 嘲飛卿 段成式

愁機懶織同心苣，悶繡先抽連理枝。多少風流詞句裏，愁中空詠早環詩。

麻 春酌 王鎡

酒闌歌罷翠簾遮，月柳驚啼子夜鴉。多少斷雲心上事，結成香夢是梨花。

東 次韻和孔周翰侍郎洪州絶句 郭祥正

漁船歸盡晚江空，只有楊花罥細風。多少春愁與客恨，爲君分付酒盃中。

尤 題增城駐舟亭 劉弇

一亭瀟洒枕江流，水色山光四面浮。多少客帆檐外過，不知誰是濟川舟。

寒　自題月軒　　僧德聰

軒前轆轤轉冰盤，軒裏詩成徹骨寒。多少人來看明月，誰知倒被月明看。

用多少字又格

支　贈歌者　　高騈

酒滿金船花滿枝，佳人立唱慘愁眉。一聲直入青雲去，多少悲歡起此時。

陽　木芙蓉　　黄滔

須到露寒方有態，爲經霜裛稍無香。移根若在秦宫裏，多少佳人泣曉妝。

庚　鶯梭　　劉克莊

擲柳遷鶯太有情，交交時作弄機聲。洛陽三月花如錦，多少工夫織得成。

先　正甫見招不欲往　姜夔

樓閣萬重秋雨裏，峰巒四合暮潮邊。鳳城今夕涼如水，多少人家試管絃。

尤　宮詞　楊太后

後殿深沉景物幽，奇花名竹弄春柔。翠華經歲無遊幸，多少樓臺廢不修。

元　蜀中作　曲端

破碎江山不足論，何時重到渭南村。一聲長嘯東風裏，多少未歸人斷魂。

用憔悴字格

元　重門曲　李九齡

憔悴容華怯對春，寂寥宮殿鎖閑門。此身却羡宮中樹，不失芳時雨露恩。

麻　秋花　楊萬里

憔悴牽牛病雨些，凋零木槿怯風斜。道邊籬落聊遮斷，白白紅紅匾豆花。

陽　謝張廷老司理録示山　居陸游

憔悴經年客瘴鄉，把君詩卷意差强。古人三語猶嗟賞，況是珠璣滿錦囊。

寒　霜後芙蓉　郝經

憔悴江頭秋牡丹，南人棄擲北人看。明妃出塞胭脂冷，霜滿琵琶淚滿鞍。

用憔悴字又格

齊　送劉禹錫　竇鞏

十年憔悴武陵溪，鶴病深林玉在泥。今日太行平若砥〔一〕，九霄初倚入雲梯。

〔一〕行：底本訛作「平」，據《萬首唐人絶句》卷三十四改。

東　頃年陪恩地赴甘棠之召感動留題　　司空圖

去時憔悴青衿在，歸路淒涼絳帳空。無限酬恩心未度，又將孤劍别從公。

微　次沈節推送春韻　　杜範

佳人憔悴怯春衣，日暮樓高酒力微。流水落花無限恨，千巖杜宇況催歸。

用憔悴字又格

文　如意曲　　武皇后

看朱成碧思紛紛，憔悴支離爲憶君。不信比來長下淚，開箱驗取石榴裙。

元　楊柳枝壽盃詞　　司空圖

稻畦分影向江村，憔悴經霜只半存。昨日流鶯今不見，亂螢飛出點黄昏。

錫　府舍西軒　劉概

昔年嘗作瀟湘客，憔悴東秦歸未得。西軒忽見好溪山，如何尚有楚鄉憶。

用憔悴字又格

先　羨醉　元稹

綺陌高樓競醉眠，共期憔悴不相憐。也應自有尋春日，虛度而今正少年。

先　病中遣妓　司空曙

萬事傷心在目前，一身憔悴對花眠。黃金用盡教歌舞，留取他人樂少年。

麻　人家看花　王建

年少狂疎逐君馬，去來憔悴到京華。恨無閒地栽仙藥，長傍人家看好花。

用憔悴字叉格

豪　三閭廟　汪遵

爲嫌朝野盡陶陶，不覺官高怨又高。憔悴莫酬漁父笑，浪交千載詠離騷。

先　記夢　陸游

烏巾白紵憶當年〔一〕，抵死尋春不自憐。憔悴劍南雙鬢改，夢中猶上暗門船。

魚　寄趙眉翁　葉紹翁

君王未肯賜西湖，鷗鷺叢中借地居。憔悴風姿今釣叟，癡心猶望故人書。

〔一〕巾：底本訛作「中」，據《劍南詩稾》卷九改。

用憔悴字又格

庚 題明霞臺 顧況

野人本自不求名，欲向山中過一生。莫嫌憔悴無知己，别有煙霞似弟兄。

尤 九日 張著

雨沐天容霽欲流，好山誇翠出墻頭。黄花憔悴東籬晚，一段陶家冷淡秋。

用憔悴字又格

東 過劍南州芊陽鋪見桃花 蔡襄

七年相别又相逢，墻外千枝依舊紅。只有蒼頭日憔悴，奈緣多感泣春風。

庚 蹇磻翁寄新茶 曾鞏

貢時天上雙龍去，鬬處人間一水争。分得餘甘慰憔悴，碾嘗終夜骨毛清。

用憔悴字又格

支 齊州送祖三　王維

送君南浦淚如絲，君向東州使我悲。爲報故人憔悴盡，如今不似洛陽時。

真 杏園　杜牧

夜來微雨洗芳塵，公子驊騮步始匀。莫怪杏園憔悴去，滿城多少插花人。

寒 春陰　僧道潛

浮雲易作雨無端，未放春泥十日乾。須信杏園憔悴甚，從來花骨不禁寒。

用憔悴字又格

支 可笑　文同

可笑兒孫亦滿眼，朝朝庭下立參差。誰言飽讀詩書去，憔悴如翁亦好爲。

魚 觀梅 方岳

較似年年劣不如，花頭小小雨疎疎。但令半點微酸在，憔悴空山儘有餘。

齊 盧溝橋 曾幾

輿馬連年東復西，巨鼇雙脇夾青猊。荷旃食肉無非命，憔悴相如不敢題。

用憔悴字又格

東 除夜 段成式

事關休戚已成空，萬里相隨一夜中。愁到曉鴉聲絶後，又將憔悴見春風。

真 上靈州令狐相公 李洞

征蠻破虜漢功臣，提劍歸來萬里身。閒倚凌煙金柱看，形容憔悴老於真。

文 春鳥　韋莊〔一〕

雲晴春鳥滿江村，還似長安舊日聞。紅杏花前應笑我，我今憔悴亦羞君。

庚 折楊柳　薛能

和花煙樹九重城，夾路春陰十萬營。唯向邊頭不堪望，一株憔悴少人行。

歌 題障浦縣壁　陳堯佐

蠻煙漁火接鯨波，樹樹花枝處處歌〔二〕。況是天涯行樂處，莫教憔悴鬢絲多。

陽 夜雨　朱熹

故山風雪深寒夜〔三〕，只有梅花獨自香。此日無人問消息，不應憔悴損年芳。

〔一〕韋莊：底本訛作「鄭谷」，據《浣花集》卷五改。

〔二〕花：底本訛作「枝」，據《宋詩紀事》卷四改。

〔三〕寒夜：底本訛作「夜寒」，據《晦菴集》卷一改。

用懊惱字格

歌　聽歌竹枝贈李侍御　白居易

巴童巫女竹枝歌，懊惱何人怨咽多。暫聽遣君猶悵望，長聞教我復如何。

寒　汝墳驛題壁　廖正一〔一〕

阿梅笄歲得同歡，懊惱情深解夢蘭。鶯語輕清花裏活，柳條弱軟掌中看。

用懊惱字又格

灰　竹枝詞　劉禹錫

城西門外灩澦堆，年年波浪幾能摧。懊惱人心不如石，小時東去又西來。

〔一〕一：底本脱，據《墨莊漫録》卷五補。

元　古斷腸曲　周端臣

花庭梨雪疊香痕，燕子歸來亦斷魂。懊惱一場春不管，月明空自立黄昏。

支　送春　李覯〔一〕

宜春臺上送春歸，淚滴金盃不自知〔二〕。懊惱黄鸞解言語，飛來唯見落花枝〔三〕。

用懊惱字又格

微　王昭君　危稹

金鞍白馬合長圍，火熖單于夜獵歸。一曲悲笳君懊惱，那堪紅淚濕羅衣。

〔一〕李覯：底本訛作「徐積」，據《盱江集》卷三十六改。

〔二〕盃：底本訛作「盆」，據《盱江集》卷三十六改。

〔三〕枝：底本訛作「詩」，據《盱江集》卷三十六改。

麻　戲題荷花　李覯

昔年詩筆詠蓮花，不嫁春風早可嗟。今日倚欄添懊惱，池臺多是屬僧家。

用懊惱字又格

灰　和嘲春風　徐凝

源上拂桃燒水發，江邊吹笛暗園開。可憐半死龍門樹，懊惱春風作底來。

删　觀音巖　僧懷深

笑日野花青嶂下，歌春幽鳥白雲閒。寶陀大士全身露，懊惱遊人空看山。

支　絶句　晁端禮

去日玉刀封斷恨，見來金斗熨愁眉。黄昏飲散歌闌後，懊惱水邊樓上時。

真

詠雪　石悉

鸚鵡杯中未覺貧，寒凝酒面不成鱗。如何飛著參軍鬢，懊惱紅樓歌舞人。

新唐宋聯珠詩格卷十八

用拆開無有字格

支 孤雲 張喬

舒卷因風何所之，碧天孤影勢遲遲。莫言長是無情物，還有隨龍作雨時。

庚 盆池 韓愈

瓦沼晨朝水自清，小蟲無數不知名。忽然分散無蹤影，唯有魚兒作隊行。

真 宮詞 顧況

長樂宮連上苑春，玉樓金殿艷歌新。君門一入無由出，惟有黄鶯得見人。

庚 不語僧　　許棐

默坐蒲龕若塑成〔一〕，客來惟聽小鐘鳴。却嫌庭樹無禪力，只有風枝雨葉聲。

庚 素馨花　　傅伯成

昔日雲鬟鎖翠屏，秖今煙冢伴荒城。香魂斷絶無人問，空有幽花獨擅名。

用拆開無有字又格

文 蘇秦墓　　賈島

沙埋古篆折碑文，六國興亡事繫君。今日凄凉無處説，亂山秋盡有寒雲。

支 被謫連州　　盧肇

黄絹外孫翻得罪，華顛故老莫相嗤。連州萬里無親戚，舊識惟應有荔支〔二〕。

〔一〕默：底本訛作「點」，據《梅屋集》卷一改。

〔二〕識：底本訛作「城」，據《全唐詩》卷五百五十一改。

用拆開無有字又格

真　涇溪　杜荀鶴

涇溪石險人兢畏，終歲不聞傾覆人。却是平流無石處，時時聞道有沈淪。

霰　雨中酬友人　盧綸

看山獨行歸竹院，水繞前階草生遍。空林細雨暗無聲，唯有愁心兩相見。

庚　秋日　秦觀

霜落邗溝積水清〔一〕，寒星無數傍船明。菰蒲深處疑無地，忽有人家笑語聲。

蒸　題陸參政秀夫廣陵牡丹詩卷後　林景熙

南海英魂叫不醒，舊題重展墨香凝。當時京洛花無主，猶有春風寄廣陵。

〔一〕邗：底本訛作「村」，據《淮海集》卷十改。

用拆開有無字格

庚　笑春風　　白居易

樹根雪盡催花發，池岸冰消放草生。唯有鬢霜依舊白[一]，春風於我獨無情。

真　泛舟入後溪　　羊士諤

雨餘芳草浄沙塵，水緑灘平一帶春。唯有啼鵑似留客，桃花深處更無人。

元　梅花　　陸游

幾年不到合江園，説著當時已斷魂。只有梅花知此恨，相逢月底却無言。

〔一〕霜：底本訛作「松」，據《萬首唐人絶句》卷十六改。

用拆開有無字又格

侵　寄婺州李給事　裴夷直

瘴鬼翻能念直心，五年相遇不相侵。目前唯有思君病，無底滄溟未是深。

灰　嘉興春色　徐凝

嘉興郭裏逢寒食，落日家家拜掃回。唯有縣前蘇小小，無人送與紙錢財。

寒　白牡丹　盧綸

長安豪富惜春殘，争玩街西紫牡丹。別有玉盤承露冷，無人起就月中看。

用拆開水不流字格

尤　題昭應温泉　孫叔向

一道泉回繞御溝，先皇曾向此中遊。雖然水是無情物，也到宫前咽不流。

尤　宮詞　長孫翱

一道甘泉接御溝，上皇行處不曾秋。誰言水是無情物，也到宮前凝不流。

尤　摩訶池贈蕭中丞　薛濤

昔以多能佐碧油，今朝因泛舊仙舟。凄凉水逝頹波遠，唯到碑前咽不流。

尤　冬日湖上　無名氏宋

蘆老荻殘秋已收，侵寒終日作閒遊。江湖水落北風苦，孤艇棹來凍不流。

用拆開水流字格

尤　蜀路感懷　高駢

蜀山蒼翠隴雲愁，鑾駕西巡陷幾州。唯有縈回深澗水，潺湲不改舊時流。

尤　旅泊　　蔣吉

霜月初高鸎鵡洲，美人清唱發紅樓。鄉心暗逐秋江水，直到吳山腳下流。

尤　秋日北固晚望　　高蟾

風含遠思翛翛晚，日照高情的的秋。何事滿江惆悵水，年年無語向東流。

尤　江上別石郎中　　周敦頤

落葉蟬聲古渡頭，沙灘人擁欲行舟。別離情似長江水，遠亦隨君日夜流。

尤　初夏即事　　楊萬里

百日田荒田父愁，只消一雨百無憂〔一〕。更無人惜田中水，放下清溪恣意流。

〔一〕消：底本訛作「滿」，據《誠齊集》卷四十一改。

用拆開水流字又格

東　題廬水湯泉　白居易

一眼湯泉湧向東，浸泥澆草暖無功。驪山温水因何事，流入金鋪玉甃中。

陽　古艷詞　元稹

深院無人草樹光，嬌鶯不語趁陰藏。等閒弄水浮花片，流出門前賺阮郎〔一〕。

麻　九曲雜詠　葛長庚

得得來尋仙子家，昇真洞口正蜂衙。一溪春水漾寒碧，流出紅桃幾片花。

〔一〕阮：底本訛作「元」，據《元氏長慶集補遺》卷一改。

用拆開水流字又格

先　無題　唐彦謙

誰知別易會應難，目斷青鸞信渺然。情似藍橋橋下水，年年流恨幾時乾。

齊　湖遊　吕祖謙

短短菰蒲緑未齊，鳧鷗飛起雁行低。一篙孤艇横湖水，閒送流花下別溪。

用拆開水流字又格

庚　暮春送客　韓琮

緑暗紅稀出鳳城，暮春樓閣古今情。行人莫聽宫前水，流盡年光是此聲。

東　雲安阻風　戎昱

日長巴峽雨濛濛，又説歸州路未通。遊人不及西江水，先得東流到諸宫。

支　汴下阻冰　杜牧

千里長河初凍時，玉珂瑶珮響參差。浮生憐似冰底水，日夜東流人不知。

齊　往來宿瓜步夢中得小詩録以贈示民師　蘇軾

吴塞蒹葭空碧海，隋宫楊柳只金堤。春風自恨無情水，吹得東流竟日西。

用拆開雨聲字格

庚　寺南樓　杜牧

小樓纔受一床横，終日看山酒滿傾。可惜和風夜來雨，醉中虚度打窗聲。

庚　宿小沙溪　楊萬里

諸峰知我厭泥行，捲盡癡雲放嬾晴。不分竹梢含宿雨，時將殘點滴寒聲。

庚　冬夜聽雨　陸游

少年交結盡豪英，妙理時時得細評。老去同參惟夜雨，焚香卧聽畫簷聲。

用拆開月照字格

麻　嘗茶　劉禹錫

生怕芳叢鷹嘴芽，老郎封寄謫仙家。今宵更有湘江月，照出霏霏滿碗花。

元　偶成　孫蕙蘭

庭院深深早閉門，停針無語對黄昏。碧紗窗外初生月，照見梅花欲斷魂。

歌　春日雜書　朱淑真

春來春去幾經過，不是今年恨最多。寂寂海棠花上月，照人清夜欲如何。

用拆開月照字又格

冬 竹枝詞　　李涉

石壁千重樹萬重，白雲斜掩碧芙蓉。昭君溪上年年月，偏照嬋娟色最濃。

虞 秋思　　羅鄴

夢斷南窗啼曉烏，新霜昨夜下庭梧。不知簾外如珪月，還照邊城到曉無。

支 贈紅綃妓　　崔生

誤寄蓬萊頂上遊，明璫玉女動星眸〔一〕。朱扉半掩深宮月，應照瓊枝雪艷愁〔二〕。

〔一〕璫：底本訛作「當」，據《萬首唐人絶句》卷六十六改。

〔二〕愁：底本訛作「枝」，據《萬首唐人絶句》卷六十六改。

蒸　初至長干　周文璞

雲杪熒熒一塔燈，覺王舍利寶煙凝。山門堆上三更月，似照前朝禮拜僧。

微　汴京即事　劉子翬

萬炬銀花錦繡圍，景龍門外軟紅飛。淒涼但有雲頭月，猶照當時步輦歸。

真　舟中阻風宿楓波江口　楊萬里

千里江行一日程，出山似被北風嗔。東窗水影西窗月，併照船中不睡人。

灰　愚溪　劉克莊

草聖木奴安在哉，荒榛無處認池臺。傷心惟有溪頭月，曾照儀曹半面來。

用拆開月照字又格

元　夷門　胡曾

六龍冉冉驟朝昏，魏國賢才杳不存。唯有侯嬴在時月，夜來空自照夷門。

麻　寄人　張泌

別夢依依到謝家，小廊回合曲闌斜。多情只有春庭月，猶爲離人照落花。

支　宿西軒　任伯雨

茅簷不動晚風微，獨對爐煙枕半欹。惟有多情沙上月，依然青瑣照人時。

先　閨情　劉著

蕙帳金爐冷篆煙，故山春草幾芊芊。只今惟有瀟湘月，萬里相隨照不眠。

先　元夕無燈　高憲

九陌無燈夜悄然，小紅時見點春煙。多情惟有梅梢月，拍酒樓頭照管絃。

陽　清湘驛送王柳州南歸　范成大

南歸北去路茫茫，不是行人也斷腸。可惜湘江春夜月，落花時節照離觴。

尤　中秋李漕冰壺燕集　戴復古

把酒冰壺接勝游，今年喜不負中秋。故人心似中秋月，肯爲狂夫照白頭。

新唐宋聯珠詩格卷十九

用無處不字格

歌　春和韓晋公晦日呈諸判官　顧況

江南無處不聞歌，晦日中軍樂更多。不是風光催柳色，却緣威令動陽和。

麻　寒食　韓翃

春城無處不飛花，寒食東風御柳斜。日暮漢宫傳蠟燭，青煙散入五侯家。

麻　即事　俞桂〔一〕

東君無處不繁華，一雨纔晴意便佳。客舍山梅開遍了，從今嬾買擔頭花。

〔一〕俞：底本訛作「愈」，據《宋百家詩存》卷十八改。

真　次韻擇之見路傍亂草有感作　朱熹

世間無處不陽春，道路何曾困得人。若向此中生厭斁，不知何處可安身〔一〕。

用無處不字又格

先　春草　唐彦謙

天北天南繞路邊，托根無處不延綿。萋萋總是無情物，吹緑東風又一年。

支　楊柳枝詞　韓琮

枝鬪纖腰葉鬪眉，春來無處不如絲。霸陵橋上多離別，少有長條拂地垂。

庚　楊柳枝壽杯詞　司空圖

樂府翻來占太平，風光無處不含情。千門萬户喧歌吹，富貴人閒只此聲。

〔一〕何處：底本訛作「那日」，據《晦菴集》卷五改。

删　漱瓊軒　　李質

淺碧分江入衆山，山深無處不潺湲。開軒最近寒溪口，噴薄松風響佩環。

真　寒食至郊外　　僧雲表

寒食悲看郭外春，野田無處不傷神。平原壘壘添新塚，半是去年來哭人。

先　暮秋　　陸游

多雨今秋水渺然，溝溪無處不通船〔一〕。山回忽得煙村路，始信桃源是地仙。

用無處不字又格

真　黄州道中　　崔鶠

莫愁微雨落輕雲〔二〕，十里長堤未墊巾。流水小橋山下路，馬頭無處不逢春。

〔一〕溝：底本訛作「滿」，據《劍南詩稾》卷五十九改。

〔二〕莫：底本訛作「黄」，據《宋元詩會》卷三十三改。

虞　過華亭　梅堯臣

晴雲鳴鶴幾千隻，隔水野梅三四株。欲問陸機當日宅，而今無處不荒蕪。

寒　春寒　何應龍

博山薰盡鷓鴣斑，羅帶同心豈忍看。莫近闌干聽細雨，樓高無處不春寒。

東　道中　張公庠〔一〕

一年春事已成空，擁鼻微吟半醉中。夾路桃花新雨過，馬蹄無處不殘紅。

用不知何處字格

東　寓興　武元衡

二月楊花飛滿空，飄飖十里雪如風。不知何處香醪熟，願醉潘園芳樹中。

〔一〕庠：底本訛作「羊」，據《宋詩紀事》卷十八改。

微　洞霄宫　陳堯佐

谷口停驂上翠微，五雲宫殿闢金扉。不知何處朝元會，卻見龍鸞隊仗歸。

東　秋夕過松陵　武衍

月冷江空夜氣濃，桂香飛下廣庭風。不知何處神仙過，鶴唳聲殘煙靄中。

用不知何處字又格

尤〔一〕　胡渭州　張祜〔二〕

亭亭孤月照行舟，寂寂長江萬里流。鄉國不知何處是，雲山漫漫使人愁。

〔一〕尤：底本脱。按詩押「流、愁」，屬「十一尤」韻，據補。

〔二〕胡渭州　張祜：底本脱。據《唐詩品彙》卷五十一補。

尤　舟行夜泊　權德輿

蕭蕭落葉送殘秋，寂寞寒波急溟流。今夜不知何處泊，斷猿晴月引孤舟。

尤　偶題〔一〕　劉言史〔二〕

得罪除名謫海州，驚心無暇與身愁。中使不知何處在，家書莫寄向春洲。

灰　不睡　楊萬里

清愁無數暗相隨，酒是渠讐也是媒。醉裏不知何處在，等人醒後一時來。

先　南塘即事〔三〕　翁卷

半川寒雨滿村煙，紅樹青林古岸邊。漁子不知何處去，渚禽飛落拗罾船。

〔一〕偶題：底本訛作「胡渭州」，據《萬首唐人絶句》卷七十五改。

〔二〕劉言史：底本訛作「張祜」，據《萬首唐人絶句》卷七十五改。

〔三〕塘：底本訛作「唐」，據《西巖集》改。

東　漁父　　劉翰

輕舟葉葉一輕篷，上有蕭條鶴髮翁。昨夜不知何處宿，月明總在笛聲中。

用不知何處字又格

删　赴虢州留别故人　　盧綸

世故相逢各未閒〔一〕，百年多在别離間。昨夜秋風今夜雨，不知何處入空山。

文　代崇徽公主意　　李山甫

金釵墜地鬢堆雲，自别朝陽帝豈聞。遣妾一身安社稷，不知何處用將軍。

麻　會稽絶句送趙資政　　曾鞏

年年穀雨愁春晚，况是江湖兩鬢華。欲載一尊乘興去，不知何處有殘花。

〔一〕閒：底本訛作「問」，據《唐詩品彙》卷四十九改。

支　題廬山　韓駒

南康南麓江州北，五百僧房綴蜜脾。盡是廬山佳絶所，不知何處合題詩。

寒　自秦入蜀道中　尹焞

曉來雨過槐陰潤，午霽風輕麥浪寒。自媿此身徒擾擾，不知何處可偷安。

庚　題王子晋祠　鄭文寶

秋陰漠漠秋雲輕，緱氏山頭月正明。帝子西飛仙馭遠，不知何處夜吹笙。

寒　題蔡州柳莊鋪　廖剛

雲垂曠野路漫漫，策策秋聲作暮寒。已分故園天樣遠，不知何處是長安。

用知何處字格

東　答東林道士　韋應物

紫閣西邊第幾峰，茅齋夜雪虎行蹤。遥看黛色知何處，欲出山門尋暮鐘。

先 南堂　蘇軾

掃地燒香閉閤眠，簟紋如水帳如煙。客來夢覺知何處，挂起西窗浪接天。

刪 題吴公輔草庵　陳東

一徑縈迴屋數間，我來聊欲寄清閒。道人杖屨知何處，空鎖煙霞萬疊山。

用歸何處字格

東 銅雀臺　汪遵

銅雀臺成玉座空，短歌長袖盡悲風。不知仙駕歸何處，徒遣顰眉望漢宫。

先 傷春　何應龍

荷葉初浮水上錢，柳花飄盡岸頭綿。不知春色歸何處，欲向空山問杜鵑。

先　題靈嵒寺　蔡安持

四絶之中處最先，山圍宮殿鎖雲煙。當年鶴馭歸何處，世上猶傳錫杖泉。

用在何處字格

虞　錢唐永昌　馬懷素

聞君出宰洛陽隅，賓友稱觴餞路衢。別後相思在何處，祇應闕下望仙鳧。

冬　遇王山人　施肩吾

每欲尋君千萬峰，豈知人世也相逢。一瓢遺却在何處，應挂天台最老松。

庚　舟行看月　權德輿

月入孤舟夜半清，寥寥雙雁兩三聲。洞房燭影在何處，欲寄相思夢不成。

用君知否字格

齊　過摩訶池　宋祁

千頃隋家舊鑿池，池平樹盡但回堤。清塵滿路君知否，半是當年濁水泥。

寒　釣臺　章才邵

短棹夷猶七里灘，人亡依舊水光寒。漢家名節君知否，盡在君家一釣竿。

真　詠上竿伎　晏殊

百尺竿頭裊裊身，足騰跟挂駭傍人〔一〕。漢陰有叟君知否，抱甕區區亦未貧。

先　虞姬墓　范成大

劉項家人總可憐，英雄無策庇嬋娟。戚姬葬處君知否，不及虞兮有墓田。

〔一〕駭：底本作「驚」，據《宋詩紀事》卷七改。

陽　春雨　陸游

千點猩紅蜀海棠，誰憐雨裏作啼妝。殺風景處君知否，正伴鄰翁救麥忙。

支　善濟寺　潘朝英

倦客登臨力已疲〔一〕，高僧故索小窗詩。江山最好君知否，春去秋來煙雨時。

用君會否字格

真　湖上雜詠　鄒浩

華亭標格本青雲，邂逅西湖秋復春。作意一聲君會否，鵁鶄集處是真人。

覃　小飲俎豆頗備江淮浙之品戲題　楊萬里

味含霜氣洞庭柑，鮓帶桃花楚水蝛。春暖著人君會否，不教淮白過江南。

〔一〕客：底本訛作「遊」，據《宋詩紀事》卷八十三改。

灰　天台縣有小閣下臨官道予爲名曰玉霄　陸游

竹輿衝雨到天台，緑樹陰中小閣開。榜作玉霄君會否，要知散吏按行來。

尤　送人之南浦　僧禹溪

干戈誰展復誰收，雲斂千山月正秋。萬里歸心君會否，浪翻南浦特添愁。

用無尋處字格

齊　惆悵詞　王涣〔一〕

晨肇重來路已迷，碧桃花謝武陵溪。仙山目斷無尋處，流水潺湲日漸西。

佳　贈成鍊師　劉言史

曾隨阿母漢宫齋，鳳駕龍軿列御階。當時白燕無尋處，今日雲鬟見玉釵。

〔一〕王涣：底本訛作「衛象」，據《唐詩紀事》卷六十六改。

庚　竹　陳陶

嘯入新篁一里行，萬竿如甕鎖龍泓。鷲巢翡翠無尋處，間倚雲根刻姓名。

麻　聽鄰家吹笙　郎士元

鳳吹聲如隔彩霞，不知墻外是誰家。重門深鎖無尋處，疑在碧桃千樹花。

麻　經賈島墓　鄭谷

水繞荒墳縣路斜，耕人訝我久咨嗟。重來兼恐無尋處，落日風吹鼓子花。

用無覓處字格

灰　大林寺桃花　白居易

人間四月芳菲盡，山寺桃花始盛開。長恨春歸無覓處，不知轉入此中來。

庚

王復秀才所居雙檜〔一〕　蘇軾

吴王池館遍重城，奇草幽花不記名。青蓋一歸無覓處，只留雙檜待昇平〔二〕。

麻

玉簪花　吴震齊

素娥昔日宴仙家，醉裏從他寶髻斜。遺下玉簪無覓處，如今化作一枝花。

冬

雩都華嚴院　岳飛

手持竹杖訪黄龍，舊穴空遺虎子蹤。雲鎖斷崖無覓處，半山松柏撼秋風。

支

題楊補之雪畫　曾覿

筆端造化出天巧，寫出江南雪壓枝。誰道春歸無覓處，横斜全似越溪時。

〔一〕檜：底本訛作「槐」，據《蘇詩補註》卷八改。

〔二〕檜：底本訛作「槐」，據改。　平：底本訛作「年」，據改。

新唐宋聯珠詩格卷二十

起句疊用雙字押韻格

支 螢 郭震

秋風凛凛月依依，飛過高梧影裏時。處暗若教同衆類，世間争得有人知。

尤 九江聞雁 陳均

煙波渺渺夢悠悠，家在江南海盡頭。音信稀疎兄弟隔，一聲新雁九江秋。

支 清燕堂 賀鑄

雀聲嘖嘖燕飛飛〔一〕，在得殘紅兩三枝。睡思乍來還乍去，日長披卷下簾時。

〔一〕嘖嘖：底本訛作「噴噴」，據《慶湖遺老詩集》卷九改。

微　豐樂亭逢春　　　　　歐陽修

春雲淡淡日暉暉，草惹行襟絮拂衣。行到亭西逢太守，籃輿酩酊插花歸。

東　呈王山父　　　　　劉過

疎煙澹澹樹重重，略得西南有路通。鐘板不鳴山寺静，閉門人有月明中。

支　惜春　　　　　徐集孫

輕寒惻惻雨絲絲，獨坐吟床日較遲。方此惜春容易老，晚風吹落野棠梨。

蕭　答和江子我　　　　　程俱

長江衮衮葉蕭蕭，心與虚空自寂寥。過眼文書風度穴，迎秋衾枕帯忘腰。

承句叠用雙字押韻格

支　登古城　　　　　于鵠

獨上間城却下遲，秋山慘慘塚纍纍。當時還有登來者，荒草如今知是誰。

蕭　宿紀南驛　羅鄴

策蹇南游憶楚朝，陰風淅淅樹蕭蕭。不知無忌姦邪骨，又作何山野葛苗。

先　赤松間　僧皎然

緑岸朦朧出見天，晴沙歷歷水濺濺。何處羽人長洗耳，殘花無數逐流泉。

蕭　七夕　權德輿

今日雲輧渡鵲橋，應非脉脉與迢迢。家人競喜開妝鏡，月下穿針拜九霄。

侵　三閭大夫　王柏〔一〕

憂國憂君慨憾深，沅湘浩浩魄沈沈。懷沙哀郢成何事，日月争光只此心。

〔一〕王柏：底本訛作「葉采」，據《魯齋集》卷三改。

魚　秋雨嘆　楊萬里

似霧似塵有却無，須臾密密復疎疎。忽忘九月清霜曉，唤作濛濛二月初。

元　題石門奉真觀　劉宰

叠障作屏石作門，陰霖漠漠雨昏昏。清遊到晚不知去，要上峰頭望曉暾〔一〕。

轉句叠用雙字格

冬　題清頭寺　白居易

頭陀獨宿寺西峰，百尺禪菴半夜鐘。煙月蒼蒼風瑟瑟，更無雜事對山松。

庚　春晚書山家主人屋壁　僧貫休

柴門寂莫黍飯馨，山家煙火春雨晴。庭院濛濛水泠泠，小兒啼索樹上鶯。

〔一〕曉：底本訛作「朝」，據《漫塘集》卷一改。

真　寒食　李龏

一年惟此兩三晨，落拓東風不籍春。歌酒家家花處處，何曾紫陌有閒人。

灰　次韻送春花　黄庭堅

化工能斡大鈞回，不得東君花未開。誰道纖纖又細細[一]，磨刀剪彩喚春來。

結句疊用雙字押韻格

冬　別蘄春王判官　裴夷直[二]

四十年來真久故，三千里外暫相逢。今日一盃成遠別，煙波渺渺恨重重。

[一] 又細細：《山谷内集詩注》卷十三及《山谷集》卷十均作「緑窗手」。

[二] 裴：底本作「斐」，據《萬首唐人絶句》卷三十八改。

麻　九日　曾幾

尊前韻度落烏紗，卻是西風知孟嘉。當日龍山無數客，問誰整整又斜斜。

青　悼阿駒　劉克莊

長兄開卷每隨聲，大母繙經常諦聽。眉目分明無夭法，恐緣了了與惺惺。

起句用雙字押韻格

齊　柳州二月　柳宗元

宧情羈思共悽悽〔一〕，春半如秋意轉迷。山城過雨百花盡，榕葉滿庭鶯亂啼。

寒　早春雪　戎昱

陰雲萬里晝漫漫，愁坐關心事幾般。爲報春風休下雪，柳條初放不禁寒。

〔一〕宧：底本訛作「官」，據《柳河東集》卷四十二改。

陽　寒食有寄　韓偓

風流大抵是倀倀〔一〕，此際相思必斷腸。雲薄月昏寒食夜，隔簾微雨杏花香。

月　詠初日　宋太祖

太陽初日光赫赫，千山萬水如火發。一輪頃刻上天衢，逐退群星與殘月。

承句用雙字押韻格

青　洞宮秋夕　陸龜蒙

濃霜打葉落地聲，南溪石泉細泠泠。洞宮寂寞人不寐，坐見月生雲母屏。

寒　題來青館　真德秀

客夢成時夜向闌，幽泉挾雨響潺潺。清魂便覺超塵世，何況真栖嵓石間。

〔一〕倀倀：底本訛作「長長」，據《全唐詩録》卷九十三改。

侵　棲真洞　吳昌裔

鑿破千年渾沌心，石楠當户洞愔愔。詩臞猶怯春寒在，捫石梯雲不敢深。

鹽　春詞　陳允平

楊柳春風三月三，畫橋芳草碧纖纖。一雙燕子歸來後，十二紅樓卷繡簾。

蕭　和國信子育元韻　彭汝礪

傍火時尋柏子燒，青燈笑語夜寥寥。殊方更喜人情好，長日不知山路遥。

侵　慶樂園　周密

舊事淒涼尚可尋，斷碑閒卧草深深。凌風閣下槎牙樹〔一〕，當日人疑是水沈。

〔一〕樹：底本訛作「對」，據《宋詩紀事》卷八十改。

結句用雙字押韻格

刪 四皓廟 許渾

避秦安漢出藍關，松桂花陰滿舊山。自是無人有歸意，白雲長在水潺潺。

真 新昌井 商堯藩

轆轤千轉勞筋力，待得甘泉渴殺人。且共山麋同飲澗，玉沙鋪底淺磷磷。

文 江外思歸 鄭谷

年年春日異鄉悲，杜曲黄鶯可得知。更被夕陽江岸上，斷腸煙柳一絲絲。

寒 對梅 張道洽

老年不著梅花眼，得見梅花子細看〔一〕。我不似梅梅似我，風流心事一般般。

〔一〕花：底本訛作「子」，據《宋百家詩存》卷三十五改。

魚　登城樓　賀鑄

襲人風露覺秋初，臨水高樓更雨餘。天幕鮮明河影落，行雲流水兩徐徐。

青　自題大姚村圖　米友仁

老年尚喜管城子，更愛好山江上青。武林秋高曉欲雨，正若此畫雲冥冥。

轉句用雙字爲腳格

微　長安秋夜　李德裕

内宫傳詔問戎機，載筆金鑾夜始歸。萬户千門皆寂寂，月中清露點朝衣。

真　夜來　張耒

夜來風雨掠餘春〔一〕，晏起蕭條一病身。三月長安泥浩浩，懶隨車馬作遊人。

〔一〕春：底本訛作「香」，據《柯山集》卷二十四改。

豪 雜興 趙崇鉘

潮平煙歛月明高，霽宇涵空見羽毛。我自無能君了了，檣杆獨倚調離騷。

尤 上巳遊顯親寺題其壁 方岳

一犂初試繭栗犢，兩岸對鳴晴雨鳩。摇落碧桃花片片，石欄干下釣魚舟。

庚 歸途 葉茵

春來天氣半陰晴，那更奔馳一月程。又恐花時成草草，還家插柳佐清明。

支 南郊即事 李玨

嚴更頻報夜何其，萬甲聲傳遠近隨。梔子燈前紅炯炯，太安輦上赴壇時。

月 夜度娘歌 劉才邵

菱花炯炯垂鸞結，懶學宫妝匀膩雪。風吹涼鬢影蕭蕭，一抹疎雲對斜月〔一〕。

〔一〕雲：底本訛作「雪」，據《檆溪居士集》卷二改。

起句用通韻格

元文　井欄砂遇夜客　　李涉

暮雨蕭蕭江上村，緑林豪客夜知聞。他時不用逃名姓，世上如今半是君。

支齊　夢歸　　蘇舜欽

雨隔疎鐘曉不知，春風吹夢過江西。雨聲破夢北窗響，卧憶江西路亦迷。

東冬　楓橋　　孫覿

白首重來一夢中，青山不改舊時容。烏啼霜落寒山寺，欹枕猶聽半夜鐘。

元删　宮詞　　楊太后

溶溶太液碧波翻，雲外樓臺日月閒。春到漢宮三十六，爲分和氣到人間。

陽江　芭蕉　曾協

炎蒸誰解喚清涼，扇影摇摇上竹窗。準擬小軒添睡美，夢成風雨夜翻江。

庚青　幔亭峰　辛棄疾

山上風吹仙鶴聲，山前人望翠雲屏。蓬萊枉覓瑶池路，不道人間有幔亭。

承句用通韻格

灰支　回鄉偶書　賀知章

少小離家老大回，鄉音無改鬢毛衰。兒童相見不相識，笑問客從何處來。

蕭肴　永王東巡歌　李白

祖龍浮海不成橋，漢武尋陽空射蛟。我王樓艦輕秦漢，却似文皇欲渡遼。

魚虞　寒塘曲　張籍

寒塘沈沈柳葉踈，水暗人語驚棲鳬。舟中少年醉不起，持燭照水射游魚。

冬東　勸入廬山讀書　李群玉

憐君少雋利如鋒，氣爽神清刻骨聰。片玉若磨惟轉瑩，莫辭雲外入廬峰。

先删　再遊東林寺　僧貫休

臺殿參差聳瑞煙，桂花飄雪水潺潺。莫疑遠去無消息，七萬餘年始半年。

微支　送李十之陜府　張耒

斷蓬泛梗偶相依，一别重逢又幾時。人世悲歡消遣盡，爲君流淚忽沾衣。

結句用通韻格

東冬　中夏晝卧　劉兼

寂寂無聊九夏中，傍簷依壁待清風。壯圖奇策無人問，不及南陽一卧龍。

蒸庚　呼沱河　范成大

聞道河神解造冰，曾扶陽九見中興。如今爛被胡羶涴，不似滄浪可濯纓。

刪寒　寄書後作　林希逸

幾度題書客未還，歸鴻歷歷度鄉關。遥知一紙平安字，慈母燈前閣淚看。

青庚　雜小詩　朱松

避世山中秖樹亭，緑陰繞舍忽青青。抛書自笑爬沙手，要挽天河洗甲兵。

文真　惜春　俞桂

春事三分過二分，桃花水上覓紅雲。遊人浪説春歸去，柳外黄鸝尚自吟。

肴豪　晨起　周文璞

閉門不與俗人交，元晏春秋日日抄。清曉偶然隨鶴出，野風吹送白櫻桃。

各句皆用通韻格

先删寒 次韻答寶覺　蘇軾

芒鞋竹杖布行纏，遮莫千山又萬山。從來無脚不解滑，誰信石頭行路難。

蒸庚青〔一〕 宋林宗寄夔州五十詩　黄庭堅

五十清詩一段冰，持來恰得慰愁生。自張壁間行坐看，更教兒誦醉時聽。

真文元 重陽後菊花　范成大

過了登高菊尚新，酒徒詩客斷知聞。恰如退士垂車後，勢利交親不到門。

微齊支 聞鶯　楊萬里

曉寒顧影惜金衣，著意聽時不肯啼。飛入柳陰多處去，數聲只許落花知。

〔一〕庚：底本訛作「肴」。按「生」屬「八庚」韻，據改。

支微灰　次韻德久　姜夔

籬落青青花倒垂，避人黄鳥雨中飛。西郊寂寞無車馬，時有溪童賣菜來〔一〕。

青蒸庚　贈藍琴士　葛長庚

夜來莫説西山冷，見説廬山夏有冰。真恐與君相别後，錯聽猿嘯作琴聲。

〔一〕來：《白石道人詩集》卷下及他本均作「歸」，屬「微」韻。如此則詩韻只通押「之微」而無「灰」。

詩律

赤澤一堂

《詩律》一卷，赤澤一堂（一七九六——一八四七）撰。據文會堂《日本詩話叢書》本校。

按：赤澤一堂（あかざわ いちどう AKAZAWA ICHIDO），江户時代儒醫。讚岐（今屬香川縣）人，名一、萬，字太乙，號一堂。寬政八年生，弘化四年六月五日歿，享年五十二歲。

其著作有：《詩律》一卷、《四書集注講義》四卷、《詩經講義》八卷、《孝經講義》一卷、《左傳講義》五卷、《孫子算注》二卷、《聖學百問》二卷、《三代字義》二卷、《逸語》二十卷、《鷄肋集》、《歸塘集》、《盛於集》一卷、《文壇一叱》一卷、《剪彩花叢》一卷、《反故紙囊》五卷、《龍威秘録》二十四卷、《時日異名考》一卷、《茶故事》二卷、《歷代度量衡考》三卷、《傷寒論甘露味》四卷、《傷寒論醍醐味》五卷、《傷寒論狐白裘》一卷、《傷寒論脈説金不换》一卷、《金匱要略是正》四卷、《辨古事醫言》五卷、《古今藴秘録》五卷、《譯小倉百首》五卷、《爵禄考》一卷、《心事詩》一卷、《碧巖聯珠》二卷、《三稱》一卷、《十敬論》一卷等。

序

詩之有律，如國之有律也。古人之作，按律以判之，則首尾結構、字句安插等項工夫，曖昧不明者悉皆照著，如老吏據獄點視，情款不遺也。今人之作，由律以推之，則淫聲奇技、違犯落節、言僞學非，以惑人者，裏底悉見，如廷尉執法，參劾規避，比依以情，徒杖斬絞，各從輕重科斷也。故作詩者得律以行之，則所造之巧拙雖在其人而不一，而所執之規律，皆符於唐宋古人之紀綱，始可免亂作胡行之弊。如官府所頒甲條乙令，一一憶記，能斷妄念，能誡惡事，便是篤行君子也。佳矣哉詩之有律。古今律絕，應調隨體，備具格令，與夫所謂王法律例、金科玉條何以異乎？一堂赤澤先生所以立爲森嚴公論，示行于世，即是詩道之審録、作家三尺之法。天保四年癸巳六月，攝津晚生山本要謹誌。

詩作

詩雖有諸體不同，皆原于周，所以尊矣。近體之詩雖有諸家不一，皆出於唐，所以不及矣。周詩三百，各有六義：曰風雅頌，是其格也；曰賦比興，是其體也。是故近體之詩，亦具六義始爲佳。

詩者，志也。志之所發，諷以詠之也。是故爲詩者須真才實學，本性反情。

詩出於實情不可止之地，哭者善哭，喜者善喜，是爲真詩。若其不弔而哭，不病而呻吟，是爲僞詩，即詩家之通弊。

詩作實情，一氣如話，自備格調是爲妙。徒論格調形似，卻忘實情，即不足爲詩已。

詩用故事，要使讀者不知之。徒用故事，大害實情。

能作者陳腐化爲新奇，不能作者新奇卻劣陳腐。是故詩不喜新奇，不厭陳腐，秖能作者爲上。

作詩不思者不可，苦思亦不可。思不思之間，油然以生者爲妙，即是古人所謂水中月鏡中花。

二條家和歌者流之言曰：「臨題起思，應須仰看雲之往來。」作詩亦有此理。

爲詩者不若多讀書多作詩。多作之功，妙運詩材，多少自辨，多固可，少亦可。多讀之功，日富詩材，滿腹皆詩。

倘讀書不能運其材，亦何用之爲？是故從多讀書不作詩，無寧多作詩不讀書。

近體之詩必擬于唐，唐有初盛中晚之别，不可不辨諸。雖然，有人於此多作詩，日求爲唐，雖曰未辨初盛中晚之階級，吾必謂之詩人。

學詩者先讀一人本集，日夜務擬其口氣，是爲易入。選詩者群玉雜遝，殆難下手。是故先做一小李白，始構一小杜甫，口氣自由，無所阻礙，能似李白，能欺杜甫，而後廣學他家，益富其腹。後來積功之久，必出脱李杜之窠窟，自成一大家。

學詩者猶學宰割之道也。宰割之妙在於調和，作詩之妙亦在於調和。均是五鼎八珍，而衆人之所調未必美也，若使易牙調之，其味太美也。均是金玉錦繡，而白面書生之所作未必美也，若使李杜裁之，其詩太美也。無他，調和得失已。

無美味，無嘉肴，而使易牙執刀向俎，必出新趣向。隨其所無之物，必美其味焉。無風景，無材料，而使李杜撚鬚援筆，必構奇手段。隨其所乏之場，必巧其詩焉。

宰割之道有時乎淡，不可常淡；有時乎濃，不可常濃。作詩之道亦如此，可淡則淡，可濃則濃。濃淡不失其節，即是詩人之伎倆，猶庖人之伎也。

材料坌集，要取捨。寧割愛，勿貪多。猶魚鳥葷蔬均在厨下，非得庖人取捨，不能調和適口。

作詩欲勢者，如樊噲拔劍切肉，一刀直斷。要精密者，如庖丁解牛，節節不乖。要佈置得宜不支離者，如陳平分肉。

口之於嘗味也，有同嗜焉；詩之於調和也，有同美焉。李杜先知詩之所同美者，易牙先知味之所同嗜者也。

解牛之道，必有首尾所宜，以宰之也。作詩者先作轉結，或先聯句，皆失其宜也。

人難言者，我必易言；人易言者，我卻難言。直者曲言，曲者直言。即是英雄欺人之伎。

有起句直入題者，有間架一二句次入題者，有二三句四五句最後入題者。要之勿離題，勿拘題。離者意散，拘者情窮。

今日之天地，自有鶯花；昔日之天地，亦有鶯花。陳新代謝，交做風景，是乃自然之理。豈有古今一樣不變之春乎？詩亦如此，周詩《三百》爲詩之祖，而不必襲虞之《賡歌》、夏之《五子》矣。況周以《二南》爲《風》始，而《風》之詩不必同于《南》《雅》之音，不必同于《頌》也。唐、宋卓然，各能樹立，以成一代之風雅。若竝爲唐音，亦秖爲唐之附庸，而何以成其元音也？

古人之詩，體裁格調各自不一樣，高古，深遠，雄渾，飄逸，悲壯，凄婉，讀者自得其意。

不信詩者，言之不知；信詩者，不言亦知。不言而知者，自得其妙處勿誤。雖然詩人，一失其入手處，必有多少糜爛，難矣哉詩。

詩調

詩主音韻。音韻不協，終不可爲詩也。僅是言之五七者。

漢人言語，平日用韻辨其輕重，是故其詩固有巧拙不同，尚能調和可以諷詠焉。

爲詩者必擬其人，必學其代。何物爲漢魏？何物爲六朝唐宋？何物爲李杜沈宋？何物爲元白？一一明瞭，詳辨其調，始爲造妙境。

享保以下爲詩者，必主唐明。享和以來爲詩者，皆嫻宋元。雖然，其人不知音韻之道理，果能辨開元天寶乎？果能別東坡山谷乎？吾未信其實否。

不知音韻，漫擬其辭者，乍散乍縮，乍寬乍急，喉嚨之間開合無常，固不可諷詠之矣。

崎港漢人讀本邦所稱名家大家之詩，皆必廢不取焉。無他，其人不知音韻故也。試使野人造俗謡，其義可通，而不可上之三絃，無他，野人不知調律也。本邦人士不知音韻妄作詩，亦猶此段。

凡造俗謡者，先屬其語；次施其音節，必仍便宜改語；次調諸三絃，亦必便宜改語：如此三調，其曲始成一齣俗謡。由此觀之，本邦人士造本邦之曲尚且難，況於詩賦之上？

蜂腰、鶴膝、雙聲、叠韻，休文三尺法，古今作者犯者不少也。雖然，漢人自有調音之法，可免其帶齒粘喉之病也。本邦之人不可如此。

凡詩四聲參差，平側互交，不可重複相仍，是爲妙用。其例有三忌：首忌韻雜，次忌音連，三忌字澀。有三要：頭要雙換，腰要響，勢要相承。換法有雙換，有單換，雙換爲可。腰者，五言三字、七言五字是也。上有上聲相連，下必平聲相連，以均其勢也。上聲與平聲相近，以間數側數平。去入啞音相連，是期期艾艾之文，可忌。大氐漢人學士之詩，利於案上，而不利於場上。本邦學士之詩，利於眼中，而不利於舌頭。此是本邦學士作詩之法，亦不可已之方便門。

詩韻

五言古風，起句不用押韻爲常例。如杜甫《潼關吏》起句押韻，此法尤希矣。轉韻起句，押韻不押韻俱可，古人作例，大氐相半。如李白《古風》月微韻、《塞上曲》蕭職韻、《以詩代書答元丹丘》《望廬山瀑布》《望月有懷》〔一〕，杜甫《石壕吏》，王維《藍田石門精舍》，韋應物《擬行行重行行》《擬庭前有奇樹》，皆押韻也。

七言古起句、轉韻皆押，起句五言者不用押，對起者亦同，是爲常例。如張謂《湖中對月行》，李頎《古從軍行》，即是七言對起不押韻者。如李頎《聆董太彈胡笳聲》，杜甫《舞劍器行》《曹將軍畫馬圖引》，岑參《崔五丈屏風烏孫佩刀》，即是七言不對起而不押韻者。此法希矣。如李白《遊天姥吟》，韋應物《江草歌》，張籍《節婦吟》《白頭吟》，即是五言起二句，不得不押韻也。轉韻准之。如杜甫《舞劍器行》，韓翃《贈王侍御赴上都》，即是轉韻不押。此法爲希。

三字句、四字句、六字句，例如五言句法。三字句韻連押者，如駱賓王《帝京篇》「已矣哉，歸去來」即是，又如李白《遠別離》起句。三字爲贅，如張籍《各東西》起句「遊人別」、高適《還山吟》起

〔一〕懷：底本訛作「想」，據《李太白文集》卷二十改。

句，不贅且押韻，其法正相反矣。

隻句押韻直接上句者，如杜甫《短歌行》「且脱劍佩休徘徊」「眼中之人吾老矣」二句。每句連押者無嫌隻句，如高適《還山吟》「吟深心」連押，及子美《飲中八仙歌》。又三句者上下二句押韻，中間一句不押韻，如郎士元《塞下曲》起三句「兒」「知」押韻，即是雙殺、單殺之别。

上下如常押韻，中間每句押韻者，如孟浩然《夜歸鹿門歌》起四句元韻四，王維《送友人歸山歌》上九句每句韻，下四句隔句韻。岑參《青門歌》齊韻四連押，李白《遠别離》紙韻三連押，《新鶯百囀歌》庚青十一韻六句連押，《廬山謡》陽八韻七句連押，《遊天姥吟》末删韻四三連，杜甫《哀王孫》虞韻十七中間二處二句連押，《短歌行》灰四末二連、紙四末二連，韓翃《别王侍御赴上都》魚虞四轉韻不押、中間二連，王建《當窻織》職韻四連，高適《還山吟》侵三連、紙四初三連、次先四隔句韻。他例知之，略於此。

轉韻句數分段平均者爲佳。雖然，作者應時隨宜，變化不一樣。只要不太長不太短，無失前後斤兩。其例有九。

平均者，句數斤兩相均之謂也。李白《妾薄命》屋二魚二尤二皓二、《以詩代書答元丹丘》語二先三沃三删三起句闕轉韻押、《送韓準裴政孔巢父還山》麌二真二陌二侵二月二真二、杜甫《石壕吏》真元韓三麌遇三紙三真文元三支微三屑三，王維《送魏郡李太守赴任》支二卦隊二微二遇二文二、《贈祖三詠》魚二皓二删二銑二支二、王昌齡《長歌行》皓四歌四、岑參《送王大赴江寧》文二紙二尤二屋二支二阮二、韋應物《擬庭前有奇樹》陽二月二，以上五言。孟浩然《夜歸鹿門歌》元四每句御遇三、張謂《湖中對月行》删二陌三麻三起闋、崔顥《七夕詞》霰三尤三、《代閨人答輕薄少年》支三陌三寒三阮三寒三、王維《夷門行》支三馬三尤三、《同崔傅答賢弟》陌三庚三御三真三、《老將行》支六尤六文六、李頎《古意》陌三微三麌三、《古行軍行》歌二藥三麻三起闋、《送陳章甫》陽三養三豪三職二歌麻三、高適《古梁行》真三紙三元三皓三尤三、《送田少府貶蒼梧》先二諫三支三起闋五言、《贈別晉三處士》元三皓三魚三、《封丘縣》馬三支三紙三灰三、岑參《登古鄴城》霰二灰三起闋五言、《函谷關歌》賄二删三紙三魚三起闋、《青門歌》灰二屑二東三麌二齊四每句霰三、《送費子歸武昌》皓三先三陌三支三麌三真三、《衛節度赤驃馬歌》職三支三隊三豪三有三陽三紙三、《與獨孤漸道別》旱三庚三軫吻三微三藥三寒三語三真文三有三、李白《灞陵行》皓三庚青三起闋五言、杜甫《短歌行》灰四紙四、劉長卿《客舍喜鄭三見過》微三屋三魚三、錢起《送鄔三還鄉》微三錫三支三〔一〕、韋應物《月洲歌》尤三遇三支四每句阮銑三、戎昱《客舍秋夕》尤三藥三、李涉《濉陽行》馬三紙三文三沃三、張籍《送遠曲》沃三遇三、《寄衣曲》真三紙三、王建《望夫石》尤二語二、《老婦嘆鏡》隊泰三屑月三、王勃《滕王閣》麌三尤三、宋之問《至端州驛題壁》霰三微三、孫逖《山陰城西樓》删三皓三、高適《人日寄杜二拾遺》陽三遇三真三、岑參《花樹歌》皓三陽三、張若虛《春江花月夜》庚三霰三真三紙三尤三灰三文三麻三遇三、衛萬《吴宫怨》紙三真三。

〔一〕鄔三：底本訛作「鄔鄔」，據《全唐詩》卷二百三十六改。

互均者，上下互均斤兩之謂也。李白《望廬山瀑布》紙四東三陌三删四、高適《哭單父梁九少府洽》魚二紙四真青三吻軫三。二四、三三同是六，以上五言。崔顥《孟門行》陌二真三皓二支三、李頎《古行路難》麌二陽四宥二紙三真三。二四、三三同是六，中間插一應上、《緩歌行》尤三紙三陽三馬二微四。二四、三三同是六，中間插三、岑參《胡笳行》支三皓二麻二文三、錢起《送張將軍西征》麌二删三阮二微三。

插不均者，上下斤兩平均，中間特插不均之謂也。張謂《贈喬林》尤三陽二元三，插二、崔顥《長安道》文三屑二支三，插二、岑參《白雪歌》屑二灰二藥三蒸二陌二元二遇二，插二、《送魏升卿歸東都》東二五言紙三微三宥二魚二養三庚青三，插二應上、李白《單父東樓送族弟》麌二五言尤三屑三真三賄二東三，插三三、錢起《傚古》陽三紙二微三，插二、王建《行見月》庚二月二歌三沃屋二支微三，插三、劉庭芝《公子行》紙三麻四陽五霰三真四，插五。

初短後均者，後段斤兩平均，初段僅短之謂也。李白《塞上曲》蕭二職三歌三，以上五言。張謂《代北州老翁答》尤二紙二庚三麌三真三、張籍《各東西》齊二麌三紙三、杜甫《曹將軍畫馬圖引》陽二陌三微三麻四屑三阮震三東四、《丹青引》元三真文三霰五東五漾五真五、高適《還山吟》侵三每句紙四先四。

後短初均者，初段斤兩平均，後段僅短之謂也。杜甫《七歌》紙四灰二、《渼陂行》支三緝三灰三職三删三虞三寘二歌二、張籍《白頭吟》侵二五言御遇三支三敬徑三阮二、《節婦吟》虞三紙三支二、王建《田家留客》屋三虞三齊二遇二、杜甫《驄馬行》東三旨三屑三支二皓二。

初長後均者，李頎《放歌行答從弟墨卿》麌五虞三陌三支三藥三、張籍《征婦怨》漾三虞二屋二、王建

《短歌行》質三支二皓二。

後長初均者，岑參《喜韓尊相過》皓二支二嘯二刪三、《梁州館中夜集》尤二麻二翰二真二皓三、劉長卿《送姨子弟》真二有二五言蕭二漾三〔一〕、《崔五丈屏風烏孫佩刀》隊泰二先二漾三、丁仙芝《餘杭醉歌》虞二五言御二灰四。

參差者，段法參差，然亦不太長不太短之謂也。李白《酬崔五郎中》職二東陽二哿二支六賄二刪三、《經下邳圯橋懷張子房》麻二董腫二東三、《望月有懷》麌二侵三、韋應物《擬行行重行行》寒刪四陌職五，以上五言。張說《鄴都引》屋四隊二真三、王維《送友人歸山歌》支微五文元五上九句連押韻、《隴頭吟》陌三尤四、高適《邯鄲少年行》紙三文三陌二尤三、《燕歌行》職三刪三虞三微三宥五文三、《別韋參軍》陽二五言麌五真六、李白《烏棲曲》支二質二歌三、《梁園吟》刪二歌三職二尤三屑三文三賄三微三阮二、《遊天姥吟》尤二麌二庚三月二齊四徑二先三灰三馬二麻四紙二刪三、杜甫《舞劍器行》陌七質六、《兵車行》蕭四真二先二紙二尤二齊二願二質二皓二尤三、《送友人東歸》侵二微三、劉長卿《齊一影堂》文三先三麻二霰二微三、《聆笛歌》錫三尤三嘯二侵三有二、錢起《青城山歌》冬二陌三支四、韋應物《聆鶯曲》庚青四蕭二緝二元三沃二刪二篠三、《江草歌》皓二庚二銑三真二遇二支三、郎士元《塞下曲》支二月三、韓翃《別王侍御赴上都》陌二虞三微二紙

〔一〕漾：底本訛作「深」。按韻部無「深」，又按劉長卿《送姨子弟》「今我單車復西上，遥望灞陵轉惆悵。何處共傷離別心，明月亭亭兩鄉望」，三韻均屬「漾」。據改。

二魚虞四、顧況《日晚歌》删三屑二、王建《寄遠曲》語三支二、《羽林行》紙二東三徑敬二侵二、《當窻織》職四翰三藥二陽二、《田家行》月二庚三沃屋四、《温泉宫行》灰三紙三遇二尤三麌二、劉廷芝《代悲白頭翁》麻二沃二隊三東四先五支三、李白《烏夜啼》齊二麌語三、盧照鄰《長安古意》麻五職五先三霰三陌三質三齊五文三紙三灰三漾三東三隊三文三、駱賓王《帝京篇》元二屋五灰五紙五冬四敬二真四遇三微七文五隊三支三麻四霰二真二未二灰六。

不均者，李白《古風》月二微六、同紙二尤十四、王維《藍田石門精舍》東四陌錫九，以上五言。岑參《邯鄲客舍歌》皓二先四、李白《遠别離》語麌八紙三删三屑二、《蜀道難》先元七寒三删五錫二灰六麻四、《百囀歌》皓二庚青十一、《扶風豪士歌》麻七支九侵二、《廬山謡》尤三陌八删三月二庚四、杜甫《送孔巢父兼呈李白》遇七虞四。

以上九例，隨宜應時，以構工夫，俱存作者之伎倆，不須太拘拘焉。全篇一韻者，分段句數，俱要不失斤兩，亦准此例。

詩對

凡對有十二種，如左所載。

第一的名對一名正名對，又名正對，或切對。如西園東圃相對，平野高山相對，千金雙玉相對等。

第二隔句對一曰扇對。以第一句對第三句，第二句對第四句。如「昔年共照松溪影，松折碑荒僧已無。今日還思錦城事，雪消花謝夢何如」鄭都官。

第三疊字對。如「夏暑夏不衰，秋陰秋未歸」，「琴命清琴，酒進佳酒」，又「學懶真成懶，知休卻得休」楊萬里，名曰雙擬對。「看山山已峻，望水水仍清」，又「絶壁入天天入水，亂篙鳴石石鳴船」楊萬里，名曰聯綿對。俱疊字對格也。

第四互成對。如天地對日月，麟鳳對金銀。若天地相對，日月相對，即爲的名對。又如天山相對，花鳥相對，名曰異類對。亦互成對之類也。

第五賦體對。如皎皎朦朦相對，名曰重字對。徘徊悵恨相對，名曰疊韻對。崎嶇嶢峭相對，名曰無聲對。俱皆賦體對也。句頭句腹句尾各擇用。

第六折句對。如「鳳皇樂奏鈞天曲，烏鵲橋通織女河」，「靜愛竹時來野寺，獨尋春偶過溪橋」。

第七流水對。如「春日鶯鳴脩竹裏，仙家犬吠白雲間」。

第八意對。如歲暮涼風相對，寢興白露爲對。事意相因，文理無爽，故爲對。

第九錯綜對。如「紅稻啄餘鸚鵡粒，碧梧棲老鳳皇枝」老杜。

第十借對。如「曉路秋霜」，路露同。「初蟬密蔦」，蔦鳥同。名爲假音對。馬頰河、熊耳山爲對。「漆沮四塞」，漆、四，數名。「曾參陳軫」，軫、參，星名爲對。是不平常，故名爲奇對。馮翊龍首爲對。「泉流赤峰」，泉字有白，與赤對。英彥桂酒爲對。義別字形半對，名爲側對一曰字側對。「厨人具鷄黍，稚子摘楊梅」孟浩然，「水春雲母碓，風掃石楠花」李白，「竹葉於人既無分，菊花從此不須開」少陵，名爲假對。共皆借對之類也。

第十一交絡對。如「裙拖六幅瀟湘水，鬢聳巫山一段雲」李群玉，「野老就耕去，荷鋤隨牧童」孟浩然，「欲作一晴多少日，早知秖費數朝寒」楊萬里。

第十二當句對一曰就句對。如「小院迴廊春寂寂，浴鳧飛鷺晚悠悠」少陵，「孤雲獨鳥川光暮，萬里千山海氣秋」李嘉裕。前輩于文亦有此體，如「龍光射斗牛之墟，徐孺下陳蕃之榻」王勃。

右十二種對，古人所常用也。如他鄰近對，偏對一曰聲類對，雙虛實對，叠韻側對，雙聲側對，切側對，背體對，含境對，字對，同對，平對，同文對等，皆略之。對有四病：如前句雙聲，後句直語或空談，名曰跛對；前句有形後句無色，前句物色後句人名，名曰眇對；言換而意不換，名曰合掌對；花柳相對，龍鳳爲對，名曰板腐對。共皆可忌。雙聲即雙聲對，叠韻即叠韻對，爲佳。

詩病

凡詩病有二十四種，其例如左。

第一水渾病。謂五言一六相犯者。犯者，同四聲相犯也。無拘。

第二水滅病。謂五言二七相犯者。無拘。避爲美。

第三木枯病。謂五言三八相犯者。無拘。

第四金缺病。謂五言四九相犯者。無拘。

第五土崩病一曰上尾。謂五言五十相犯者。避爲可。

第六蜂腰病。謂五言一句中二五相犯者。無拘。

第七鶴膝病。謂五言詩五字十五字相犯者。無拘。

第八大韻病一曰觸地。謂同韻同聲者。如押「新」字爲韻，更不可安「人津鄰身陳」等字也。無拘。避爲佳。

第九小韻病一曰傷音。謂同韻他聲者。無拘。

第十傍紐病一曰大紐，又曰爽絶。謂句中有「月」字，更不可安「魚元阮願」等字也。

第十一正紐病一曰小紐，亦名爽切。謂句中有「壬」字，更不可安「衽任入」也。

第十二平頭病。謂五言一六、二七竝犯者。以上諸病，不足累詩。如能避者彌佳。若立字要切，於句調暢不可移者，不須避之。觀古今名家諸作可考已。

第十三闕偶病。謂上下不對者。

第十四繁説病一名相類，又名疣贅。謂一意再説者。尤忌。

第十五齟齬病一名不調。謂五言一句中三字同聲相連者，不必拘。且要下句相承，以均其勢。

第十六叢聚病一曰叢木。謂風雲煙霞氣象相叢者。可避。地名相叢者名爲輿地志病。如李白《娥眉山月》是妙手，不可引此塞口。人名多者名爲點鬼簿病楊炯故事，數目多者曰算博士駱賓王故事，金玉珠璧多用者曰至寶丹宋王珪故事，服色多用曰紬緞簿，器形多曰骨董簿，俱是叢聚病之類。

第十七忌諱病。如「山崩海竭逆流亂聲」等，應制應教之作宜慎此病。孟襄陽「不才明主棄」句悞卻終身。佳城字即疑滕公。及「侵天干天」等，名曰形跡病，宜加斟酌。意旨傍觸者名曰傍突病，如「二畝不足情，三冬俄已畢」周彦倫。正言即佳，反語卻累者曰翻語病。崔氏曰「伐鼓反語腐骨，是病」。此病何必拘拘，俱皆忌諱之類。

第十八長擷腰病又名束病。謂每句第三字擷上下兩字。

第十九長解鐙病一曰散病。謂五言下一字單成其意，相速連。此病非病，句中宜有之。若不與他相間則爲病。

第二十支離病。如「人人皆偃息，唯我獨從戎」。無拘。人有感慨，其言輒支離。如《詩》云

「我獨賢勞」是也。

第二十一相濫病。如樹木枝葉山河水石等一事再用者。上有馳馬飛鑣，下用桃華騎，曰相重病又曰枝指。晴雲積霧竝用曰相及病。二句一意無所差別者，如「兩戍俱臨水，雙城共夾河」庾信曰駢栂病。俱是相濫。

第二十二落節病。如月詩論華出鳥，春詩插菊述梅。

第二十三雜亂病。謂首尾錯亂不能成編者。少年士作絶句轉結，難成起承。或律詩先造句，不全起結等，皆有此病，宜戒之。

第二十四文贅病一云涉俗。謂一字加贅，衆巧皆去；片語落嫌，人競致譏者。作者輕忽彫琢，輒述拙作，皆有此病。勿忽諸。今世作者不諳詩律，漫然任口綴述，未嘗知四聲爲何物也。故予掲古人所論病目，以示大概者如此。

詩法

五七古風，先分爲幾段。段段過去，節節次序，使事情委曲細説，不許支離雜亂也。每節起句顧上，末句引下，要爲過脈。句數多少，率均斤兩。雖然，句勢要通暢不滯，何必闕勢均句乎？古人之詩皆然。夫詩者，韻文也。其法猶文章之法，所謂冒頭、起首、回環、應照、頓挫、波瀾、結尾，種種之法，自具其中矣。故曰，非知文章者，不能古風。人多謂詩、文二派不相關，大謬矣。蓋詩、文詞殊，豈別其脈理乎？詩語婉而易盡，文語直而無盡。是故詩之至長者與文之至短者正相當，可以觀已。詩中多有閑語，即是波瀾；有確語，占地步處；有再提前語者，深嘆處。今引古人詩示法。

妾薄命

李白

漢帝寵阿嬌，貯之黄金屋。咳唾落九天，隨風生珠玉。

四句二韻。「帝」、「天」相應，「黄金」、「珠玉」相應。「咳唾」、「生玉」，何等風况，三千宫女，悉在口中囓殺盡，此處揚開一步。

寵極愛還歇，妒深情卻疎。長門一步地，不肯暫迴車。

四句二韻。「寵」字顧上再出，「歇」字引下三句。「一步地」照「九天」。「黄金屋」「長門宫」及「車」，三個連來，出處進退之地可見，此處抑，「不迴車」三字收了，引下感嘆。

雨落不上天，水覆難再收。君情與妾意，各自東西流。

四句二韻。「雨」映「天」，「水」顧「地」，「君妾」暗含「天地」。昔日在天上，今日在地上，反復顛倒之狀，猶水東西分流去也。此處感慨。

昔日芙蓉花，今成斷腸草。以色事他人，能得幾時好？

四句二韻。「花」「草」「色」相呼，顧上阿嬌愛之如花、疎之如草。「他人」字尤切。「昔日」「今日」「幾時」相呼，「好」字總照上「寵愛」等收了，此處嘆息。○此篇二段、四節，每節四句二韻，字字相呼、句句相顧、節節相映、段段相應，不可缺一句，不可去一節。法則尤易看知，宜考。

藍田石門精舍

王維

落日山水好，漾舟信歸風。玩奇不覺遠，因以緣源窮。

四句一節。舟中興情，好奇相呼。

遥愛雲木秀，初疑路不同。安知清流轉，偶與前山通。

四句一節，舟中初見石門，「愛」字顧上，「前山」二字結上，爲下過脈。以上二節爲前段，凡八句。

捨舟理輕策，果然愜所適。老僧四五人，逍遥蔭松柏。

「舟」字再出，映上，「果然」應上「疑」字，到此與老僧爲逍遥遊之樂，只覺捨舟不早已。「松柏」太妙。初云「雲木」，次云「前山」，今云「松柏」，言嚮所秀者，到此始知。「松柏」引下四句一節。

朝梵林未曙，夜禪山更寂。道心及牧童，世事問樵客。

「朝梵」「夜禪」自「老僧」來，二六時無間斷之狀。「林」字對「松柏」，「牧童」「樵客」對「老僧」。俱了「道心」，何只「四五」人？四句一節，二節合爲前大節。

暝宿長林下，焚香卧瑶席。澗芳襲人衣，山月映石壁。

性本玩奇，况問世事，必有了心，宜哉一宿！焚香不凡，澗芳照山，月映夜，風景尤佳。一宿不虚哉！四句一節，「壁」字通韻。

再尋畏迷誤，明發更登歷。笑謝桃源人，花紅復來覿。

地比桃源，自爲漁父，餘意飄逸可玩。「明發」對上，「更登」，全是玩奇形體，「來覿」亦是不覺遠模樣。「歷」「覿」同韻，四句一節，二節合爲後大節，二大節合爲後段。前段二節，八句四韻；後段二大節，十六句九韻。

喜鄭三見過

劉長卿

客舍逢君未授衣，閉門愁見桃花飛。遥想故園今已爾，家人應念行人歸。

四句言旅况，「客舍」「故園」「家人」相呼，「愁」「念」顧映。

寂寞垂楊映深曲，長安日暮雲臺宿。窮巷無人鳥雀閑，空庭新雨莓苔緑。

四句言客舍景色。

此中分與故交疎，何幸仍回長者車。十年未稱平生意，好得辛勤謾讀書。

四句言喜意，「長者」對「君」。○此篇三節，每節四句三韻。

兵車行　杜甫

車轔轔，馬蕭蕭，行人弓箭各在腰。爺孃妻子走相送，塵埃不見咸陽橋。牽衣頓足攔道哭，哭聲直上干雲霄。

六句一節，蕭韻四，「車」「馬」「弓箭」相呼，「行人」「爺孃」「妻子」相連，「哭聲」引下。此言行人上道之狀，如見如畫。

道傍過者問行人，行人但云點行頻。

二句小節，真韻二。「過者」「行人」相伴，「但云」二字，哭泣不能多言模樣。此言傍人認哭聲以慰之狀。「點行」引下。以上一大節。

或從十五北防河，便至四十西營田。去時里正與裹頭，歸來頭白還戍邊。

四句一節，先韻二。「十五」「四十」「頭白」相呼，「里正」伏下「縣官」，「戍邊」引下。

邊庭流血成海水，武皇開邊意未已。

二句小節，應上小節以均其勢。支韻二。二「邊」字應上，以見開口即言邊意。「流血」「開邊」承上言行役之苦，「武皇」引下，以上一大節，共一段。

君不見，漢家山東二百州，千村萬落生荊杞。

二句小節，尤韻二。「漢家」應上，伏下「秦兵」。「村落」引下，此承上言行役無功徒苦之狀。「二百」「千」「萬」，應上「十五」「四十」，言民荒。

縱有健婦把鋤犂，禾生隴畝無東西。況復秦兵耐苦戰，被驅不異犬與鷄。

四句一節，齊韻三。承上言無男子，舊野就荒之狀。「鷄」「犬」，輕民意，伏下「百草」。「秦兵」映上。「鋤犂」「隴畝」相連，伏下「租稅」。以上一大節。

長者雖有問，役夫敢伸恨。

二句小節，應上變句。願韻二。承上言役者外苦之狀。「長者」顧上「過者」，「恨」字映上「哭聲」，伏下「煩冤」。

且如今年冬，未休關西卒。縣官急索租，租稅從何出？

四句一節，五言應上變句。質韻二。承上言妻子内苦之狀。「關西」應上「秦兵」，「縣官」映「里正」。以上一大節。

信知生男惡，反是生女好。生女猶得嫁比鄰，生男埋没隨百草。

四句一節，五言二句，七言二句，應上句法交錯。皓韻二。總承上言爺孃心事，即是役夫妻子落著之地。初云「行人」，中云「鷄犬」，下云「百草」，自有次第，可味爺孃心中。以上一段。

君不見，青海頭，古來白骨無人收，新鬼煩冤舊鬼哭，天陰雨濕聲啾啾。

四句一段，尤韻三。承上五言，特變起句。總言哀恨嘆嗟之情。「青海」應上地名，「白骨」映上「埋没」，「新鬼」「舊鬼」終上行役之數。「天陰」遥應「雲霄」，「啾啾」連字韻，繳上「轔轔」「蕭蕭」。○凡三段。前段，大節二、小節二，小節在大節下；中段，大節三、小節二，小節在大節上，錯綜變法。末段，大節一，凡三十六句，平韻十六，側韻八，凡二十四韻。

五七言律詩，起二句爲破題，次二句爲頷聯要承上，次二句爲景聯要轉下，末二句爲結句，猶絶句起承轉結也。雖然，古人援筆之間變化隨宜，未必一樣也。有前四句、後四句者爲正體。有前後四句、中間四句者，有前二句、後六句者，有前六句、後二句者，皆爲變體。二首以上，五首、十首者總爲一首，初一首是起，終一首是結，中間幾首是事情反覆鋪叙，猶古詩排律也。如杜甫《何將軍》十首、《秋興》八首、《詠懷古跡》五首，皆用此法。五七言絶句亦同，如李白《秋浦歌》十七首。是故，二三首以上，十首、十五首者，特讀中間一首，不通其義，間有焉。如《唐詩選》「白髮三千丈」不可解其義，可以見已。

早發平昌島 前後四句，中間四句格。

沈佺期

解纜春風後，鳴榔曉漲前。前二句發舟。陽烏出海樹，雲雁下江煙。積氣衝長島，浮光溢大川。中四句景。不能懷魏闕，心賞獨泠然。後二句情。

塞下曲

李白

塞虜乘秋下，天兵出漢家。前二句長安事。將軍分虎竹，戰士卧龍沙。塞下事。邊月隨弓影，朝霜拂劍花。塞下景，中間四句連。玉關殊未入，少婦莫長嗟。後二句長安情。

侍宴安樂公主新宅應制

蘇頲

騑騑羽騎歷城池，帝女樓臺向晚披。前二。露灑旌旗雲外出，風迴巖岫雨中移。當軒半落天河水，繞徑全低月樹枝。中四句景。簫鼓宸遊陪宴日，和鳴雙鳳喜來儀。後二。

大原早秋　前四句、后四句格　李白

歲落衆芳歇，時當大火流。霜威出塞早，雲色渡河秋。前四句早秋景。夢繞邊城月，心飛故國樓。思歸若汾水，無日不悠悠。后四句感情。

登岳陽樓　杜甫

昔聞洞庭水，今上岳陽樓。吴楚東南坼，乾坤日夜浮。前四句岳陽。親朋無一字，老病有孤舟。戎馬關山北，憑軒涕泗流。后四句我。

返照

楚王宫北正黄昏，白帝城邊過雨痕。返照入江翻石壁，歸雲擁樹失山村。前四。衰年病肺惟高枕，絶塞愁時早閉門。不可久留豺狼亂，南方實有未招魂。後四。

永嘉浦逢張子容　前六後二格　孟浩然

逆旅相逢處，江村日暮時。衆山遥對酒，孤嶼共題詩。廨宇陵鮫室，人煙接島夷。前六句相逢景況。鄉園萬餘里，失路一相悲。後二句旅情。

曉望

杜甫

白帝更聲盡，陽臺曉色分。高峰寒上日，疊嶺宿霾雲。地坼江帆隱，天清木葉聞。前六。荆扉對麋鹿，應共爾爲群。後二。

黄鶴樓

崔顥

昔人已乘白雲去，此地空餘黄鶴樓。黄鶴一去不復返，白雲千載空悠悠。晴川歷歷漢陽樹，芳草萋萋鸚鵡洲。前六。日暮鄉關何處是？煙波江上使人愁。後二。

長安曉望

司空曙

迢遞山河擁帝京，參差宫殿接雲平。風吹曉漏經長樂，柳帶晴煙出禁城。天浄笙歌臨路發，日高車馬隔塵行。前六句風景。獨有淺才甘未達，多慚名在魯諸生。後二句感慨。

過楊氏别業前二句、後六句格

王維

揚子談經處，淮王載酒過。前二相過。興闌啼鳥换，坐久落花多。徑轉迴銀燭，林開散玉珂。嚴城時未啓，前路擁笙歌。後六過後風景。

秋夕寄懷契上人　皇甫曾

已見槿花朝委露，獨悲孤鶴在人群。前二。真僧出世心無事，静夜名香手自焚。窗臨絶澗聞流水，客至孤峰掃白雲。更想清晨誦經處，獨看松上雪紛紛。後六。

以上律法如此，作者熟得此處，縱横自辨，情景相半，輕重必均爲佳。雖然，老煉之後，情景錯出，㸦如無倫，虚實相混，時出度外，則又非造次所能也。且製句之道，各有其宜，須律絶移徙不得，五七加減不得方是。所以律有律句、絶自絶句，五言要不縮急，七言要不漫寛，句要藏字，字要藏句，如連珠不斷方妙。作者多用襯字，加減一句，大非。

排律體，正律之變也。首尾排句、對偶精密，與律詩差别。轉換鋪叙之法，全與古詩仝。有三要，要格調整嚴，要體骨匀稱，要句法變化。有三忌，忌疣贅、忌支離、忌叢聚。

至麓山寺過法崇師故居　劉長卿

山僧候谷口，石路拂莓苔。深入泉源去，遥從樹杪回。入山意。香隨青靄散，鐘過白雲來。野雪空齋掩，山風古殿開。至寺意。桂寒知自發，松老問誰栽。故居之意。惆悵湘江水，何人更渡杯。感嘆之意。

奉和幸韋嗣立山莊應制　李嶠

南洛師臣契，東巖王佐居。幽情遺紱冕，宸眷屬樵漁。幽居之意。制下峒山蹕，恩回灞水輿。松門駐旌蓋，薜幄引簪裾。幸莊之事。石磴平黄陸，煙樓半紫虚。雲霞仙路近，琴酒俗塵疎。幽居之事。喬木千齡外，懸水百尺餘。崖深經煉藥，穴古舊藏書。樹宿摶風鳥，池潛縱壑魚。幽居之景。寧知天子貴，尚憶武侯廬。讚嘆之言。

五七言絶句竝難作，要長事短語，要字乏意富，要言易盡、味有餘，愈讀愈有味爲佳。五言用拗體，七言不可拗體，有前對體，有後對體，是絶句中之一體，必勿如律詩前後半片，是爲難。絶句之法，要可互成，以第一句接第三句，以第二句接第四句，是古人之常法也。作者誤認起承轉合來，第三轉句全然轉去，不要接上，大致雜亂，宜戒之。此示其法。

易水送別　駱賓王

此地別燕丹，太子、荆軻不長生。壯士髮衝冠。其形凜然。昔時人已没，二人死去。今日水猶寒。猶覺凜然。

別杜審言　宋之問

卧病人事絶，不能送人。嗟君萬里行。何只余一人惜别。河橋不相送，卧病故。江樹遠含情。江樹惜别，况於余分手。

南樓望　盧僎

去國三巴遠，歸心日傷。登樓萬里春。風景之日，必思故人。傷心江上客，去國太遠故。不是故鄉人。無故人同樂，此意如何？

自君之出矣　張九齡

自君之出矣，思切。不復理殘機。哀悲憔悴，不是懶故。思君如滿月，君不在故。夜夜減清暉。顔色憔悴不能理機。上二字、下八字句。

送朱大入秦　孟浩然

遊人五陵去，分手怱怱。寶劍直千金。可爲贐。分手二字句，人將去。脱相贈，平生一片心。不惜千金，只表寸心。

送杜十四之江南

荆吴相接水爲鄉，征帆所泊。君去春江正淼茫。斷腸，斷腸。日暮征帆何處泊，必在荆吴間。天涯一望斷人腸。望來森茫。

峨眉山月歌

李白

峨眉山月半輪秋，入夜。影入平羌江水流。隨流而下。夜發清溪向三峽，月出山上。思君不見下渝州。只看月影。

閨怨

王昌齡

閨中少婦不知愁，未感物故。春日凝妝上翠樓。夫婿不在，誰憐紅妝？忽見陌頭楊柳色，必愁。悔教夫婿覓封侯。紅妝必殘。

除夜作

高適

旅館寒燈獨不眠，必思故鄉。客心何事轉凄然。年老髮白。故鄉今夜思千里，耿耿不眠。愁鬢明朝又一年。此時凄然。

以上絶句大法，作者要熟此法，熟來自辨。古人絶句，第二突然不承，如「寶劍直千金」，太妙。宜於此處用工。

詩評

王維《和賈至早朝》詩，「絳幘」「曉籌」「翠雲裘」「閶闔」「宮殿」「衣冠」「冕旒」「仙掌」「衮龍」「詔」「珮」等，叠用。李白《峨眉山月》詩，「峨眉山」「平羌江」「清溪」「三峽」「渝州」等地名叠用。蘇頲《和幸望春宮》詩，「宮中」「城上」「回輦處」「舞觴前」等，叠用。又《和幸太平公主莊》詩，「樓下」「橋頭」「花間」「竹裏」「雲漢」等，叠用。共皆叢聚病，未免疵瑕也。若取爲詩格，必引外人癡笑。

「心事竟誰知，月明花滿枝」「曲中人不見，江上數峰青」，此等結法太妙手。其人心中悲切，不得一語，只有眼前之景，秖見其無何狀。可味。

劉夢得《金陵懷古》有絶唱之目，予謂篇中「王濬」「王氣」二「王」重出，諸選多作「西晋樓船」，即不應「鐵鎖」。承句「金陵王氣」不可换一字，則二「王」重出。前聯「鐵鎖」以顯王軍功，此時四將俱下，王濬鐵鎖大功，則王濬不可换字也。難哉全璧！

李白《清平調》，「雲想衣裳」，以葉比雲。《楚詞》云「青雲衣兮白霓裳」，蓋出於此，以對下「瑶臺」「群玉」做仙女來，是李妙手。《徐氏筆精》云：「蔡端明曾書此詩作『葉想衣裳』，劉後村以爲落筆之誤，非也。蓋端明書不苟作，况首字安得誤？細味之，『葉想衣裳』固自與牡丹穩貼，差勝『雲』字。」蓋以葉比衣，即是凡筆易易已。况不對下「群玉」「瑶臺」，其音亦促，是必後人不知詩者之所爲也。劉爲得。王勃《蜀中九日》「鴻雁那從北地來」，「那」字太玲瓏，決不可用「何」「奈」等字。劉廷琦句「況復當時歌舞人」，不可云「況是」，若改作「況是當年」稍可。張説句「聞道神仙不可接」，不可，云不易也。今日作者下字漫然，不知古人用處，必有竅會矣。李笠翁曾論此意云。「雲淡風輕近午天」，此等句法自然見好，若變爲「風輕雲淡近午天」，則雖有好句，不奪目矣，必須再易數字，始能合拍。或改爲「風輕雲淡午近天」，或又改爲「風輕午近雲淡天」，此等句法，揆之音律則或諧矣，苟以文理繩之，尚得名爲詞曲乎？

《女仙外史》云：敬亭山有萬松亭，亭中刻唐人李白詩云云。其詩「獨去閑」作「獨自還」。「獨自還」即是口語，「獨去閑」，即是含意。上二句做口語去，第三句始下不厭的語，太妙。

婦人稱居士者，宋李格非女李清照〔一〕，號易安居士，有《題八詠樓詩》；又朱淑真，號幽棲居士；明孟澄女孟淑卿，號荆山居士，有《春歸詩》；陳孟賢侍姬，號梅華居士。

杜詩「牽牛出河西，織女處其東」，注家云：牽牛在河東，織女在河西，公涉筆偶誤也。余意，天者左旋而日月右行。故從天言，則織女在河西；從日月星，則牽牛在河西。蓋天地異方，何杜筆誤？《周禮·司徒》云，日南則景短多暑，言夏至之月也，從地言則日北。日北則景長多寒，言冬至之月也，從地則日南。又《左氏昭公四年傳》云，日在北陸則藏冰。從地言，則冬至日在南方。

〔一〕非：底本脱，據《風月堂詩話》卷上補。

然則杜氏，達象緯之學者，不可妄駁也。

七言絶句用通韻者，古人多概第一句。若其第二句通韻者，如盧弼《邊庭春怨》；第四句通韻者，如季秀才《邊庭冬怨》。二體太希，作者避之爲佳。全篇三字俱用通韻者，明人間有之。如楊基《初夏》云：「寂寂青山一鳥啼齊，紫藤花落午風微微。不知晝漏長多少，但覺桐陰半日移支。」許相卿《數漏》云：「秋夜迢迢静擁衾侵，孤鴻天外怨聲頻真。銀缸落盡渾無寐，尤苦更籌枕上聞文。」

元人吴渭《月泉吟社詩稿》，考官謝翱所選。《田園雜興》律詩凡二千七百三十五首，作者二百八十人，第一名僞名羅公福，本名連文鳳，閩人，其詩云：「老我無心出市朝，東風林壑自逍遥。一犂好雨秧初種，幾道寒泉藥旋澆。放犢曉登雲外壟，聽鶯時立柳邊橋。池塘見説生新草，已許吟魂入夢招。」起句「我」字欠穩帖，結句語氣太窘，改作「池塘留夢生新草，秖有吟魂屢相招」稍可。此詩何足壓卷？恐寃天下作者。難哉識詩！

韓翃《贈王侍御赴上都》云：「殘花片片細柳風，落日疎鐘小槐雨。相思掩泣復何如？公子門前人漸疎。」雨爲平聲是古例。《釋文》，雨平聲。《易林》：「乘雲帶雨，與飛鳥俱。」後句「如」、「疎」連押，卻不押「風」字，抑不亂韻法哉？

「君不見」三字用諸歌行長篇爲法，亦一體，三字句、五字句、七字句竝可。起句、結句，轉韻、或不轉韻，押韻、或不押韻，單用、連用，俱可，各任其便宜。如張説《鄴都引》，起句七字押韻；高適《燕歌行》句中五字、岑參《函谷關歌》起句三字不押韻；《送魏升卿歸東都》句中七字，杜甫《兵車行》連用一二三字、一七字，俱轉韻押；《曹將軍畫馬引》七字句中、衛萬《吴宫怨》起句七字押韻：其例如此。又有「君不聞」，其例仝。

《日本詩選》載宇士朗《塞上逢故人》云：「胡地秋風白髮新，相逢不語淚沾巾。那知今日陽關外，還見當時勸酒人。」合作可賞。「白髮」改作「白草」始合詩律。僧元政《草山晚眺》云：「愛山頻出門，投杖倚松根。秋水平野界，暮煙遠郊分。露昇林際白，星見樹杪昏。自覺坐來久，蒼苔已有痕。」可謂常建、王昌齡流亞也。源白石《送春》云：「春去從何路？花飛處處同。徒窮千里目，長恨五更風。歸意靡蕪緑，離情芍藥紅。相思無所贈，寄在不言中。」前聯尤妙，後聯精工，結語有不盡之意。

服南郭《送滕萬祐遊東奥》云：「東奥多奇跡，斯遊良壯哉！名山開石室，滄海上仙臺。禹穴探書去，秦舟求藥回。行裝輕萬里，羨爾勝情才。」二聯事意叢聚，若改「上」作「古」，即爲風景太可。「輕萬里」，虚誕妄言，當作「應急促」對前「壯哉」。

高蘭亭《吴宫怨》云：「芙蓉水殿映清波，宫女如花滿館娃。惟有姑蘇臺上月，五湖秋色不勝多。」此作摸擬特甚，然首尾合成，非不通也。山北山云：「太白詩『月』『照』相映，蘭亭詩四句無『照』字，何以應『月』？且用三四句爲一二三句，是失體也。又如『宫女如花滿春殿』，花春相呼。蘭亭才變『春殿』爲『館娃』，遂失照應。」予意不然。「如花」應上「芙蓉」，且古人用「如花」字，何必下「春」字？如「越王宫裏如花人」「越女顔如花，越王聞浣紗」可以見已。「月」字應下「色多」。劉賓客詩「水流無限月明多」，古人用「月」字，何必拘拘用「照」字？三四句爲二三句亦可。作者臨時隨宜，何必有某句第一、某句第二三之常式乎？岑參《春夢》結句云「行盡江南數十里」，杜牧采爲首句。杜工部《漫興》第二句云「點溪荷葉叠青錢」，何橘潭采爲《傷春》首句云「荷葉初浮水上錢」。山北山不知詩，妄評詩，可笑甚。

一人齎詩來乞筆削，其詩云：「獨步橋頭支杖留，松低古澗暮山秋。楓林昨夜霜新下，紅錦如霞洗碧流。」前二句支杖看松，後二句賞楓，宛如讀二首詩，而松意不足，楓亦不盡，試改「松」作「楓」，「楓林」作「林間」，始爲合作。四句貫通，賞楓意十分。今人作絶句，第三轉句全然轉去，不接前二句，每有此病，宜戒已。其人始得詩律，後來間言出佳詩來，遂爲一詩人。

詩格刊誤

日尾省齋

《詩格刊誤》二卷，日尾省齋(？—一八五〇)撰。據文會堂《日本詩話叢書》本校。

按：日尾省齋(ひお せいさい HIO SEISAI)，江户時代武藏(今屬東京都)人。名約，字省三，號省齋。嘉永年間人。日尾荆山之養子。繼承家學，究經義，嗜詩賦，然英年早逝。生年不詳。

其著作有：《詩格刊誤》二卷、《形狀字林》五卷。

其妻日尾直(一説直子，ひお なお/なおこ HINO NAO/NAOKO)，一八二九—一八九七年，江户末期至明治時代教育者，江户(今屬東京都)人。日尾荆山之女，精通和漢之學，善書與和歌。安政六年(一八五九)其父殁後，繼承其父之「至誠塾」。遂與繼母日尾邦子開設「竹陰女塾」，教授華族子女，多以《古事記》《舊事紀》《本朝六國史》《萬葉集》爲教材。文政十二年生，明治三十年十月七日殁，享年六十九歲。

其著作有：《竹下露》《竹下陰》《公：寬政十二年仲秋釋奠記》《侯：學校制度類集》《伯：熊本學校堂館》《講堂制度》《佐倉侯學制四種》《進脩館艸創紀律》《成德書院心得書》《成德書院職名記》《仙臺養賢堂制度》等。

詩格刊誤序

騷人韻士之遊名山勝地者，危峰峻崖能躋其巔，幽澗深潭能窺其底，茂林之蓊鬱、虛洞之閟大能探其佳境，詭石之硱磳魄硊、怪木之輪囷偃蹇、珍禽奇獸之翺翔翩翃、駆駃獗狳能翫其殊狀異態，自以爲得矣，然而不按之地圖，不質之土人，則或涉其地而不詳其境，或記其形而不知其名，惝罔慌忽，見而夢之，其自以爲得矣者果是耶？雖然，地圖所載，土人所傳，如潘吾之迹，華山之博，不能覈其虛實，甘受其欺，則啞語聾聞亦焉足論名山勝地之真趣哉？

學詩者亦然。古奥則取之二《雅》，婉曲則取之《國風》《楚辭》，淳樸雄渾則取之漢魏，彬蔚綺靡則取之晋宋，清潤瀏亮則取之初唐，悲壯飄逸、岨峿恢恑則取之李杜韓諸子，旁及於宋元明清，披其叢，拔其萃，可謂得矣。然而不能求之格律音韻之間，則不得知古人之所以大過於人也。雖然，徒執近人憶度無稽之説，因循詭隨，自以爲得矣，猶如遊名山勝地而信潘吾之迹，華山之博也，亦焉足論詩賦之真趣哉？

今也德澤溢四海，文運隆興，騷人韻士倔起東西者，曰唐曰宋，曰元明清，各其所欲，鬭奇争巧，非不美也，而至辨格律音韻，寂無聞焉。或僅有之，亦所謂潘吾之迹，華山之博耳。

我師友省齋日尾先生，幼奉其家學，以究經義爲務，旁嗜詩賦，觸事遇景，諷詠自娱。歲未三十，已泝於李杜韓諸子，高跨於宋元明清之上，而其自視缺然，不敢求聞達。余甚惜之，慫慂鐫其集。先生曰：「否。覆醬之具，何足以罪梨棗哉？雖然，負人之情實，以自逞其頑，可惡也。無已，則有一焉。余嘗所稿《詩格刊誤》二册，復是雖呫嗶餘唾，子辱一閲，幸有可取者則鐫之，亦不妨矣。」余欣然而喜，受而讀之，則先生遍遊詩中之名山勝地，按之地圖，質之土人，潘吾之迹，華山之博，一一辯斥之，歸至當而止，其功偉矣。蓋我邦振古言詩者不乏其人，而論格律音韻，特縱其美，未有如此書詳且盡也。余唯恐公行之不速，乃謀同志以促上梓。先生縱令不求聞達，名必由此而聞，聲必由此而達，豈不悦乎？豈不樂乎？是爲序。

嘉永三年庚戌正月，三州宇都野季武撰。

詩格刊誤目録

詩格刊誤卷上

古詩韻法

輓近世之論古詩者，專以韻法爲主，刻舟膠柱，轉轉爲説以迷人，何過甚也。蓋有詩斯有韻，有韻斯有法，所謂法也者，非刻舟膠柱之謂也，曲節斡旋不得不然而然之謂也。故可以古詩論韻法，而不可以韻法論古詩也。雖然，古人既已有法，今人不得果不由其轍。由其轍有道，能知有詩有韻有法，泝李杜二公之上而求之，則資之左右以逢其原，縱横無礙莫不如意，而後古詩可得而言也已。近曾備前武元質著《古詩韻範》，誘後進之意雖頗勉乎，其爲説所謂刻舟膠柱固陋者居多。今舉其謬誤之尤者匡之，併論韻法以授子弟焉。

《韻範》引朱緑池曰：「古詩韻法與賦同。賦逐段換韻，換韻處即段落，段落必轉意，是其定法。我中華則人人習之，雖兒輩知之。日本則不然，雖名家多失也。」余考之古人詩，或有不與其説合者，後得浦起龍《讀杜心解》讀之，其凡例云：「如轉韻古風，自宜依韻分截。」又《暮秋枉裴道州手札》詩注云：「『憶子』四句別爲一段，韻腳仍前，意思領下。『他日』四句又別爲一段，韻亦仍前，意亦轉遞。」言別爲一段，法當換韻，而仍前者非常法也。又讀王堯衢《古唐詩合解》云：「古風中凡轉韻處，意思必有轉換。」得此等説，信緑池之不妄。雖然，其説纔舉一隅耳，豈可能盡韻法之變化哉云云。《韻範》原用國言，今譯漢語，以從簡便。約案，班孟堅曰：「賦者，古詩之流也。」以是觀之，古詩與賦，韻法之同，固勿論也。所謂換韻必轉意，是不必然。古詩有換韻而不轉意者，有轉意而不換韻者，於是乎説者有常法變化之目，而未知其所以有變化之故也。約請嘗論之，蓋古詩韻法無所甚拘：一段之意雖未盡，韻中無可使用字，則換韻；意雖已盡，有可使用字，則不換韻。不換韻則雖轉意，節簇不變；換韻則雖不轉意，節簇變焉。故古詩以必換韻處爲一篇之大段落矣。凡換韻可以節簇辯之，而不可以轉意求之。嗚呼！甚哉緑池之誣人也。若中華則人人習之雖兒輩知之乎，浦起龍、王堯衢等無著書以論古詩韻法之理矣。矛盾之説，使人噴飯。或曰：「今人據何得知音韻節簇而詳之？不如從換韻必轉意説之簡且易也。」曰：非也。夫人有志而後有詩，有詩而後有音韻，有音韻而後有節簇。而志與詩古今一也，故多讀古人詩，潛心翫之，則神之與詩玄同融會，音韻節簇洋洋乎盈耳矣。是蓋可與識者語，而不可與不識者言也。學者不能曉此旨，徒局促於韻法而作古詩，則措辭失宜，左顛右躓，不免不病而呻，不歡而笑，何遑言其志哉？如斯則古詩恐將墜地矣。且子知夫作草書者乎？能得法者，運筆縱横，其體不必肖古人，而其神飛動，巧作湧雲躍龍之勢，能使人驚嘆稱美而不已；不能得法者，徒摸其形，而其精萎茶，非死蛇則蚯蚓，爲醜態以取人笑耳。古詩韻法亦然，能學之者，雖信手押韻，格自正法自具矣；不能學之者，雖尅意用韻，要之瞽趨冥蹈，終歸於無法矣。

又云：王堯衢《古唐詩合解》，舉崔顥《代閨人答輕薄少年》詩云：「此篇五韻四轉，古詩常調也。是四句一轉，而五解五韻也。」又舉《人日寄杜二拾遺》詩云：「此篇三解三韻，是古風正調，與《江上吟》同。」舉《江上吟》云：「此篇三解不轉韻。」據此說，四句一解之爲常法可知矣。約案，古樂府，王僧虔云：「古曰章，今曰解。」明郎瑛《七修類藁》二十四辨證類云：「古之樂府詩章，皆被之於樂。今樂府數句後則曰一解，又數句曰二解，如此言者，蓋即古人之一段義終，則於瑟上解一柱馬也，又一段則又解一柱馬耳。詩之曰一章幾章者，蓋《說文》音十成章，十者數之終，詩畢亦樂之一終也，故曰一章。」由是觀之，解即章也，夫詩體裁雖各異，莫不出於《三百篇》，余未曾聞《三百篇》有四句一章之常法也。不知何物狡兒，吐此杜撰妄說，左之以陷人於大澤也。可疾哉！劉勰《文心雕龍》云：「賈誼枚乘，四韻輒易；劉歆桓譚，百韻不遷：亦各從其志也。」徐子能《而庵詩話》云：「作古詩，以解數爲主，然須變換。不然，以四句板板排下去，有何生趣？」設使堯衢聞此等說，則應膽落舌蹙以羞死矣。凡作古詩，句無多寡之定，韻無長短之限，如解與段，篇成而自分，豈有預定之以成篇者哉？胡應鱗《詩藪》內編卷三云：「凡詩諸體皆有繩墨，惟歌行出自《離騷》、樂府，故極散漫縱橫，初學當擇易下手者。」若夫四句一解者，胡氏所謂「易下手者」乎？或曰：「如子之說，古詩恐至於亂雜無章。」曰：「否。詩亦藝苑之一難事也，吾儕不才，每上吟榻，意沮手縮，雖欲亂雜無章不可得也。如子所虞，則是盲而不避險、聾而不懼雷者耳，固不足辯也。」又案，天漢浮槎散人《秋坪新語》卷七云：「金聖嘆所著解唐詩，五七言律無論義理，必劃然中分，上四句爲前解，下四句爲後解，穿鑿乖謬，當時人戲稱爲『腰斬唐詩』云云，後坐誹謗，腰斬於市，咸以爲中分唐詩，蓋其讖云。」此雖非所關係古詩以四句爲一解，堯衢以前既有其説，聊付於此以廣聞。

又云：「换韻以平仄次用爲常法，蓋韻换則音節變焉，故平仄次用，則音節抑揚得其宜焉。古人詩中，同聲相轉者甚少，試檢杜全集，古詩百四十一首，换韻處通計百九十七，而平轉平者二十，仄轉仄者二十九。東坡全集，古詩三百首，平轉平者七，仄轉仄者九。此二大家多變化之作，而其例十無一二，其常與變，於是乎可知也。吾邦諸名家古詩，多用平韻，蓋不用意於韻法也。通首轉用平韻，漢詩頗多，唐以下甚少。音韻非吾邦之所能詳也，宜守平仄次用之常法。」約案，詩自然之人籟，豈容此齷齪之骪法哉。《詩藪》内編卷三云：「蕭子顯、王子淵製作浸繁，但通章尚用平韻轉，七字成句，故讀之猶未大暢。至王楊諸子歌行，韻則平仄互换，句則三五錯綜，而又加以開合，傅以神情，宏以風藻，七言之體至是大備。要惟長篇鉅什叙述爲宜，用之短歌紆緩寡態，於是高岑王李出，而格又一變矣。」然則平仄互换，自是一體，非盡然也。且少陵集，平仄不次用者都四十九。又檢青蓮集，古詩一百六十二首，换韻處通計三百六十九。雖仄轉仄者少，平轉平者七十一，未可謂十無一二。唯東坡集特少，是有故而然。今詳言之，宋洪邁《容齋續筆》十三云：「唐以賦取士，而韻數多寡，平側次叙，元無定格。故有三韻者，《花蕚樓賦》以題爲韻是也。有四韻者，《蓂莢賦》以『呈瑞聖朝』、《舞馬賦》以『奏之天廷』、《丹甑賦》以『國有豐年』、《泰階六符賦》以『元亨利貞』爲韻是也〔一〕。有五韻者，《金莖賦》以『日華川上動』爲韻是也。有六韻者，《止水》《魍魎》《人鏡》《三統指歸》《信及豚魚》《洪鐘待撞》《君子聽音》《東郊朝日》《蠟日祈天》《宗樂德》《訓胄子》諸篇是也。有七韻者，《日再中》《射己之鵠》《觀紫極舞》《五聲聽政》諸篇是也。八韻有二平六側者，《六瑞賦》以『儉故能廣，被褐懷玉』、《日五色賦》以『日麗九華，聖符土德』、《徑寸珠賦》以『澤浸四荒，非寶遠物』爲韻是也。有三平五側者，《宣耀門觀試舉人》以『君聖臣肅，謹擇多士』、《懸法象魏》以『正月之吉，懸法象魏』、《玄酒》以『薦天明德，有古遺味』、《五色土》以『王子畢封，依以建社』、《通天臺》以『洪臺獨出，浮景在下』、《幽蘭》以『遠芳襲人，悠久不絶』、《日月合璧》以『兩曜相合，候之不差』、《金柅》以『直而能一，斯可制動』爲韻是也。有五平三側者，《金用礪》以『商高宗命傅説之官』爲韻是也。有六平二側者，《旗賦》以『風日雲舒，軍容清肅』爲韻是也。自大和約曰：唐文宗年號以後，始以八韻爲常。唐莊宗時，嘗覆試進士，翰林學士承旨盧質以《后從諫則聖》爲賦題，以『堯舜禹湯，傾心求過』爲韻。舊例，賦韻四平四側，質所出韻乃五平三側，大爲識者所誚，豈非是時既有定格乎？國朝太平興國約曰：宋太宗年號三年九月，始詔『自今廣文館及諸州府、禮部試進士，律賦竝以平側次用韻』，其後又有不依次者，至今循之。」從是觀之，自中唐至北宋，天子有詔，律賦押韻平仄次用之格定矣。當時古詩固不得不從之，東坡集同聲相轉者所以特少者，爲此之故也。此等卑

〔一〕貞：底本作「正」，據《容齋續筆》卷十三改。

格，假令存於今日，我不敢從矣。況洪邁以來，既不由此格者乎？元質固執此說，而《韻範》卷末所載緑池《宮城野萩壽衛山松二筆賦》，其韻平仄不次用，何其說之自相牴牾也。或曰：「此賦則以其題爲韻，故押韻始『東』終『質』，固不足怪也。」曰：「否。《文苑英華》所載律賦，多以成語爲韻，而或成語而不拘平仄，或先後而次用平仄，次用平仄者大抵係中唐以下之作。皇甫湜唐文宗時人《履薄冰賦》以『戒慎之心，如履冰上』爲韻云：『冰之積也不厚，人之履也難任。此焉投足，可爲寒心。彼墊溺之攸慮，在恐懼而誡深。慎同數馬之人，然非萬石；誡若倚衡之子，不以千金。水始凝，冰未壯。乏六尺之爲厚，非七月之所尚。螽斯之服兮猶且不同，齊人之紈兮曾無以況。雖鞠躬而欲涉，何跬步之能抗。有同居累卵之危，無殊坐積薪之上。股慄兮在兹，魂驚於所之。怵惕求前，豈人心之難測；趦趄有畏，類狐性之多疑。每縮縮而若墜，常兢兢而自持。與巢幕兮焉比，將臨淵兮是擬。丈夫不處，斯畏其没身；夫子所懲，不惟於滅趾。徐子忘其故步，尚書越其素履。行自失於佻佻，罵無施於几几。視之豈無，履而若虚。非北陸積堅之始，是東風解凍之餘。水蟲隔而纖鱗必露，秋蟬比而輕翼不如。當履道未成，其難汔濟；縱善行無跡，不可躊躇。兢慎圖其不敗，震攝謂其將壞。步摇摇爾，式彰君子之行；身飄飄然，誰謂邑人不戒。如何克己，若此履冰。與習坎而相類，符執玉而可懲。故叠足是虞，側身以進。言忘足履之適，自近廉隅；庶幾心腑之中〔一一〕，無貽

〔一一〕幾：底本作「藏」，據《全唐文》卷六百八十五改。

悔吝。得過愼易疐之吉，靡濡首失容之釁。行之止於三思，戒實先於六愼。』果如元質説，則緑池豈不效此等賦哉？吾邦正享中，諸家所賦古詩韻法，雖有可議者，然未可以其多用平韻之故病之也。」《韻範·凡例》云：「此編專輯唐詩，以李杜爲主。」而於李詩，似未始讀之者，今特舉之以示焉。其《飛龍引》《前有樽酒行》第二篇、《陽春歌》《鳴雁行》《玉壺吟》《元丹邱歌》《東山吟》《寄遠》第十一篇，此八首二韻皆平，《上留田行》《日出入行》《襄陽歌》《携妓登梁王棲霞山》，此四首三韻皆平。《公無渡河》云：「黄河西來決崑崙，咆哮萬里觸龍門。波滔天，堯咨嗟，大禹理百川，兒啼不窺家。殺湍湮江水，九州始蠶麻。其害乃去，茫然風沙。被髮之叟狂而癡，清晨臨流欲奚爲。旁人不惜妻止之，公無渡河苦渡之。虎可搏，河難馮，公果溺死流海湄。有長鯨白齒如雪山，公乎公乎挂罥其間，箜篌所悲竟不還。」《代寄情》云：「君不來兮徒蓄怨，積思而孤吟。雲陽一去已遠，隔巫山緑水之沈沈。留餘香兮染繡被，夜欲寢兮愁人心。朝馳余馬於青樓，怳若空而夷猶。浮雲深兮不得語，卻惆悵而懷憂。使青鳥兮銜書，恨獨宿兮傷離居。何無情而兩絶，夢雖往而交疎。横流涕而長嗟，折芳洲之瑶華。送飛鳥以極目，怨夕陽之西斜。願爲連根同死之秋草，不作飛空之落花。」此二首四韻皆平。《夜坐吟》云：「冬夜夜寒覺夜長，沈吟久坐坐北堂。冰合井泉月入閨，金釭青凝照悲啼。金釭滅，啼轉多，掩妾淚，聽君歌。歌有聲，妾有情，情聲合，兩無違。一語不入意，從君萬曲梁塵飛。」此一首五韻皆平。通章轉用平韻，奚翅漢詩頗多。蓋古詩謂之平仄次用者，其勢自多則可；謂之平仄次用者常法，則不可。

又云：朱緑池曰：「凡古詩接法須蛛絲。蛛絲者，連絡不斷之謂也。」案古詩接法大抵有三：其一疊上語起下句，《長安古意》以「比目鴛鴦真可羨」，接「得成比目何辭死，願作鴛鴦不羨仙」，以「雙燕雙飛繞畫梁」，接「好取開簾帖雙燕」，又岑參詩「彎彎月出挂城頭，城頭月出照梁州。梁州七里十萬家，胡人半解彈琵琶。琵琶一曲腸堪斷，風蕭蕭兮夜漫漫」，此類是也。漢蔡邕《飲馬長城窟行》「青青河邊草，綿綿思遠道。遠道不可思，宿昔夢見之。夢見在我傍，忽覺在他鄉。他鄉各異縣，輾轉不可見」云云，此唐詩之所出也。又有隔句疊上語者，「洛陽城頭桃李花，飛來飛去落誰家。洛陽女兒惜顔色，行逢落花長嘆息」，又「青門金鎖平旦開，城頭日出使者回。青門柳枝正堪折，路傍一日幾人别」，此類是也。《詩》云「窈窕淑女，寤寐求之，求之不得，寤寐思服」，又云「静女其孌，貽我彤管。彤管有煒，説懌女美」，項羽《垓下歌》云：「時不利兮騅不逝，騅不逝兮可奈何」，皆是疊語换韻。以是觀之，其來亦久矣。又有一解中疊語者，「芙蓉帳暖度春宵，春宵苦短日高起」之類是也，而此例不多，疊語换韻此爲常法。其二，承上句起下句，以「古來容光人所羨，況復今日遥相見」，接「爲雲爲雨楚襄王」，以「以兹感歎辭舊遊，更於時事無所求」，接「黄金用盡還疎索」，此類是也。其三，别起一段以换韻。《長安古意》「御史府中烏夜啼」及「漢代金吾千騎來」，《春江花月夜》「白雲一片去悠悠」及「昨夜間潭夢落花」，此類是也。此三法中，以蛛絲連絡法爲最要，而非盡然也。或連或斷，章法脈絡須得宜也。沈德潛論岑參《與獨狐漸道别》詩曰：「此詩硬轉突接，不須蛛絲馬跡，古詩中别是一格。」案此詩每四句换韻，九解九韻，而無一疊上語者，無一承上句者，故曰別是一格乎？所謂蛛絲馬跡，蓋古詩接法，與綠池説同。約案，古詩接法，或乍合乍離，或忽來忽去，或補前解之所不足，或發後段之所欲言，或遥照前，或遠應後，皆是造語自然，無法之可以縛之者，何獨以叠語換韻爲最要哉？且叠語而不換韻者亦不少矣，青蓮《龍池》詩「始向蓬萊看舞鶴，還過茝石聽新鶯。新鶯飛繞上林苑，願入簫韶雜鳳笙」，《鳴皋歌》「身披翠雲裘，袖拂紫煙去。去時應過嵩少間，相思爲折三花樹」，《西嶽雲臺歌》「西嶽峥嶸何壯哉，黄河如絲天際來。黄河萬里觸山動，盤渦轂轉秦地雷」，少陵《沙苑行》「驌驦一骨獨當御，春秋二時歸至尊。至尊内外馬盈億，伏櫪在坰空大存」，東坡《襄陽樂》「使君未來襄陽愁，提戈入市裹氈裘。自從氈裘南渡沔，襄陽無事多春遊」，馬子才《邀月亭》「玉兔擣藥與誰餐，且與豪客留朱顔。朱顔如可留，恩重如邱山」寒、删通押，《鹿鳴篇》「我有嘉賓，鼓瑟吹笙。吹笙鼓簧，承筐是將」古韻，又「我有嘉賓，鼓瑟鼓琴。鼓瑟鼓琴，和樂且湛」，《六月篇》「有嚴有翼，共武之服。共武之服，以定王國」，是叠語者不必換韻也。又每每叠語者謂之聯錦，別是一體。杜荀鶴有《雜體聯錦》詩云：「携手重携手，夾江金綫柳。江上柳能長，行人戀尊酒。尊酒意何深，爲郎歌玉簪。玉簪聲斷續，鈿軸鳴雙轂。雙轂去何方，隔江春樹綠。樹綠酒旗高，淚痕沾繡袍。袍縫紫鵝濕，重持金錯刀。錯刀何燦爛，使我腸千斷。腸斷欲何言，簾動真珠繁。真珠綴秋露，秋露沾金盤。金盤湛瓊液，仙子無歸跡。無跡又無言，海煙空寂寂。寂寂古城道，馬嘶芳岸草。岸草接長堤，長堤人解携。解携忽已久，緬邈空回首。回首隔天河，恨唱蓮塘歌。蓮塘在何許，日暮西山雨。」此詩亦有叠語換韻處，有否處，詩格不可以偏論之。又云：古詩隔句對必換韻，其以兩事對言也。李白《長干行》「五月南風興，思君下巴陵。八月西風起，想君發揚子」，又「君不見李伯海，英風豪氣今何在。君不見裴尚書，土墳三尺蒿棘居」，杜甫詩「故人昔隱東蒙峰，已佩含景蒼精龍。故人今居子午谷，獨竝陰崖白茅屋」，又「諸公衮衮登臺省，廣文先生官獨冷。甲第紛紛厭粱肉，廣文先生飯不足」，又「大兒九齡色清徹，秋水爲神玉爲骨。小兒五歲氣食牛，滿堂賓客皆回頭」，張謂詩「如今五侯不待客，羨君不入五侯宅。如今七貴方自尊，羨君不入七貴門」，《帝京篇》「黄金銷鑠素絲變，一貴一賤交情見。紅顔宿昔白頭新，脱粟布衣輕故人」，楊萬里詩「我昔見子盧溪南，煙如玉雪照晴嵐。子今訪我南溪北，凜如緑驥成骨格」，此類不可枚舉。約案，隔句對不換韻者，比比有之，青蓮《粉圖山水歌》「西峰峥嶸噴流泉，横石蹙水波潺湲。東崖合沓蔽輕霧，深林雜樹空芊綿」，周春《杜詩雙聲疊韶譜》六卷以是爲隔句對。又樂天《李夫人》「君不見穆王三日哭，重璧臺前傷盛姬。又不見太陵一掬淚，馬嵬坡下念楊妃」支、微通押，《井底引銀瓶》「井底引銀瓶，銀瓶欲上絲繩絶。石上磨玉簪，玉簪欲成中央折」，元稹《人道短》詩「周公周禮十二卷，有能行者知紀綱。傅説説命三四紙，有能師者稱祖宗」古韻，東坡《送運判朱朝奉入蜀》「我在塵土中，白雲呼我歸。我游江湖上，明月濕我衣」，馬子才《長淮謡》「湘江豈無水，魚腹忠魂埋，但見愁雲結雨猿聲哀。湘江豈無水，鴟夷漂胥骸，但見潮頭怒氣如山來」佳灰通押是也，遥泝於古以求之，《行露篇》「誰謂雀無角，何以穿我屋。誰謂女無家，何以速我獄」，《采薇篇》「昔我往矣，楊柳依依。今我來思，雨雪霏霏」，陳思王《朔風詩》「昔我初遷，朱華未希。

今我旋止，素雪雲飛」，隔句對不換韻者，既萌芽於此矣。少陵《奉先劉少府新畫山水障歌》「大兒聰明到，能添老樹巔崖裏。小兒心孔開，貌得山僧及童子」，元質曰：「此篇用逐段換韻格，故隔句對不換韻。」約案，此詩換韻長短不定，隔句對有必換韻之格，少陵何不遵用之？又元好問《西樓曲》「去年與郎西入關，春風浩蕩隨金鞍。今年匹馬妾東還，零落芙蓉秋水寒」，元質曰：「此一解，每句用韻，蓋隔句對以換韻爲常法，故複韻以代之。」約案，每句用韻，重複用韻，或使節簇急，或使節簇轉，與隔句對毫無關涉，此皆不知而彊爲之説者耳。

又云：朱緑池曰：「古詩前後用同韻者，謂之轆轤韻，意必相照應。余檢古人詩，概略如此。雖未聞古人有其説，亦定有師傳。」又舉《琵琶行》云，此篇以琵琶爲主，故説琵琶之事，終始用庚韻，叙所以作此篇，亦復用之，似有意而然者。約案，古詩前後用同韻，與用他韻何異？《琵琶行》「陌」韻「寒」韻亦各再用之，元質以爲何如？且夫一篇詩中，彊爲之説，則何處無照應？而平心讀之，自覺非有意而然者。青蓮集中《梁父吟》《憶舊遊》皆再用「麌」韻，《鳴皋歌》再用「豪」韻，《江夏行》再用「支」韻，《白毫子詩》《猛虎行》《觀元丹邱坐巫山屏風》皆再用「紙」韻，《答杜秀才五松見贈》再用「寒」韻，《答王十二寒夜獨酌有懷》再用「庚」韻，《將進酒》《司馬將軍歌》《西嶽雲臺歌》《魯郡堯祠送竇明府薄華還西京》皆再用「灰」韻，《少年行》再用「真」韻，《猛虎行》三用「真韻」，前後用同韻者如是其多，豈暇一一爲之説哉？又《宣州謝朓樓餞別校書叔雲》詩「棄我去者昨日之日不可留，亂我心者今日之日多煩憂。長風萬里吹秋雁，對此可以酣高樓。蓬萊文章建安骨，中間小謝又清發。倶懷逸興壯思飛，欲上青天覽日月。抽刀斷水水更流，舉杯銷愁愁更愁。人生在世不稱意，明朝散髮弄扁舟」，《寄遠》詩「憶昨東園桃李紅碧枝，與君此時初别離。金瓶落井無消息，令人行嘆復坐思。坐思行嘆成楚越，春風玉顔畏銷歇。碧窗紛紛下落花，青樓寂寂空明月。兩不見，但相思，空留錦字素心素，至今緘愁不忍窺」，此二篇僅是三韻，而再用同韻，可見古人用韻之自在不拘矣。嗚呼！如緑池總是杜撰無限之妄説，假令彼國，家家有師傳，人人口之，猶且不可從矣。

又云，有以三字句换韻者，李白《襄陽曲》前以「鸕鷀杓、鸚鵡杯」换韻，後以「并州杓、力士鐺」换韻，白居易《折臂翁》詩前以「痛不眠，終不悔」换韻，後以「老人言，君聽取」换韻，皆是前後成章法。又有叠上句三字以爲一句而换韻者，元稹《冬白紵》詩「促節牽繁舞腰嬾，舞腰嬾，王罷飲」之類是也。約案，用三字句，其格甚多。有置之解頭者，有置之解末者，有插一韻中者，有以三字句四句爲一韻者，有以二句爲一韻者，有單用三字句者，今詳示之。青蓮集《前有樽酒行》「笑春風，舞羅衣，君今不歸將安歸」，《白雲歌》「湘水上，女蘿衣，白雲堪卧君早歸」，三句一韻也。《將進酒》「五花馬，千金裘，呼兒將出换美酒，與爾同銷萬苦愁」，《前有樽酒行》「君起舞，日西夕，當年意氣不肯平，白髮如緑嘆何益」，四句一韻也。《白紵辭》「揚清歌，發皓齒，北方佳人東鄰子單句。且吟白紵停緑水複韻，長袖拂面爲君起」，《元丹邱歌》「元丹邱，愛神仙，朝飲潁川之清流，暮還嵩岑之紫煙，三十六峰長周旋單句」，《襄陽歌》「舒州杓，力士鐺，李白與爾同死生單句，襄王雲雨今安在，江水東流猿夜聲」，五句一韻也，而用韻各不同，音調亦自異。《鳴雁行》「胡雁鳴，辭燕山，昨發委羽朝度關單句，一一銜蘆枝，南飛散落天地間，連行接翼往復還單句」，六句一韻也。以上可準知矣，是以三字句置解頭者也。《憶舊識》「我向淮南攀桂枝，君留洛北愁夢思，不忍別，還相隨」，是以三字句置解末者也。《扶風豪士歌》「扶風豪士天下奇」云云，「撫長劍，一揚眉，清水白石何離離」，《代美人愁鏡》「藁砧一別若箭絃，去有日，來無年，狂風吹卻妾心斷，玉筯〔一〕並墮菱花前」，是以三字句插一韻中者也，《夷則格上白鳩拂舞辭》「鏗鳴鐘，考朗鼓。歌白鳩，引拂舞」，《夜坐吟》「金缸滅，啼轉多，掩妾淚，聽君歌」，是以三字句四句爲一韻者也。《夜坐吟》「掩妾淚，聽君歌。歌有聲，妾有情。聲情合，兩無違。一語不入意，從君萬曲梁塵飛」，《扶風豪士歌》云云，「清水白石何離離。脱吾帽，向君笑」嘯、號通押，「飲君酒，爲君吟。張良未逐赤松去，橋邊黄石知我心」，是以三字句二句爲一韻者也。《行行且遊獵篇》「邊城兒，生年不讀一字書」，香山集中此體最多，是單用三字句者也。

又云，有隔句韻，《采薇篇》「采薇采薇，薇亦作止。曰歸曰歸，歲亦莫止」，《世本古義》以爲隔句韻，其餘間有之。《詩轍》舉李白詩「元丹邱，愛神仙，朝飲潁川之清流，暮還嵩岑之紫煙，三十六峰長周旋」，云是隔句韻也。按此詩未足以爲例，余未曾見後人詩中有隔句韻者也，約案，青蓮此

〔一〕筯：底本訛作「筋」，據《李太白全集》卷二十四改。

詩，「邱」字「流」字偶然同韻，元質謂未足以爲例，是也。其謂未曾見隔句韻者，陋也。唐章碣《變體詩》「東南路盡吴江畔，正是窮愁暮雨天。鷗鷺不嫌斜雪岸，波濤欺得送風船。偶逢島寺停帆看，深羨漁翁下釣眠。今古若論英達算，鴟夷高興固無邊」，可見後人有隔句韻也。近體詩雖無用於此，聊以備聞耳。

少陵《追酬故高蜀州人日見寄》詩「自枉蜀州人日作，不意清詩久零落。今晨散帙眼忽開，迸淚幽吟事如昨。嗚呼壯士多慷慨，合沓高名動寥廓。嘆我悽悽求友篇，感君鬱鬱匡時略。錦里春光空爛熳，瑶墀侍臣已冥寞。瀟湘水國傍黿鼉，鄂杜秋天失鵰鶚。東西南北更誰論，白首扁舟病獨存。遥拱北辰纏寇盜，欲傾東海洗乾坤。邊塞西羌最充斥，衣冠南渡多崩奔。鼓瑟至今悲帝子，曳裾何處覓王門。文章曹植波瀾闊，服食劉安德業尊。長笛鄰家亂愁思，昭州詞翰與招魂」。此篇韻數有定，而中間數轉意，換韻之在節簇固可見矣。放翁《喜小兒輩到行在》詩「阿岡學書蚓滿幅，阿繪學語鶯囀木。截竹作馬走不休，小車駕羊聲陸續。書窗涴壁誰忍嗔，啼呼也復可憐人。卻思胡馬飲江水，敢道春風無戰塵。傳聞賊棄兩京走，列城争爲朝廷守。從今父子見太平，花前飲水勿飲酒」，此亦同法。設令不知者作此詩，「卻思胡馬」「從今父子」以下必將換韻。韻法宜從此等詩悟入。

有二句不押韻者。青蓮《野田黃雀行》「游莫逐炎洲翠，棲莫近吴宮燕不押韻。吴宮火起焚巢窠，炎洲逐翠遭網羅。蕭條兩翅蓬蒿下，縱有鷹鸇奈若何」，東坡《野鷹來》「野鷹來，萬山下不押韻。

荒山無食鷹苦饑，飛來爲爾繫彩絲。北原有兔老且白，年年養子秋食菽。我欲擊之不可得，年深兔老鷹力弱。野鷹來，城中有臺高崔巍。臺中公子著皮袖，東望萬里心悠哉。心悠哉，鷹何在不押韻。嗟爾公子歸無勞，使鷹可呼亦凡曹，天陰月黑狐夜嘷」是也。

古韻

今也皇國太平歲久，文運日盛，莫有闕典。但音韻一事，雖碩學鴻儒，概以爲非吾事。其至愚之甚，則以爲不知漢土音韻，則不能作詩屬文也。苟漢人論音韻者，則一意從之，抑何意也。約請嘗論之。如我皇國，中古以來，文學湮晦，古言不明。輓近復古之學興，斯道漸明。雖然，是篤學宏才之所任，非人人所得而能也。嗚呼！我皇國千載一統，人無古今，而明古言於今日，如此其難。况如彼漢土，晋宋以來，夷華淆雜，涇渭不分，至宋明則舉國既爲他人之有，音韻焉能不亂哉？以余觀之，南宋以還，斯道不明，至清則殆掃地矣。少陵《悲陳陶》詩「孟冬十郡良家子紙，血作陳陶澤中水紙。野曠天清無戰聲，四萬義軍同日死紙。群胡歸來血洗箭，仍唱胡歌飲都市紙。都人四面向北歸，日夜更望官軍至寘」，《唐宋詩醇》評云：「何焯曰，『至』字一韻獨用。」約案，古詩上去聲通押者比比有之，今獨摭于唐宋證之。少陵《石壕吏》詩「一男附書至寘，二男新戰死紙。存者且偷生，死者長已矣紙」，范成大《浮邱亭》詩「西崑巉絶不可至寘，東望蓬萊愁弱水紙。誰知芳草遍天涯，玉京只在珠簾底薺、紙」，皆是紙、寘通押。東坡《巫山》詩「瞿塘迤邐盡，巫峽崢嶸起紙。連峰稍可怪，石色變蒼翠寘。天工運神巧，漸欲作奇偉尾。坱軋勢方深，結構意未遂寘。旁觀不暇瞬，步步造幽邃寘。蒼崖忽相逼，絕壁凜可悸寘。仰觀八九頂，俊爽淩顥氣未。晃蕩天宇高，崩騰江水沸未。孤超兀不讓，直拔勇無畏未。攀緣見神宇，憩坐就石位寘。巉巉隔江波，一一問廟吏寘。遥觀神女石，綽約誠有以紙。俯首見斜鬟，拖霞弄修帔寘。人心隨物變，遠覺含深意寘。野老笑吾旁，少年嘗屢至寘。去隨猿猱上，反以繩索試寘。石筍倚孤峰，突兀殊不類寘。世人喜神怪，論説驚幼稚寘。楚賦亦虚傳，神仙安有是紙。次問掃壇竹，云此今尚爾紙。翠葉紛下垂，婆娑緑鳳尾尾。風來自偃仰，若爲神物使寘。絕頂有三碑，詰曲古篆字寘。老人那解讀，偶見不能記寘。窮探到峰背，採斫黄楊子紙。黄楊生石上，堅瘦文如綺紙。貪心去不顧，澗谷千尋槌寘。山高虎狼絕，深入坦無忌寘。洪濛草樹密，葱蒨雲霞膩寘。石竇有洪泉，甘滑如流髓紙、寘。終朝自盥漱，冷冽清心胃未。浣衣挂樹梢，磨斧就石鼻寘。徘徊雲日晚，歸意念城市紙。不到今十年，衰老筋力憊卦、寘。當時伐殘木，芽蘖已如臂寘。忽聞老人説，終日爲歎喟寘。神仙固有之，難在忘勢利寘。貧賤爾何愛，棄去如脱屣紙、寘。嗟爾若無還，絕糧應不死紙」，此紙、尾、寘、未四韻通押。樂天《琵琶行》「自言本是京城女語」以下以「住遇、部有麌、妒遇、數遇、汙遇、故遇、婦有麌、去御」爲韻，語、麌、御、遇四韻通押。東坡《和蔡景繁海州石室》詩「芙蓉仙人自注石曼卿也舊遊處御，蒼藤翠壁初無路遇。戲將桃核裹黄泥，石間散擲如風雨麌。坐令空山作錦繡，倚天照海花無數遇。花間石室可容車，流蘇寶蓋窺靈宇麌。何年霹靂起神物，玉棺飛出王喬墓遇。當時醉卧動千日，至今石縫餘糟醑語。山人一去五十年，花老室空誰作主麌。手藝數松今傴蓋，蒼髯白甲低瓊户麌。我來取酒酹先生，後車仍載胡琴女語。一聲冰鐵散巖谷，海爲瀾翻松爲舞麌。爾來心賞復何人，持節中郎醉無伍麌。獨臨斷岸呼出日，紅波碧巘相吞吐麌、遇。徑尋我語覓餘聲，拄杖彭鏗叩銅鼓麌。長篇小字遠相寄，一唱三嘆神悽楚語。江風海雨入牙頰，似聽石室胡琴語語。我今老病不出門，海山巖洞知何許語。門外桃花自開落，牀前酒甕生塵土麌。前年開閤放柳枝，今年洗心參佛祖麌。夢中舊事時一笑，坐覺俯仰成今古麌。願君不用刻此詩，東海桑田真旦暮遇」。《於潛女》詩「青裙縞袂於潛女語，兩足如霜不穿屨遇。觰沙鬢髮絲穿柠語，蓬沓障前走風雨麌。老濞宫妝傳父祖麌，至今遺民悲故主麌。苕溪楊柳初飛絮御，照溪畫眉渡溪去御。逢郎樵歸相媚嫵麌，不信姬姜有齊魯麌」，皆同。王勉夫《野客叢書》卷八云：「前輩謂『深院無人杏花雨』之句極佳，當作去聲。此句正祖南唐潘佑之意。佑有詩曰『誰家舊宅春無主，深院簾垂杏花雨』，佑兩句意，此作一句言耳。然佑句作上聲，非去聲也。其下曰『香飛緑瑣人未歸，巢燕承塵燕無語』，豈『語』字亦當作去聲邪？」此北宋人且不知上去聲通押，而費無用之辯，如清人何足責之？又青蓮《鳴皋歌送岑徵君》「若有人兮思鳴皋，阻積雪兮心煩勞。洪河淩兢不可以徑度，冰龍鱗兮難容舠。邈仙山之峻極兮，聞天籟之嘈嘈。霜厓縞皓以合沓兮，若長風扇海湧滄溟之波濤。玄猿緑羆，舔舕崟岌，危柯振石，駭膽慄魄，群呼而相號。峰崢嶸以路絶，挂星辰於巖嶅」云云，《詩醇》評云：「吴昌祺曰，『玄猿緑羆』疊四句，而以五句爲一韻，非騷人法。」約案，古今曾無此句法，曾無此韻法。此「玄猿緑羆」四句一韻，第二句以下皆有韻。《竹竿篇》「淇水在右，泉源在左。巧笑之瑳，佩玉之儺」，韻法與此同。「群呼」一句是單殺，復用豪韻。此老喜隔一韻用前韻，《憶舊遊》詩「袖長管催欲輕舉，漢中太守醉起舞。手持錦袍覆我身，我醉橫眠枕其股。當筵意氣淩九霄，星離雨散不終朝，分飛楚關山水遥。余既還山尋故巢，君亦歸家渡渭橋。君家嚴君勇貔虎，作尹并州遏戎虜。五月相呼度太行，摧輪不道羊腸苦」，隔一韻用麌韻。《觀元丹邱坐巫山屏風》詩「昔遊三峽見巫山，見畫巫山宛相似。疑是天邊十二峰，飛入君家彩屏裏。寒松蕭颯如有聲，陽臺微茫如有情。錦衾瑤席何寂寂，楚王神女徒盈盈。高咫尺，如千里，翠屏丹崖粲如綺。蒼蒼遠樹圍荆門，歷歷行舟泛巴水」，隔一韻用紙韻，此類甚多。又案，以今韻觀之，「岌」字在緝韻，「石、魄」二字在陌韻，而古韻通押，確乎有明據。鮑照《學劉公幹體》詩「噎噎寒夜露，蒼蒼陰山柏陌。樹迴村露縈，山寒野風急緝」，唐太宗《飲馬長城窟行》「揚麾氛霧静，紀功銘在石陌。荒裔一戎衣，靈臺凱歌入緝」，《焦仲卿妻》「長嘆空房中，作計乃爾立緝。轉頭向户裏，懶見愁煎迫緝」，又東坡《岐亭》詩「昨日雲陰重，東風融雪汁緝。遠林草木暗，近舍煙火濕緝。下有隱君子，嘯歌方自得職。知我犯寒來，呼酒意頗急緝。撫掌動鄰里，繞村捉鵝鴨洽。房櫳鏘器聲，蔬果照巾羃錫。久聞蔞蒿美，初見新芽赤陌。洗盞酌鵝黄，磨刀削熊白陌。須臾我徑醉，坐睡落巾幘陌。醒時夜向闌，唧唧銅瓶泣緝。黄州豈云遠，但恐朋友缺屑。我當安所主，君亦無此客陌。朝來静庵中，惟見峰巒集緝」，《冷齋夜話》云，東坡《書楊道士息軒》曰「無事此静坐，一日是兩日質。若活七十年，便是百四十緝。黄金不可成，白髮日夜出質。開眼三十秋，速於駒過隙陌。是故東坡老，貴汝一念息職。時來登此軒，望見過海席陌。家山歸未得，題詩寄屋壁陌」。昌祺不知之，以狹隘之見妄譏青蓮，其陋可笑矣。《詩醇》是康熙御撰，經諸儒之校讐者必矣，而其麤漏如此，其他固可準知矣。吾邦輕佻釣名之徒，詩文纔能成語，輒投之清人，厚加贈賂，乞其品秩，徵其序跋，虛飾以自衒，誣己欺人，一以蔑國禁，一以使彼輕視我，犯此大罪，而甘受盲眇之鑒，恬乎不知耻，澆季之風一至於此，實可以成一浩嘆哉。

銘贊及古詩不用古韻，則自乏古色，學者不可不講究也。而其學陵遲，諸家各恣其所言，跋胡疐尾，茫乎無所歸也。特清儒毛奇齡，頗有見於此，著《古今通韻》《韻學指要》諸書，創立五部三聲二聲兩界之目。所謂五部，東冬江陽庚青蒸七韻爲一部，支微齊佳灰魚虞歌麻尤十韻爲一部，魚虞歌麻蕭肴豪尤八韻爲一部，真文元寒刪先六韻爲一部，侵覃鹽咸四韻爲一部是也。三聲，平上去三聲相通是也。二聲，去入二聲相通是也。兩界，屋沃覺三韻爲東冬江三韻之入，質物月曷黠屑六韻爲真文元寒刪先六韻之入，藥陌錫三韻爲陽庚青蒸四韻之入，緝合葉洽四韻爲侵覃鹽咸四韻之入。以有入東冬江真文元寒刪先陽庚青蒸侵覃鹽咸十七韻爲一界，以無入支微魚虞齊佳灰蕭肴豪歌麻尤十三韻爲一界相通，是也。而兩界亦有相通者。自以爲音韻之蘊奧盡於此焉，巨聲大喝，痛駁諸家，其言雖誇誕乎，比之彼跋胡疐尾無所歸者，則霄壤徑庭，亦足以警覺癡人之夢焉。雖然，至其兩界亦有相通者，則循環無窮，百七韻成一韻，喋喋辯説，終歸於無用，可謂矯枉過正者矣。《通韻・論例》云：「古韻自無通轉，然古韻既亡，則反就律韻中，或通或轉，以尋古韻，雖欲不立通轉之名，何可得也？所謂因變求正者此也。」由是觀之，毛氏亦出於不得已者乎？約案，古昔聲韻不一，蓋以土地異俗不同也。六朝之時，精其學者，選正從之，始作二百六韻，於是乎天下之聲韻定于一，可謂有功矣。雖然，一字有數音而入一韻者，亦必不尠。是以似精而實麤，求詳而實略，不自知所以與古爲冰炭也。以余觀之，東冬蕭肴之類，古蓋一韻，不可分別，其他當取古人有其例者而用之，譬如「一東」韻中「風」字，《晨風》篇與「林、欽」叶，宜據此以入「侵」韻；揚雄《甘泉賦》與「乘、澄、兢」叶，宜據此以入「蒸」韻；楊戲《季漢輔臣贊》與「真、臣、人、鄰」叶，宜據此以入「真」韻；王璨《贈蔡子篤》詩與「軒、翻、宣、嘆」叶，宜據此以入「元、寒、先」等韻。若從諸家通用之説，以「一東」韻中字，盡入「真元寒先蒸侵」諸韻，則百七韻不成一韻者幾希。

清毛稚黄《聲音叢説》張潮序云：「聲音之道，隨時代爲變遷者也。周秦漢魏有周秦漢魏之音，齊梁六朝有齊梁六朝之音，唐宋有唐宋之音，金元有金元之音，近三百年來有三百年來之音，用韻者宜何從乎？亦惟考其體製而可矣。如四言詩，如古樂府，如賦如銘如贊，此周秦漢魏之體製也，宜用吴才老之古韻。如五七言近體，五七言排律，七言古風長歌，唐人體製也，則宜用今世所通行之百七韻。若五言古體詩及長短句，則介乎二者之間者也，或古韻或《禮部韻》，可參合而用之。至於詩餘，則宋人體製矣，宋人之音自宜用詞韻。北曲填詞始于金元，則宜用周德清《中原韻》。南曲明代所尚，此則三百餘年以來之製矣，宜用《洪武正韻》者也。我輩生於今日，不識古韻爲何物，其讀《毛詩》《離騷》，往往齟齬而不相合，蓋以今人之口而讀古人之製，而不知出古代人之口則原無不協也云云。」約案，如其考體製而用韻，可也。如其以七言古風長歌，徑爲唐人體製而欲與近體詩同用百七韻，不可也。余著此編，僅引唐人七言古風，而不用百七韻者甚多，不待更舉其證也。錢大昕《十駕齋養新録》十六云：「楚詞《招魂》《大招》多四言〔一〕，去『些只』助語，合兩句讀之，即成七言。荀子《成相》、荊軻《送别》，其七言之始乎？至漢而《大風》《瓠子》見於帝製，《柏梁聯句》一時稱盛，而五言靡聞，其載於班史者，唯『邪徑敗良田』童謡出於成帝之世耳。劉彦和謂『西京詞人遺翰莫見五言，所以李陵、班婕妤見疑于後代』，又謂『古詩佳麗或稱枚叔』，則彦和亦未敢質言也。鍾嶸《詩品》云『古詩其體，源出于《國風》，《去者日已疎》四十五首，疑是建安中陳王所製』。《文選》所録《古詩十九首》，未審即在鍾氏四十五篇之數否？要之，此體之興必不在景武之世，觀《漢書·李陵傳》，置酒起舞作歌，初非五言，則知河梁唱和出于後人依託，不待『盈觴』之語觸犯漢諱，始決其作僞也。枚叔又在蘇李之前，班史不言有五言詩，其爲臆説毋庸置辯矣。《虞姬歌》不見於《史》《漢》，諒亦出於依託，《白頭吟》見沈休文《宋書》，但云古辭，不言何人作，唯《西京雜記》有『卓文君作《白頭吟》自絶』之語，亦不載其詞，且《雜記》出吳均之手，豈足信乎？」此説亦不爲無所見。由是觀之，以七言古風徑爲唐人體製者，其非不辯而著矣。但與銘贊之類非無别也，宜取古韻之宜於時者而用之。又案，銘贊之類，亦自不一，毛稚黄《韻問》云：「毛子曰：『予嘗讀

〔一〕四：底本訛作「匹」，據《十駕齋養新録》卷十六改。

楊慎《韻經》，而不覺失笑也。』客曰：『何也？』毛子曰：『楊氏之書，其謬甚多。』『請論之。』曰：『楊云「賦誄箴銘之類須從古韻」，不知要須辨厥體耳。儻作隋唐近調之賦誄，而可用《詩》《騷》古韻者乎？此《韻經·凡例》楊氏開卷之謬一也，可以見也。」

《聲音叢説》云：「韓愈《蝌蚪書記》云：『作爲文詞，宜略識字。』然愈識字頗不深。《子産不毀鄉校頌》以『監』叶『言』，《徐偃王廟碑詞》以『頑』叶『耽』，古音既無此通法，考之唐韻益謬。愈蓋讀『監』爲『肩』，讀『耽』爲『丹』故也。是愈於本朝字尚識之不盡，咳吐有乖，何論蝌蚪書耶？」此説陋也。《養新録》卷四云：「邵正《釋譏》云『夫人心不同，實若其面。子雖光麗，既美且艷』，以『艷』與『面見練』爲韻，又云『方今朝士山積，髦俊成群。猶鱗介之潛乎巨海，毛羽之集乎鄧林』，以『林』與『群般』爲韻。如此類者，今世必謂之失韻，然古人已有之。古書音與義多相協，《釋詁》『林，君也』，是『林』有『君』音，《論語》『文質彬彬』，字或作『份』。」又云：「皇甫謐《釋勸論》以『音』與『莘濱秦屯神倫伸』爲韻，以『心岑』與『鱗辰塵人臣倫』爲韻，以『沈衾岑』與『真臣人鄰貧濱』爲韻。」約又考之《易》「其所由來者漸矣，由辨之不早辨也」，「列其夤，厲薰心」，此亦同例。其徵赫赫，謂之古音無此通法，可哉？稚黄誇炬火培塿之才，誹泰山北斗之賢，長喙三尺，多見不知其量也。

古詩平仄

袁枚《隨園詩話》卷四云：「近有《聲調譜》之傳，以爲得自阮亭，作七古者奉爲祕本，余覽之不覺失笑。夫詩爲天地元音，有定而無定，到恰好處自成音節，此中微妙，口不能言。試觀《國風》《雅頌》《離騷》樂府，各有聲調，無譜可填。杜甫、王維七古中，平仄均調，竟有如七律者。韓文公七字皆平，七字皆仄。阮亭不能以四仄三平之例縛之也。儻必照曲譜排填，則四始、六義之風掃地矣。此阮亭之七古，所以如杞國伯姬，不敢那移半步。」此説是也。約雖平生不悦袁子才，如其謂「到恰好處自成音節」，實是知言。《聲調譜》，趙飴山所著，又翟徽涇著《聲調譜拾遺》，今試舉其説。《譜》云：「『平平平平仄平平』句法，尋常轉韻古詩不可輕用。」約案，少陵詩「有客有客字子美」，崔塗詩「梨花梅花參差開」，此等句猶有之。古詩至得佳句，焉有所避？且《譜》所謂句法，李杜詩中甚多，可就而覽。《拾遺》云：「平韻古詩無論轉韻及不轉韻，凡『仄仄仄平平平平』及『仄仄平平平平平』等句法，皆不可用。杜韓詩筆力最横絶，未嘗有此。唐人間有用之者，要是踰閑之弊，不可不知。」約案，少陵《觀曹將軍畫馬圖》詩「昔日太宗拳毛騧」，韓文公《送區弘南歸》詩「從我荆州來京畿」，又《寄盧仝》詩「去歲生兒名添丁」，此句法豈杜韓未嘗有此哉？其書大抵此類也，固不足辯矣。

詩格刊誤卷上終

詩格刊誤卷下

五言律換字句法

初學或以爲漢人生而知平仄，殊不然也。明陳元輔《枕山樓詩話》云：「學詩要先知平仄，此二字不辨，匪獨聲音不協，抑且規式有乖。」更作之圖，以示仄起平起之格。平生所用之句格且猶如此，故如换字句法，鮮能詳之者必矣。按五言换字句法，有不拘平仄者，如少陵《望嶽》篇是也。或以此篇爲古詩非也，蓋與七律吴體同吴體詳於下，其平仄一定者有三。其一，句法仄仄仄平仄，平平平仄平，第一字平仄兩可。唐唐求《題鄭處士隱居》詩：「不信最清曠，及來愁已空。數點石泉雨，一溪霜葉風。業在有山處，道成無事中。酌盡一盃酒，老夫顔亦紅。」通首用此句法，是所稀見。而一聯有之者甚多，少陵「一徑野花落，孤村春水生」「衫裛翠微潤，馬銜青草嘶」是也，此類不可勝舉。又有乖此格者，同人「老去一杯足，誰憐屢舞長」「野寺江天豁，山扉花竹幽」「家遠傳書日，秋來爲客情」是也，然此出於不得已，非定格也。吴可有《藏海詩話》云：「蘇州常熟縣破頭山有唐常建詩刻，乃是『一徑遇幽處』。蓋唐人作拗句，上句既拗，下句亦拗，所以對『禪房花木深』，『遇』與『花』皆拗故也。其詩近刻，時人常見之。」姚寬《西溪叢語》亦載此事。此詩，他書作「一徑通幽處」，故匡其誤。《瀛奎律髓》卷十王介甫《暮春》詩「悵望夢中地，王孫底不歸」，方回曰：「夢中之夢當是用平聲，《左傳》楚雲夢地曰夢中，言夢字不平，則下句與上句不協也。」又二十五賈浪仙《早春題湖上友人新居》詩「開篋收詩卷，掃牀移卧衣」，方回曰：「前句不拗，只『掃牀移卧衣』拗二字。」二字言「掃」字當平而仄，「移」字當仄而平也。以上諸説其憚之如此。《聲調譜拾遺》云：「凡律詩，上句拗，下句猶可參用律調；下句拗，則上句必以拗調協之。此不易之法。」此説拘於一偏，以余觀之，不論句之上下，一句既拗，則一句亦應拗而救之。其二，句法仄仄平仄仄，平平平仄平，第一字平仄兩可。蘇味道《在廣聞崔馬二御史竝登相臺》「喜得廊廟舉，嗟爲臺閣分」，少陵《初月》「光細弦欲上，影斜輪未安」，《送嚴侍郎到綿州》「稍稍煙集渚，微微風動襟」，《春遠》「肅肅花絮晚，菲菲紅素輕」，《大曆三年春，白帝城放船出瞿塘峽》「鹿角真走險，狼頭如跋胡」，《登舟將適漢陽》「生理飄蕩拙，有心遲暮違」，《發潭州》「賈傅才未有，褚公書絶倫」，《暮雨題瀼西新賃草屋》「不息豺虎鬭，空慚鴛鷺行」，張九齡《南還湘水言懷》「魚意思在藻，鹿心懷食蘋」，王維《歸嵩山作》「流水如有意，暮禽相與還」，岑參《終南溪中作》「洗藥朝與暮，釣魚春復秋」，曹松《夏雲》「暝鳥飛不到，野風吹得開」，《長安春日》「御柳垂著水，野鶯啼破春」，裴迪《夏日過青龍寺謁操禪師》「有法知不染，無言誰敢酬」，白樂天《夏夜宿直》「人少庭宇曠，夜深風露清」，劉禹錫《和裴相公寄白侍郎求雙鶴》「留滯清洛苑，徘徊明月天」，方干《暮發七里灘夜泊嚴光台下》「但訝猿鳥定，不知霜月寒」，李群玉《經費拾遺所居呈封員外》「舊館苔蘚合，幽齋松菊荒」，王建《原上新春》「新識鄰里面，未諳村舍情」，東坡《寒食遊南湖》「繞郭春水滿，被堤新柳黄」，《乘舟過賈收水閣》「得意詩酒社，終身魚稻鄉」，放翁《過吉澤》「木落山盡出，鐘鳴僧獨歸」，《江陵道中作》「水落魚可拾，霜清裘欲重」是也。

韓文公《獨酌》詩，「遠岫重疊見，寒花散亂明」，下句不拗，亦非定格也。少陵「貧賤人事略，經過霖潦妨」，固是此格，《仇注》讀「事」字爲平聲，舉證云：「蔡中郎詞『事』字叶讀『時』，『帝曰休哉。命公三事。乃耀柔嘉，式是百司。』」凡以古韻論律韻，無字不叶，可見漢人亦知此格者少矣。其三，句法仄仄仄仄仄，平平平仄平，第一字平仄兩可。青蓮《掛席江上待月有懷》「待月月未出，望江江自流」，少陵《初月》「江漢不改色，關山空自寒」，《送遠》「草木歲月晚，關河霜雪清」，《自閬州領妻子卻赴蜀山行》「行色遞隱見，人煙時有無」，《入宅》「奔峭背赤甲，斷崖當白鹽」，《登舟將適漢陽》「春宅棄汝去，秋帆催客歸」，《王閬州筵奉酬十一舅惜別之作》「良會不復久，此生何太勞」，岑參《宿岐州北郭嚴給事別業》「遥夜惜已半，清言殊未休」，于良史《春山月夜》「掬水月在手，弄花香滿衣」，白樂天《晚歲》「壯歲忽已去，浮雲何足論」，孟浩然《陪張丞相自松滋江東泊渚宫》「洗幘豈獨古，濯纓良在兹」，李洞《水墨障子》「研盡一寸墨，掃成千仞峰」，吴融《詠柳》「好拂錦步障，莫遮銅雀台」，李咸用《和修睦上人聽猿》「踈雨灑不歇，迴風吹暫低」，張籍《送海客歸舊島》「入國自獻寶，逢人多贈珠」，蘇舜欽《獨遊輞川》「數里蹈亂石，一川環碧峰」，東坡《倦夜》「衰髮久已白，旅懷空自清」，黄山谷《次韻楊明叔》「全德備萬物，大方無四隅」，《次韻答高子勉》「久立我有待，長吟君不來」，曾幾《種竹》「餘子不足數，此君何可無」，陸務觀《泛湖至東涇》「春水六七里，夕陽三五家」，《病中》「摩詰病説法，虞卿貧著書」，《偶嘆》「清露夜自滴，孤雲寒不歸」，《自詠》「萬事不挂眼，終年常避人」，《夏日獨居》「已罷客載酒，亦無僧説禪」，《數日不作詩》「偶爾得一語，快如疏九河」，張耒《破幌》「破幌一點白，卧知千里明」，趙孟頫《雨》「摵摵衆葉響，滋滋生意新」，張翥《遊石頭城清涼寺用天錫題壁詩韻》「日色不到處，樹陰渾似雲」是也。東坡《新年》「生物會有役，謀身各及時」，陸務觀《郊行》「山色掃石黛，江流漲麴塵」，下句不拗，亦非定格也。《聲調譜》云：「五仄及四仄句中，須有入聲字。」按，如「不信最清曠」「但訝猿鳥定」「良會不復久」「暝鳥飛不到」「萬事不挂眼」之類，皆句中無入聲字，此説不足取也。此餘如青蓮三平三仄詩，陸龜蒙四聲詩，梅聖俞五仄詩，其體易辨，且人多知之，故不贅焉。

七言律換字句法

七言律拗體，有平仄一定者，有不一定者。不一定者謂之吴體，諸家集中皆有之。而題稱吴體者，少陵《愁》詩，自注「强戲爲吴體」，「江草日日喚愁生，巫峽泠泠非世情。盤渦鷺浴底心性，獨樹花發自分明。十年戎馬暗萬國，異域賓客老孤城。渭水泰山得見否，人今罷病虎縱橫」杜律本刪自注，皮日休《獨夜有懷因作吴體》：「病鶴帶霧傍獨屋，破巢含雪傾孤枯。濯足將加漢光腹，抵掌欲捋梁武鬚。隱几清吟誰敢敵，枕琴高卧真堪圖。此時枉欠高散物，楠瘤作尊石作爐」，同人《早秋吴體》「書淫傳癖窮欲死，譊譊何必頻相仍。日乾陰蘚厚堪剥，藤把欹松牢似繩。擣藥香侵白袷袖，穿雲潤破烏紗稜。安得瑤池飲殘酒，半醉騎下垂天鵬」，陸龜蒙《新秋月夕客有自遠相尋者，作吴體以贈》「風初寥寥月乍滿，杉篁左右供餘清。因君一話故山事，憶鶴互應深溪聲。雲門老僧定未起，白閣道士遥相迎。日聞羽檄日夜急，掉臂欲歸嵩下行」，同人《早春雪中作吴體》「迎春避臘不肯下，欺花凍草還飄然。光填馬窟蓋塞外，勢壓鶴巢偏殿巔。山爐瘦節萬狀火，墨突乾衰孤穗煙。君披鶴氅獨自立，何人解道真神仙」，陸務觀《吴體寄張季長》「九月十月天雨雪，江南劍南途路長。平生故人阻携手，萬里一書空斷腸。人生彊健已難恃，世事變遷那可常。兩家子孫各長大，他年窮達毋相忘」是也。凡吴體篇中一二句，雖偶有律調，太抵無與古詩異。但中間四句必用對偶，無韻句第七字必用仄聲，此獨不失律詩本色。又有一篇半用此體者，少陵《望岳》「西岳崚嶒竦處尊律詞，諸峰羅立如兒孫。安得仙人九節杖，拄到玉女洗頭盆三句吴體。車箱入谷無歸路，箭括通天有一門。稍待西風涼冷後，高尋白帝問真源。」有二句用此體者，《灩澦》「灩澦既没孤根深，西來水多愁太陰吴體。江天漠漠鳥雙去，風雨時時龍一吟拗律。舟人漁子歌回首，估客胡商淚滿襟。寄語舟航惡年少，休翻鹽井擲黄金」。有一句用此體者，《題鄭縣亭子》「鄭縣亭子澗之濱吴體，户牖憑高發興新。雲斷岳蓮臨大路，天晴宫柳暗長春。巢邊野雀群欺燕，花底山蜂遠趁人。更欲題詩滿青竹，晚來幽獨恐傷神」，《即事》「天畔群山孤草亭拗律，江中風浪雨冥冥律。一雙白魚不受釣吴體，三寸黄柑猶自青拗律。多病馬卿無日起，窮途阮籍幾時醒律。未聞細柳散金甲，腸斷秦川流濁涇拗律」。《聲調譜拾遺》云：「王敬美謂，詩無一句拗者。」約按，此未必然也。而一句拗者，後人恐難效焉。又趙翼《甌北詩話》云：「拗體七律，如『鄭縣亭子澗之濱』『獨立縹緲之飛樓』之類，杜少陵集最多，乃專用古體，不諧平仄。中唐以後，則李商隱、趙嘏輩創爲一種，以第三第五字平仄互易，如『溪雲初起日沈閣，山雨欲來風滿樓』『殘星幾點雁橫塞，長笛一聲人倚樓』之類，别有擊撞波折之致。至元遺山又創一種拗，在第五六字，如『來時珥筆誇健訟，去日攀車餘淚痕』『太行秀發眉宇見，老阮亡來樽俎閒』『鷄豚鄉社相勞苦，花木禪房時往還』『肺腸未潰猶可活，灰土已寒寧復燃』『市聲浩浩如欲沸，世路悠悠殊未涯』『冷猿挂夢山月暝，老雁叫群江渚深』『春波淡淡沙鳥没，野色荒荒煙樹平』『青山兩岸多古木，平地數峰如畫屏』『長虹夜飲海欲竭，老雁叫群秋更哀』。約曰：此一聯自别『東門太傅多祖道，北闕詩人休上書』之類，集中不可枚舉。然後人習用者少，《陔餘叢考》亦載焉。」此説非也。魏慶之《詩人玉屑》卷二引《禁臠》云：「魯直換字對句法，如『只今滿坐且尊酒，後夜此堂空月明』『清談落筆一萬字，白眼舉觴三百盃』『田中誰問不納履，坐上適來何處蠅』『韆韆門巷火新改，桑柘田園春向分』『忽乘舟去值花雨，寄得書來應麥秋』，其法於當下平字處，以仄字易之，欲其氣挺然不群，前此未有人作此體，獨魯直變之。」又引《苕溪漁隱》云：「此體本出於老杜，如『寵光蕙葉與多碧，點注桃花舒小紅』『一雙白魚不受釣，三寸黄柑猶自青』『外江三峽且相接，斗酒新詩終日疎』『負鹽出井此溪女，打鼓發船何郡郎』『沙上草閣柳新暗，城邊野池蓮欲紅』，似此體甚多，聊舉此數聯，非獨魯直變之也，今俗謂之拗句者是也。」由是觀之，如「溪雲初起日沈閣」及「長虹夜飲海欲竭」之類，豈李、趙、元遺山之所創哉？而《玉屑》亦甚無分解，如「一雙白魚不受釣」及「沙上草閣柳新暗」之類，則所謂吴體，不可與他拗句混。平仄一定者當分爲三。其一，句法平平仄仄仄平仄，仄仄平平平仄平，第一字三字平仄兩可，與五言「一徑野花落，孤村春水生」同格，乃「寵光蕙葉與多碧，點注桃花舒小紅」之類是也。《聲調譜》謂之拗律，蓋以拗而不失律調也。古人詩中此體甚多，不煩舉其例。又如少陵「舊來好事今能否，老去新詩誰與傳」「一聲何處送書雁，百丈誰家上瀨船」之類，不以拗對拗，非定格也。其二，句法平平仄仄平仄仄，仄仄平平平仄平，第一字三字平仄兩可，與五言「喜得廊廟舉，嗟爲臺閣分」同格，少陵《章梓州橘亭餞成都竇少尹》「主人送客何所作，行酒賦詩殊未央」，白樂天《正月三日閑行》「黄鸝巷口鶯欲語，烏鵲河頭冰漸消」，《宴周皓大夫光福宅》「軒車擁路光照地，絲管入門聲沸天」，韓偓《夜船》「月明船上簾幕捲，露重岸頭花木香」，許渾《凌敵臺送韋秀才》「野蠶成繭桑柘盡，溪鳥引雛蒲稗深」，東坡《送喬施州》「恨無負郭田二頃，空有載行書五車」，《陳州與文郎逸民飲别》「春風料峭羊角轉，河水眇綿瓜蔓流」，《莘老葺天慶觀》「扁舟去後花絮亂，五馬來時賓從非」，黄山谷《送顧子敦赴河東》「月斜汾沁催驛馬，雪暗岢嵐傳酒盃」，楊萬里《平賊班師明發潮州》「官軍已掃狐兔窟，歸路莫孤山水鄉」，《浮石清曉放船遇雨》「秋江得雨茶鼎沸，怒點打篷荷葉鳴」，《走筆謝吉守趙判院分餉三山荔枝》「西川紅錦無此色，南海緑羅猶帶酸」，陸務觀《北渚》「新秋漸近蟬更急，殘日已沈鴉未歸」，《早秋南堂夜興》「風前落葉紛可拂，天際疎星森有芒」，《獨酌有懷南鄭》「秋風逐虎花叱撥，夜雪射熊金僕姑」，《自詠》「平生意薄刀筆吏，投老身爲山澤癯」，元劉因《夏日飲山亭》「空鈎坐釣魚亦樂，高枕臥遊山自前」是也。此體亦非元遺山之所創也。金宇文虛中詩，「經中因認人我相，教外都忘大小乘」，下句不拗，非定格也。其三，句法平平仄仄仄仄仄，仄仄平平平仄平，第一字三字平仄兩可，與五言「待月月未出，望江江自流」同格。少陵《七月一日題終明府水樓》「承家節操尚不泯，爲政風流今在茲」，殷文圭《八月十五夜》「滿衣冰彩拂不落，遍地水光凝欲流」，李郢《孔雀》「一身金翠畫不得，萬里山川來者稀」，《暮春山行田家歇馬》「青蛇上竹一種色，黃蝶隔溪無限情」，崔魯《春日長安即事》「行人自笑不得意，匹馬獨吟真可哀」，蘇舜欽《春睡》「身如蟬蛻一榻上，夢似楊花千里飛」，楊舜韶《過孫堅墓》「久無行客爲下馬，但有牧童來放牛」，東坡《與歐育等六人飲酒》「年來齒髮老未老，此去江淮東復東」，黃山谷《寄黃幾復》「持家但有四立壁，治病不蘄三折肱」，梅堯臣《詠橙》「洞庭朱橘未弄色，襄水錦橙多已黃」，《和孫侔雁蕩》「山頭水闊不見影，巖下沙平時有蹤」，陸務觀詩此體尤多，其《避俗臺》「但知禮豈爲我設，莫管客從何處來」，《桐廬縣泛舟東歸》「宦遊何啻路九折，歸臥恨無山萬重」，《遺興》「愛身每戒玉抵鵲，養氣要如刀解牛」，《幽居春夜》「雲逢佳月每避舍，酒壓閒愁如受降」，《對酒》「此身幸已脱虎口，有手但堪持蟹螯」，《寓嘆》「有心求縮地萬里，無羽可朝天九重」，《書劍》「老皆有死豈獨我，士固多窮寧怨天」，《野寺》「林蟬欲斷暮復急，竹露如傾秋更多」，《初歸雜詠》「胸中那可有一事，天下故應無兩人」，《梅花》「相逢只怪影亦好，歸去始驚身染香」，《垂釣》「目前雖有小得失，天下豈無公是非」，《新釀熟小醉索笑亭》「文章不進技止此，仕宦忘歸人謂何」，《冬夜》「殘燈無煙穴鼠出，槁葉有聲村犬行」是也。又《寄葉道人》「尋山猶費幾兩屐，貯酒真須百斛船」，《村居》「著書幸可俟後世，對客從嗔卧大牀」，下句不拗，非定格也。《容齋隨筆》十二云：「山谷《寺齋睡起》句云『人言九事八爲律，儻有江船吾欲東』，按，主父偃上書言九事，其八事爲律令，一事諫伐匈奴，謂八事爲律令而言，則『爲』字當作去聲讀，今魯直似以爲平聲，恐誤也。」此洪邁未知此格，郤以魯直爲誤，可笑哉。以上所舉之五七言拗句，非獨對句用之，散句亦有焉，今略之。吴騫《拜經樓詩話》卷一引蔣山傭《詩律蒙告》云：「拗須拗到底。」《聲調譜拾遺》云：「唐人五七言近體詩，起調多作拗句，知詩律於起調較寬也。」此二説未必然也。凡拗句，或一聯用之，或二聯三聯用之，或全首用之，或在起調，或在中間，或在落句，從便用之，無所必也。宜多讀古人拗而自得之。

絶句换字句法

五言絶句多古體，其拗句平仄一定者，無與律異。七言絶句平仄不一定者，與吴體同。青蓮《登廬山五老峰》「廬山東南五老峰，青天削出金芙蓉。九江秀色可攬結，吾將此地巢雲松」是也。有二句用之者，《山中對酌》「兩人對酌山花開，一杯一杯復一杯。我醉欲眠卿且去，明朝有意抱琴來」。有一句用之者，《少年行》「五陵年少金市東，銀鞍白馬度春風。落花蹈盡遊何處，笑入胡姬酒肆中」。平仄一定者，亦無與律異。《送孟浩然》「孤帆遠映碧山盡，惟見長江天際流」，此體甚多，此詩他書「映」作「影」，「山」作「空」，今據陸務觀《入蜀記》。又顧況《贈僧》「上人一向心入定，春鳥年年空自啼」，陸龜蒙《高道士》「峨眉道士風骨峻，手把玉皇書一通」，崔道融《鷄》「深山月黑風雨夜，欲近曉天啼一聲」，又少陵《春水生》「鸕鷀鸂鶒莫謾喜，吾與汝曹俱眼明」，鄭谷《越鳥》「背霜南雁不到處，倚棹北人初聽時」，朱慶餘《嶺南路》「終冬來往不踏雪，盡在刺桐花下行」，殷堯藩《吹笙歌》「玉桃花片落不住，三十六簧能喚風」，崔塗《放鷓鴣》「滿身金翠畫不得，無限煙波何處歸」，陸龜蒙《秋荷》「盈盈一水不得渡，冷翠遺香愁向人」，此等亦不少。

諸拗句

《枕山樓詩話》云：「詩中第一字三字五字，或當用平而用仄，或當用仄而用平，俱可不論也。然此亦不得已而行變通之法，非謂不刊之式也。」此説未可也。第一字三字五字，有可行變通之法處，有不可行處。太宰德夫《斥非》云：「唐詩法，五言第二字第四字異平仄，七言第二字第四字異平仄，第二字第六字同平仄，此不易之法也。後之作詩者莫不遵守此法，唯五言平起有韻句第一字，與七言仄起有韻句第三字必須平聲。五言如『金尊對綺筵』『晴光轉緑蘋』，七言如『萬古千秋對洛城』『不似湘江水北流』，『金、晴、千、湘』字皆平聲，此亦唐律一定之法，詩人所慎守也。倭人不知，往往用仄聲字在是位。五言如『晚霞落赤城』『鳥啼竹樹間』，七言如『萬户擣衣欲暮秋』『傾倒百壺夜未央』，句非不佳，『晚、鳥、擣、百』字皆仄，是聲病。」余嘗檢唐以後詩家詩，五言句犯所云者未之見也，若其第一字仄聲，則第三字必平聲者時有之矣。如『到來生隱心』『主人孤島中』是也，然亦數十百首中僅有一二句耳。明人王元美《哭李于鱗》排律，一百二十韻凡二百四十句內，平起有韻句六十，而無一句犯所云法者，亦可以證余説也。七言句犯所云法者，在唐人則自崔惠童『二月主人笑幾回』之外，未之有睹也。在明人則如李滄溟『黄鳥一聲酒一杯』是也，此亦數百千首中，僅一二句耳。他若第三字仄聲，則第五字必平聲者亦時有之矣。如『笑問客從何處來』『明日忽爲千里人』『昨日少年今白頭』，亦百中一二耳。如張九齡『欣君震遠戎』，當下『喜』字而下『欣』字，韓翃『玉輦將迎入漢宫』句，當云『送迎』而云『將迎』，爲『喜、送』二字仄聲故，皆以平聲字換之也。此亦可以見詩人慎聲病也云云。」忌此聲病，近人皆知之，而德夫所云未詳，故余更覼縷之。按：五言犯此法者，青蓮《南陽送客》詩「斗酒勿爲薄，寸心貴不忘」，《秋浦歌》「兩鬢入秋浦，一朝颯已衰」，戴叔倫《送友人東歸》詩「萬里楊柳色，出關送故人」。《聲調譜拾遺》舉青蓮《南陽送客》詩云：「趙譜云，下句第二字平，第一字及第三字用仄爲落調，觀此似不可信。然上句不拗，下句亦不可著此。今人失調處，在不論上下句。」細參之，此説亦未必然也，《青蓮秋浦歌》「秋浦千重嶺，水車嶺最奇」，少陵《翫月呈漢中王》詩「夜深露氣清，江月滿江城」，此上下句不拗。七言犯此法者，唐周繇《以人參遺段柯古》「更請伯言審細看」，宋孫覿《梅》詩「細細落花點石矼」，葉適《橘枝詞》「不唱柳枝唱橘枝」，東坡《慈湖夾阻風》「弱纜欲争萬里風」，放翁《六十二吟》「三百里湖水接天」，朝鮮徐剛中《東人詩話》所載李永瑞詩「金榜玉堂早策勳」，猶未可止於此。雖然，《容齋隨筆》卷一云：「白樂天詩『在郡六百日，入山十二回』，『十』字作平聲讀。」放翁《老學庵筆記》卷三云：「晁以道詩『煩君一日殷勤意，示我十年感遇詩』，以『十』爲諶矣。」《野客叢書》卷八云：「如『請召』之『請』協平聲，姚合詩『每月請錢共客分』。」觀此諸説，古人避此聲病者至矣，後人不可用也。

《聲調譜拾遺》論少陵《奉答岑參補闕見贈》詩「故人得佳句」之句云：「趙譜云，第三字仄第四字平，則第一字必平，觀此似不必拘。」此説是也，《詩藪》内編卷四云：「陰鏗約曰：六朝時人有《夾池竹》四韻云『夾池一叢竹，垂翠不驚寒。葉醒宜城酒，皮裁薛縣冠。湘川染別淚，衡嶺拂仙壇。欲見葳甤色，當來兔苑看』，於沈法亦皆諧合，惟起句及五句拗二字，而非唐律所忌。」又《拾遺》論少陵《崔氏東山草堂》詩「愛汝玉山草堂静」云：「趙譜云，第三字必平，而此偏仄，可與五言中『故人得佳句』之句參看。」按張籍《宿江上館》「月明見潮上，江静覺鷗飛」，唐彦謙《鸂鶒》詩「華屋撚絃彈歌舞，綺窗含筆淡毛衣」是也。此句法間用之，亦不甚妨也。

少陵《江雨懷鄭典設》詩「谷口子真正憶爾，岸高壤滑限西東」，《聲調譜拾遺》云：「第四字平變而仍律。白居易詩『出郭已行十五里，惟銷一曲慢霓裳』句與此同。」約按，樂天此詩，「十」字用作平聲亦未可知。太抵此體少於七言，而多於五言。少陵《病馬》「物微意不淺，感動一沈吟」，《觀兵》「北庭送壯士，貔虎數尤多」，《空囊》「世人共鹵莽，吾道屬艱難」，裴説《道林寺》「寺分一派水，僧鎖半房山」是也。

唐詩「柳色全經細雨濕，花枝欲動春風寒」，范成大詩「邂逅浮生此日好，纏綿俗累何時輕」，此類所稀有。凡詩中用仄三連者不少，而用平三連者，自非吴體則絶寡。

夾聲，以夾平字者爲常，夾仄字者，如孟浩然詩「八月湖水平」，少陵詩「巫山秋夜螢火飛」之類，於散句間有之。高青邱詩「林下自成麋鹿友，世間相去風馬牛」，於律詩對句中用之，甚奇，然難效顰。

律韻

《十駕齋養新録》十六云：「五七言近體第一句借用旁韻，謂之借韻。唐詩『犬吠水聲中，桃花帶雨濃』『錦幃初卷衛夫人，繡被猶堆越鄂君』，始啓其端。至皮陸《松陵集》，則舉之不勝舉矣。宋人借韻尤多，近代名家以此爲戒，此後生之勝於前賢者。」約按：後生韻學不明，故不能用旁韻也。錢氏顧謂此後生之勝於前賢者，不亦戾哉？《詩藪》外編卷三云：「唐以詩賦聲律取士，於韻學宜無弗精。然今流傳之作，出韻者亦間有之，蓋檢點少疎，雖老杜或未能免。今稍識數條以自警省，非曰指摘前人也。一東，楊巨源《聖壽無疆詞》、王涯《上武元衡》七言律、王建《宮詞》，俱出『宗』字；劉得仁《秋日》、杜甫《雨晴》五言律，俱出『農』字。二冬，薛逢《五峰隱者》七言律出『中』字。三江，李商隱《柳枝》五言絶出『鶱』字。四支，杜甫《北風》首尾俱『四支』韻，而中兩用『五微』。蓋古體通用，非出韻也。今諸選多作五言律，誤矣。又七言近體，劉長卿《臥病官舍》第二句用『違』字，當作『遺』字，或謂出韻，亦非也。十一真，杜甫《玉山》七言律出『芹』字，《贈王侍郎排律》出『勤』字。十二文，張祜《讀曲歌》五言絶出『人』字。又十灰，賀知章絶句出『衰』字。十五刪，李商隱《贈張書記》排律出『蘭』字。八庚，李白《秋浦歌》五絶出『屏』字。九青，僧虚中《寄司空圖》五言律出『清』字。凡唐人詩引韻旁出，如『洛陽城裏見秋風』『鶯離寒谷正逢春』之類，必東冬真文，次序鱗比則可，無遠借者。然盛唐絶少，初學當戒，毋得因循。又唐彦謙《七夕》『真』韻出『勤』字，見《英華》。」約案，韻有次而不通者，有不次而通者，豈無遠借者哉？且夫平韻僅三十部，吾輩猶瞭然識之，而胡氏謂「點檢少疎，雖老杜或未得免」，實是兒輩之見，尤可笑也。《隨園詩話》十二云：「余祝彭尚書壽詩，『七虞』内誤用『餘』字，意欲改之，後看唐人律詩通韻極多，因而中止。劉長卿《登思禪寺》五律『東』韻也，而用『松』字，杜少陵《崔氏東山草堂》七律『真』韻也，而用『芹』字，蘇通《出塞》五律『微』韻也，而用『麾』字，明皇《餞王晙巡邊》長律『魚』韻也，而用『符』字，李義山屬對最工，而押韻頗竟，如『東冬』『蕭肴』之類，律詩中竟時通用，唐人不以爲嫌也。」約案，此説頗得之，然亦非有定見也。毛奇齡《古今通韻》卷四云：「宋韻『真』與『諄、臻』同用，『文』與『殷』同用，其又稱與『欣』同用者，以殷爲宋廟諱故，《禮韻》改『殷』爲『欣』，其實一也。但按唐詩，則『殷』部中韻，往往用入『真』部中，而『文』部不及。嘗考唐五七律，如杜甫《贈王侍御》詩『稍稍息勞筋』，李白《對雪奉餞任城六父》『惜别空殷勤』，韋應物《送劉評事》『一醉且歡欣』，顔真卿《送耿湋拾遺聯句》『臨水最慇勤』，薛能《寄吉給諫》『謬著千篇斲斧斤』，唐彦謙《七夕》『世間烏鵲漫辛勤』，陸龜蒙《奉和寄懷南陽潤卿》『惟種南塘一畝芹』，以至劉長卿《從軍》，戴叔倫《江干》，杜牧《寄崔鈞》，王建《贈崔渾二曹長》，張籍《寄李湖州》，白居易《郡齋旬假命宴》，李山甫《秋》，馬異《醉中贈李干》諸詩，凡『真、殷』相通，隨舉而有，而『文』之通『殷』者，百中一見。則宋韻誤併，又何待言？特其誤又不始自《平水》，即舊《禮韻》已然。且其併用之例，必就近相併，子母分合，皆順次第。今『殷』列『文』後，則『真、殷』之通，必隔『文』一部而後可與『真』部協。想唐韻次第，亦必不如是者。然則宋韻之荒唐，即此可見。而猶曰《廣韻》即唐韻，何也？又『真』部銀紐，與『殷』部垠紐，其字皆十九相同，此亦併用之可驗者。若《廣韻》注文獨用，殷亦獨用，則即非唐韻，然與《禮韻》又不合，尤不可解。」又論例云：「十四『鹽』韻，禮部注云，與『添、嚴』同用。而吴門顧氏據《廣韻》次第，謂『鹽』祇與『添』同用。而『嚴』在『咸、銜』之後，與『凡』同用，當併入十五『咸』後，不宜提上與『鹽』通併。其説甚辨，不知《廣韻》次第本自矛盾，平聲『鹽』與『添』通，『嚴』與『凡』通，而上聲去聲，則又照禮部韻目，『琰』與『忝儼』同用，『艷』與『㮇釅』同用，是首鼠兩端，全無依憑者。且據如《廣韻》通併，亦當分作三韻，『鹽添』是一韻，『咸銜』是一韻，『嚴凡』又是一韻，今仍併『嚴凡』於『咸』，而不自立部，是既非劉韻，又非《廣韻》，雖欲妄稱爲唐韻、《切韻》，而仍不得也。況考唐詩，則『鹽』正與『嚴』同用，『咸』不與『嚴』同用。」約案，《通韻》卷六舉唐詩證之，今略之。今世所通行諸韻書，「嚴籤」「杴忺」等字，「鹽」「咸」兩韻收之，非也。又卷三云：「按唐律『浮、無』二字，『虞、尤』互收。唐禮部試《賦得沈珠於淵》，獨孤良器試卷，押『珠』字韻者『皎潔澄泉水，熒煌照乘珠』，中有『浮』字，『風折瓊成浪，空涵影似浮。深看星泣入，静向月同無』。白居易《重修香山寺》排律，『尤』韻中有『無』字，『關塞龍門口，祇園鷲嶺頭。曾隨劫灰久，今得勝緣無』可驗。」又卷五云：「宋韻『麻』部，俱無『佳』字，唐詩有之。按公乘億

《賦得秋菊有佳色》『陶令籬邊菊，秋來色自佳。翠攢千片葉，金剪一枝花』，是六韻律，係唐時所稱官韻者。若劉禹錫《送蘄州李郎中》『楚關蘄水路非賒，東望雲山日夕佳』，是七律，分明皆律韻中字。」又卷六云：「『八庚』之『清』與『九青』，原可相通，故清部中偏傍，多從『青』從『令』，而『令屏熒聲』諸字，則『清青』二部均有之。今但知以『清』併『庚』，而收『聲』字於『庚』部，殊不知『青』部亦有『聲』字，即唐詩亦時有用及者，如李白短律『胡人吹玉笛，一半是秦聲。五月南風起，梅花落敬亭』，杜甫《客舊館》五律『重來梨葉赤，依舊竹林青。風幔何時卷，寒砧昨夜聲』，李建勳《留題愛敬寺》『空爲百官首，但愛千峰青。斜陽惜歸去，萬壑鳥啼聲』，喻鳧《酬王擅見寄》五律『夜月照巫峽，秋風吹洞庭。竟晚蒼山詠，喬枝有鶴聲』，裴硎《題石室》七律『文翁石室有儀刑，庠序千秋播德聲。古柏尚留今日翠，高山猶靄舊時青』可驗。今《禮部韻》《廣韻》《集韻》，竝無此字。」約案，以上毛氏所論，皆是唐韻之舊，非兼用傍韻也。此餘盧弼《和李秀才邊庭四時怨》七絶，落句「寒」韻中有「山」字，「一時齋保賀蘭山」；李義山《楚宮》七律落句「蕭」韻中有「蛟」字，「彩絲誰復懼長蛟」；《茂陵》七律第二句，亦「蕭」韻中有「郊」字，「苜蓿榴花遍近郊」；劉兼《春燕》七律，第六句「鹽」韻中有「銜」字，「江畔春泥帶雨銜」；白樂天《三月三日》七律第四句，亦「鹽」韻中有「衫」字，「柘枝一曲試春衫」；蕭嵩《奉和聖製贈張説集賢學士》五律，「蒸」韻中有「明」字，「叨此預文明」。此等蓋唐韻有其字也，今人效之，何不可之有？

章孝標作《駱谷行》七律，「青」韻中有「尋」字，「捫雲躡棧入青冥，轢馬鈴騾傍日星。仰踏劍稜梯萬仞，下緣冰岫拔千尋」〔一〕。劉長卿《罷攝官後將還舊居，留辭李侍御》五律，「微」韻中有「疎」字，「樗散材因棄，親交跡已疎。〔二〕獨愁看五柳，無事掩雙扉」。姚合《送盧拱秘書遊魏》五律，「真」韻中有「明」字，「官閑身自在，詩險語分明。車馬應回晚，煙花滿去塵」〔三〕。按：天野信景《鹽尻》所載，明人陳元贇寬文二年壬寅冬謁拜敬公尾張公寢陵詩：「寄跡東溟數十春，感公升斗活窮鱗。幾年閟闕瞻無自，今日玄宮拜有因。驥困鹽車憐伯樂，龍埋神劍辨豐城。白顏一滴酬知淚，銘德千秋永不磷。」自注云：「『城』音『申』，古韻通用。唐李適詩『化工妝點洛陽春，柳絮飛花散滿城』。」可見唐人有其例者，後人效之而不妨矣，又按：東坡《題南康寺重湖軒》「八月渡重湖，蕭條萬象疎。秋風片颿急，暮靄一山孤。許國心猶在，康時術已虛。岷峨千萬里，投老得歸無」，此「魚、虞」二韻相間而押，謂之進退韻，別是一格。

《通音》卷三云：「『衰』有等殺之義，讀所皆切，是正音。其又收『支』部，則以『支、灰』相通故也。凡五方之音，無他區別，但遠近一同者便是元音，今人讀『衰』皆同『榱』，而宋韻偏以『衰』入『支』，竟刪去『灰』部，此不通之極。而過遵宋韻者，反謂『衰』無『榱』音，是偶見畫宮，而反以爲是人無

〔一〕尋：他本作「齡」。

〔二〕疎：他本作「稀」。

〔三〕塵：他本作「程」。

家，又烏可也？」約案，唐詩如白樂天《櫻桃花下嘆白髮》五律「逐處花皆好，隨年貌自衰。紅櫻滿眼日，白髮半頭時」，鄭谷《十日菊》絶句「節去蜂愁蝶不知，曉庭還繞折殘枝。自緣今日人心別，未必秋香一夜衰」，皆以「衰」字入「支」韻。其入「灰」韻者，賀知章《還鄉偶書》見下一詩而已，而此是嫌韻，不足爲證。今人以盛衰之衰爲毸者，蓋是訛音，毛氏以此爲正音，誤矣。

清陳蔚《草堂雜詠》「處士應門惟使鶴，高人去榻更無賓。小橋時有雲遮斷，不使遊人過水西」，「西」字入「真」韻。約按，古韻「西」字或入「真、先」等韻，而唐人近體詩未嘗見兼用之者。此用韻不辨古今者耳。

《通韻》論例云：「律有嫌韻，謂通韻之疑似者。律詩首一句，以唐律四韻，首句原不在韻例之内。既非奸犯，亦非兼用，衹以韻音疑似故及之，謂之嫌韻。」約案，凡詩首句不在韻例之内，故用韻作詩，第一句韻取捨隨意。東坡《娙安節遠來夜坐》詩：「南來不覺歲峥嶸，坐撥寒灰聽雨聲。遮眼文書元不讀，伴人燈火亦多情。嗟予潦倒無歸日，今汝蹉跎已半生。免使韓公悲世事，白頭還對短燈檠。」用其韻詩：「落第汝爲中酒味，吟詩我作忍饑聲。便思絶粒真無策，苦説歸田似不情。腰下牛閑方解佩，洲中奴長足爲生。大弨一弛何緣彀，已覺翻翻不受檠。」同人《獄中遺子由》，赦後復用其韻》亦第一句不用前詩韻。王勃《滕王閣》詩，以「渚、舞、雨、悠、秋、流」六字爲韻，序云：「一言均賦，四韻俱成。」「渚、悠」二字不以爲數，故曰四韻。其餘諸家集中，題曰幾韻者皆然。但今人用嫌韻，當取北宋以上人所用之字以據之，而如「東冬」二韻，「支微齊」三韻，「魚虞」二韻，「佳灰」

二韻，「真文」二韻，「元寒删先」四韻，「蕭肴豪」三韻，「庚青蒸」三韻，互相借用，其例甚多，不可勝舉。白樂天《代夢得吟》「人間閑在不如吾」「局勢雖殊未必遲」，「支」韻借用「吾」字，王建《贈王處士》「松樹當軒雪滿池，〔一〕青山掩障碧紗幮」，「虞」韻借用「池」字，喻鳧《夜雨滴空階》「霎霎復淒淒，飄松又灑槐」，「佳」韻借用「淒」字，賀知章《還鄉偶書》「鄉音無改鬢毛衰」「笑問客從何處來」，「灰」韻借用「衰」字，元稹《僧如展及韋載同遊碧澗寺》「黄字新詩和未成」「不聞兼記舊交親」，「真」韻借用「成」字，許渾《哭楊樊處士》「溪上花開舊宅春」「至今鐘磬滿南陵〔二〕」，「蒸」韻借用「春」字。余見狹隘，僅舉此等，博廣君子請更補之。

「陽庚」二韻中字，古韻互相出入，而近體詩未嘗見借用之者。「歌麻」二韻亦然。杜牧《懷鍾陵舊遊》「控壓平江十萬家，秋來江静鏡新磨」，獨見此一詩。又楊萬里《酴醾》「以酒爲名卻謗他，冰爲肌骨月爲家」，《東人詩話》所載鄭司諫《西都》「紫陌春風細雨過，輕塵不動柳絲斜」，清張璨《戲題》「書畫琴棋詩酒花，當年件件不離他」，而南宋以下詩不足爲證。

邵子湘《韻略》，以「江、陽」爲必不可通，而唐詩有之。皮日休《南陽廣文飲于襄陽卜居》「地脉從來是福鄉，廣文高致更無雙」，李賀《嘲謝秀才妾縞練》「刀環倚桂窗」「端坐據胡牀」，杜牧《寄唐

〔一〕池：他本或作「地」。

〔二〕陵：他本作「鄰」。

州李玭尚書》「累代功勛昭世光，奚胡聞道死心降」是也。《韻略》本是淺近之書，不足爲據，而近世咸信之者，何也？

兩音

凡文字雖字書無兩音，古人有其例則可用；雖字書有兩音，古人無其例，則不可用。《隨園詩話》卷一云：「陸放翁『燒灰除菜蝗』，『蝗』字作仄聲。徐騎省『莫折紅芳樹，但知盡意看』，『但』字作平聲。李山甫《赴舉別所知》詩『黄祖不憐鸚鵡客，志公偏賞麒麟兒』，『麒』字作仄聲。王建《贈李僕射》詩『每日城南空挑戰』，『挑』字作仄聲。《贈田侍中》『緑窗紅燈酒』，『燈』字作仄聲。皆本自香山之以『司』爲『四』，『琵』爲『別』，『凝』脂爲『佞』，『紅欄三百九十橋』，『十』字讀『諶』也。韓愈《岳陽樓》詩『宇宙隘而妨』，『妨』作『訪』音。《東都》詩『新輩只嘲評』，『評』作『病』音。元稹《東南行》百韻詩『徵俸封魚租』，『封』音『俸』。《卧》詩『一生長苦節，三省詎行怪』，『怪』音『乖』。《嶺南》詩『聯遊虧片玉，洞照失明鑒』，『鑒』音『間』。《夜池》詩『高屋無人風張幕』，『張』音『丈』。『苦思正旦酬白雪，閑觀風色動青旂』，『正旦』讀作『真丹』。」又曰：「居易《和令狐相公》詩『仁風扇道路，陰雨膏閭閻』，『扇』平聲，『膏』去聲。李商隱《石城》詩『簟冰將飄枕，簾烘不隱鈎』，自注『冰去聲』。陸龜蒙《包山》詩『海客施明珠，湘貍料浄食』，自注『料平聲』。朱竹垞《山塘紀事》詩『殷勤短主簿，端笏立阼階』，『阼』音『粗』。杜少陵用『中興』『中酒』『王氣』『貞觀』等字，忽平忽仄，隨其所便。大抵相如之相，燈檠之檠，親迎之迎，親家之親，寧馨之馨，蒲桃之桃，鄭侯之鄭，馬援之援，別離之離，急難之難，上應之應，判捨之判，量移之量，處分之分，范蠡之蠡，禰衡之禰，伍員之員，皆平仄兩用。」約案，韓文公以妨爲訪，以評爲病，此系古韻。袁氏混之律韻，誤矣。《養新録》卷四云：「吴太宰嚭。嚭，匹鄙切。張詠詩『由來邪正是安危，不信忠良信伯嚭』，讀嚭平聲。薄荷之『荷』，吾鄉讀如『夥』去聲，陸放翁《題畫薄荷扇》詩『薄荷花間蝶翅翻，風枝露葉弄秋妍』，又《贈猫》詩『時時醉薄荷，夜夜占氍毹』，劉後村《失猫》詩『籬間薄荷堪謀醉，何必區區慕細鱗』。蔓菁之『蔓』平聲，陸放翁詩『空憶廬山風雨夜，自炊小竈煮蔓菁』，又『山圃蒿蔓晨灌溉，地鑪芋栗夜燔煨』。」約亦録數字。「占」字訓擅據，去聲，羅隱《蜂》詩「不論平地與山尖，無限春光盡被占」，「占」讀平聲。槃散之「散」與「珊」同，平聲，散亂之「散」去聲，李瑞民《和元微之春遊》詩「東閣經年別，窮愁客路難。望塵驚岳峙，懷舊各雲散」，「散」讀平聲。生長之「長」上聲，韓偓《閨怨》「初折鞦韆人寂寞，後園青草任他長」，「長」讀平聲。「先」字，《韻會》注云：「凡在前者謂之先，則平聲。先而導前，與當後而先之，則去聲。陸務觀《舟行偶賦》『桐葉常先槲葉殘』，『先』讀平聲。論談之『論』多平，陸務觀《東堂睡起》『若論胸中淡無事』，『論』讀去聲。」又明焦周《説楛》卷五亦載數字，今删人皆知者摘之，云：「唐詩中『蒲』讀如『鋪』，『燕姬酌蒲桃』『燭淚連錢累蒲桃』。『請』讀如『青』，『紅樓許住請』『請錢不早朝』。『空』讀如『控』，『十八名人空可人』。『匹』讀如『譬』，『匹如元是九江人』。『檠』讀如『磬』，『燈檠昏魚目』。『怨』讀如『冤』，『銜怨至死時』。『散』讀如『山』，『轉恐意闌散』『懷舊各雲散』。

『帆』讀如『汎』，『夏雲隨風帆』。『夭』讀如『歪』，『人道最夭斜』。『旋』作去聲，『飄然轉旋向雲程』。『蒼茫』『嵬峨』作上聲，『野道何蒼茫』『嵬峨連霄睡』。『膠』讀作『較』，樂天詩『歲盞能推婪尾酒，辛盤先勸膠牙餳』，又云『三盃藍尾酒，一楪膠牙餳』。」

東坡詩「崢嶸依絶壁，蒼茫瞰奔流」注，次公曰：「『蒼茫』兩字古人用之皆是平聲，而先生所用乃是仄聲。『蒼』字《廣韻》音粗朗切，『茫』字上聲之莽去聲之漭皆不收，不知先生用之所出，以竢博聞。」又同人詩「獨穿暗月朦朧裏，愁渡奔河蒼茫間」，《詩醇》云：「『蒼茫』二字，俱讀從上聲，前人所未有，此自軾詩創用。」約按，《羽獵賦》「鴻濛沆茫」，注「茫音莽。」《野客叢書》卷三云：「白樂天雪詩『寒鎖春蒼茫』，又曰『野道何蒼茫』，注竝音上聲。近時蘇子美詩亦曰『淮天蒼茫背殘臘，江路委蛇逢舊春』，此豈創於東坡哉？」再按，字典已引《叢書》，而《詩醇》有此説，何也？又《莊子》逍遥遊「莽蒼」，蒼，七蕩切。梅聖俞《遊蜀岡大明寺》「寒日稍清迴，群山分莽蒼」，陸務觀《秋望》「千里郊原俯莽蒼，三江煙水接微茫」，作平聲。陸務觀《江村》「莽蒼郊原來暮色，颼飀林壑起秋聲」，如字。

近世所通行諸韻本，『七陽』中有『慶』字。《通韻》卷五云：「唐人律詩無『慶』字，惟仄韻多有，然押『敬』韻，『慶』果作平聲，亦宜列入『庚』部，不宜入『陽』部。《禮記・祭統》『作率慶士』，以『卿』爲『慶』，則『卿』字非『庚』部中字乎？」約案，唐人以『慶』爲平聲者，亦未嘗見之，要『陽、庚』二韻，具不可有此字。

家嚴嘗有《醉歌行》作曰：「癲醉陶門五柳春，典衣賒酒不辭貧。貧士卻誇嘉肴夥，富家詎知錦字新。仰天大笑高樓上，樓上佳景不邀賓。浩歌蒼海波千里，長嘯碧天月一輪。長嘯浩歌纔遣悶，慷慨悲壯淚沾巾。縱横揮筆龍蛇走，洞徹論文天地震。君不見乾坤造化自無極，駘蕩春光花滿鄰。花落花開幾開落，轉蓬狂生無所親。晦跡韜光岩穴士，樺冠屣履窮巷人。今來古往夢中夢，萬古千秋塵上塵。悲歡都是委此杯，千鍾傾盡覺天真。不論青眼與白眼，日對南山酌酒頻。」或見之曰：「可則可矣，惟惜『真』韻中無『震』字，恐不免失韻。不如易『振』字之爲愈也。」家嚴笑曰：「未矣。《東都賦》『邱陵爲之搖震』，《吴都賦》『飲烽起，醽鼓震』，《藉田賦》『望皇軒而肅震』，《景福殿賦》『礉其如震』，左太沖《詠史》『荆軻飲燕市，酒酣氣益震。哀歌和漸離，謂若傍無人』，皆押入『真』韻。余作此詩用古韻，豈是失韻？」難者口箝色拒。約侍在側，雖知其頑，不復敢校焉。後閲《古今通韻》卷四更得明徵，云：「宋韻俱無『震』字，《增韻》補入，引《漢書》及衛恒《字勢》爲證，此是三聲字，原不必補。及讀唐宗《答張説扈從雀鼠谷》詩有此字『背陝關山險，横汾鼓吹震。草依陽谷變，花待北岩春』，則直是唐人律韻中字，而諸韻本删『震』存『振』誤矣。」由是觀之，雖近體亦押「震」字入「真」韻，況古韻乎？恐後進見家嚴詩者，或有此惑，故審之。又《通韻》同卷云：「『畛』字爲『真』之上聲，亦三聲字，而《增韻》補入，今亦從之。以唐律韻，原有此字，如孫逖《奉和李右相賞會昌林亭》詩『地勝林亭好，時清宴賞頻。百泉縈草木，萬井布郊畛』。」此亦不可不知。

對偶

《玉屑》卷一引《白石詩説》云：「花必用柳對，是兒曹語。若其不切亦病也。」《拜經樓詩話》卷一引《詩律蒙告》云：「律詩中有活對者，有不對者，必其用意處也。意活則詩亦從之，小有參差不害，然其上下文必有整齊之句，無通篇活對者。律詩中二聯，往往一聯寫情，一聯即景。情聯多活，活則神氣生動；景聯多板，板則格法端詳。此一定之法，亦自然之文也。」約按，《蒙告》所論，雖不可必泥，大略若此，不可不知。

對句有以義對者。少陵《投贈哥舒開府翰》「智謀垂睿想，出入冠諸公」，《贈陳二補闕》「獻納開東觀，君王問長卿」，《銅瓶》「銅瓶未失水，百丈有哀音」，《觀安西兵過赴關中待命》「談笑無河北，心肝奉至尊」，《有感》「慎勿吞青海，無勞問越裳」，《城上》「八駿隨天子，群臣從武皇」，《蜀相》「三顧頻煩天下計，兩朝開濟老臣心」，《諸將》「朝廷衮職誰争補，天下軍儲不自供」，《即事》「黄鶯過水翻迴去，燕子銜泥濕不妨」是也。有以字對者，《贈翰林張四學士》「無復隨高鳳，空餘泣聚螢」，《秦州雜詩》「牽牛去幾許，宛馬至今來」，《黄草》「萬里秋風吹錦水，誰家別淚濕羅衣」，《送楊六判官使西蕃》「子雲清自守，今日起爲官」。《詩醇》「仇兆鰲曰：羅大經云，假『雲』對『日』，兩句一意。按元、白、劉賓客輩《汝洛唱和集・九日送人》『清秋方落帽，子夏正離群』，假對之工本於杜句」是也。

有數字不對數字者。少陵《早起》「一邱藏曲折，緩步有躋攀」，《秦州雜詩》「一望幽燕隔，何時郡國開」，又「老樹空庭得，清渠一邑傳」，《寓目》「一縣蒲萄熟，秋山苜蓿多」，《天末懷李白》「鴻雁幾時到，江湖秋水多」，《寄李十二白》「聲名從此大，汩沒一朝伸」，《能畫》「每蒙天一笑，復似物皆春」，《黄草》「萬里」對「誰家」見上。陸務觀《野饋》「此生不復營三釜，一飽何曾羨八珍」，《郊居》「行藏要付他年看，富貴真堪一笑無」，《遊山西村》「山重水複疑無路，柳暗花明又一村」是也。

「一一」或對數字，或不對數字。玄宗《春臺望》「初鶯一一鳴紅樹，歸雁雙雙去緑洲」，青蓮《永王東巡歌》「戰艦森森羅虎士，征帆一一引龍駒」，徐夤《螢》「一一點通黄卷字，輕輕化出緑蕪叢」，東坡《送賈訥倅眉》「試看一一龍蛇舞，更聽蕭蕭風雨哀」，陸務觀《遊法雲寺》「陰陰曲徑人稀到，一一名花手自栽」，《曉坐》「空橐時時聞鼠嚙，小窗一一送鴉翻」。

《容齋續筆》卷三云：「唐人詩文，或於一句中自成對偶，謂之當句對。蓋起於《楚辭》『蕙蒸蘭藉，桂酒椒漿，桂棹蘭枻，斲冰積雪』。杜詩『小院回廊春寂寂，浴鳧飛鷺晚悠悠』『書籤藥裹封蛛網，野店山橋送馬蹄』『戎馬不如歸馬逸，千家今有百家存』『犬羊曾爛熳，宫闕尚蕭條』『百萬傳深入，寰區望匪他』『象牀玉手，萬草千花』『落絮遊絲，隨風照日』『竹寒沙碧，菱刺藤梢』『長年三老，捩柂開頭』『門巷荆棘底，君臣豺虎邊』『高江急峽，翠木蒼藤』『古廟杉松，歲時伏臘』『三分割據，萬古雲霄』『伯仲之間，指揮若定』『桃蹊李徑，梔子紅椒』『庾信羅含，春來秋去』『楓林橘樹，複道重樓』之類，不可勝舉。李義山一詩，其題曰《當句有對》云『密邇平陽接上蘭，秦樓鴛瓦漢宮盤。池光不定花光亂，日氣初涵露氣乾。但覺遊蜂饒舞蝶，豈知孤鳳憶離鸞。三星自轉三山遠，紫府程遥碧落寬』，其他詩句中，如『青女素娥』對『月中霜裏』，『骨肉書題』對『蕙蘭蹊徑』，『花鬚柳眼』對『紫蝶黄蜂』，『重吟細把』對『已落猶開』，『急鼓疎鐘』對『休燈滅燭』，『萬户千門』對『風朝露夜』，如是者甚多。」約案，《玉屑》謂之就句對，《西溪叢語》亦載之，而俱不如《隨筆》之詳。余更贅數聯。少陵《下峽》「不知雲雨散，虚費短長吟」，《夔府詠懷》「甘子陰涼葉，茅齋八九椽」，李建勛《蝶》「濳被燕驚還散亂，偶因人逐入簾幃」，歐陽伯威詩「有客過門湖海上，隔籬呼酒咄嗟間」，明杜穆《南濠詩話》所載沈啓南《落花》「送雨送春長壽寺，飛來飛去洛陽城」，此格往往見之。而如「雲雨」與「短長」對，「散亂」與「簾幃」對，則初學或不知，故示之。

《野客叢書》卷十二云：「杜牧之詩曰『一千年際會，三萬里農桑』，又曰『四百年炎漢，三十代宗周。二三里遺堵，八九所高邱』，孟郊詩曰『藏千尋布水，出十八高僧』，元微之詩曰『庾公樓悵望，巴子國生涯』，賈島詩曰『一千尋樹直，三十六峰寒』。」又卷三云：「魯直詩曰『管城子無食肉相，孔方兄有絶交書』，人謂此體魯直剏見，不知唐詩此體甚多。張佑曰『賀知章口徒勞説，孟浩然身更不疑』，李益曰『柳吴興近無消息，張長公貧苦寂寥』，貫休曰『郭尚父休誇塞北，裴中令莫説淮西』，杜荀鶴曰『養一箔蠶供釣線，種千竿竹作漁竿』，皆此句法也。讀之似覺齟齬，其實協律。」《玉屑》卷三引《漁隱叢話》云：「『静愛竹時來野寺，獨尋春偶過溪橋』，俗謂之折句。盧贊元《雪》詩云『想行客過梅橋滑，免老農憂麥隴乾』，效此格也。余亦嘗云『鸚鵡杯宜酌清濁，麒麟閣懶畫丹青』。」約亦舉數聯。雍陶《河陰新城》「五里似雲根不動，一重如月暈長圓」，陸務觀《遣興》「愁衮衮來疑有約，春堂堂去恨無情」，《先少師》詩「奴愛才如蕭穎士，婢知詩似鄭康成」，元徐舫《月色》「照來雲母屏無跡，穿入水精簾有光」，朝鮮李吉祥詩「嗜酒過三杯止渴，題詩無一句全工」。案，此奇僻句格，蓋偶然所得，而非强爲之也。又陸龜蒙《祕色越器》詩「好向中宵盛沆瀣，共嵇中散鬭遺杯」，韓偓《新上頭》詩「爲愛好多心轉惑，遍將宜稱問傍人」，散句中用之者不多。

或問曰：「從來、本來等字，何字對之？」答曰：「此是虚字，無字不對。」乃就陸務觀詩，拈出數聯示之，今贅於此。其《梅花》「從來過酒千鍾少，此外評詩四海空」，《社前一夕，未昏輒寢，中夜乃得寐》「三更自笑元無睡，萬事從來忌有心」，《離嘉川宿平羌》「本來信手忘工拙，卻爲無心少怨恩」，《奉乞奉祠》「從來幸有不材木，此去直爲無事僧」，《遣興》「絶世本來希獨立，刺天不復計群飛」，《秋晚閑步隣曲》「歸來早覺人情好，對此彌將世事輕」，《作夢》「驃騎向來求作佛，淮南末路望登仙」，《龜堂晚興》「今日掩關真佚老，向來涉世亦遺名」，《溪上避暑》「世上漫言天愛酒，古來寧有地埋憂」。

用重疊字

《玉屑》卷六引《三山老人語録》云：「白樂天寄劉夢得詩，有嘆蚤白無兒之句，劉贈詩曰『莫嗟華髮與無兒，卻是人間久遠期。雪裏高山頭白蚤，海中仙菓子生遲。于公必有高門慶，謝守何煩曉鏡悲。倖免如斯分非淺，祝君長詠夢熊詩』，注云：『高山本高，于門使之高，二字義殊，古之詩流曉此。』唐人忌重疊用字者甚多。」清虞兆漋〔一〕《天香樓偶得》駁劉詩曰：「以『高門』對『曉鏡』，又似門自高矣。若云『使門高』，則豈可曰『使鏡曉』耶？要之作詩偶有複字，初無傷于大雅，儻欲謹守繩墨，則雖音同異義之字，亦仍須避之爲妙耳。」約案，虞氏爲得。古人詩，一聯中且猶有重字者。曹松《南海》「無地不同方覺遠，共天無別始知寬」，范成大《再答子文》「百年子莫古元緒，萬法吾今付子虛」，楊萬里《立春新晴》「春到更晴誰不喜，時還不道老相催」，明喬世寧《馬湖登覽》「千秋賓一國，一統見今王」是也。蓋妄用之固不可，不得已而後用之無妨焉。又《枕山樓詩話》云：「唐詩往往有重字者，亦以此字萬萬不可移易，故寧重之，弗使用字不穩。」今詩中字多有重者，人病之，則以唐爲藉口，初學切宜避之。

詩語錯綜

釋大典《詩語解》，論詩語多錯綜。而其所舉，大抵人之所知也，余別得其尤者一二，今録以示

〔一〕漋：底本訛作「浧」，據《天香樓偶得》改。

初學。少陵詩「絶代有佳人」,「有」字當在「絶代」上。唐詩「洛陽訪才子」,此用賈生事,「訪」字當在「洛陽」上。樂天詩「其中綽約多仙子」,「多」字當在「綽約」上。此皆欲造語無齟齬也。或譯白詩,以「綽約」二字系上句「樓閣」,實可發一大胡盧。

以詩代跋

余著此篇，同志相謀而鐫刻之。今姑録其詩一二首，以存姓名。近藤好古，三州大濱人，其《戲贈愛菊人》詩云：「陶氏黄花周氏蓮，後人學癖不尊賢。吾園自是花叢足，不用區區别樣憐。」《瘦菊》詩：「折殘籬下兩三枝，霜冷疎疎弄瘦姿。骨格清高何所似，淵明乞米句成時。」士剛字仲義，好古之子，其《乞梅》詩：「梅花開已動芳塵，詩卷知君句句新。莫惜折來分馥郁，一枝能作兩家春。」《豆腐》詩：「性情不擇都兼鄙，味淡何論富與貧。恰似芙蓉山上雪，清寒一片四時新。」躍字于淵，好古之姪，鷲塚人，其《新年作》：「黄鸝幾囀報春來，笑對瓶中一朵梅。最喜家翁猶健在，八旬有二醉椒杯。」又：「每值新正嘆逝川，强顔又對壽觴前。差吾志業空寥落，一事無成四十年。」季武字君城，士剛之弟，出冐宇都野氏，其《古意》詩：「非愛去歲花，非惡今歲花。歲歲花相似，良人不在家。」《春江小景》詩：「碧蘆洲外兩三家，欸乃聲中帆影斜。無限煙波春欲晚，一雙燕子掠楊花。」《閑中書事》詩：「蕭然一榻坐茅亭，手折寒梅插石瓶。爐火煙殘僧未到，松風窗裏讀茶經。」釋周觀，號乙洲，住藤川驛傳誓寺，其《題十六羅漢圖》詩：「渡河猛虎就閑眠，出鉢蒼龍上九天。奇戲徒能驚俗目，元來大道别相傳。」《客中作》：「江上春先游子去，江頭水似客愁多。武陽城裏啼鵑急，奈此茫茫遠夢何。」《對月懷舊》詩：「長天如水月華開，往事茫茫挽不回。大堰河邊攀柳去，小天台下別花來。」釋閑山，姓森田，江户人，其《山居夏夜》詩：「到處人間皆火宅，緇衣幾歲卧松巒。月明夏夜無三伏，一片禪心鐵石寒。」《詠弱柳》詩：「今年春色較相差，二月林間未著花。明月似憐吟榻冷，故將柳影上窗紗。」《讀書偶題》詩：「黄葉青苔欲没階，唔咿不斷一茅齋。人家不必問貧富，纔著此聲元自佳。」釋桃江，住駒籠天眼寺，其《閏四月》詩：「一夏今年十二旬，閏餘好在麥秋辰。風涼日永閑無事，渾屬禪房默坐人。」《山中夜涼》詩：「松風吹月透樓心，度嶺疎鐘響半沉。檢曆三更猶未伏，先欣涼味屬雲林。」夏川韡，字鄂叔，彦根人，其《春晚》詩：「紛紜春事等閑過，宿醉醒來一碗茶。漠漠餘香猶引蝶，疎疎嫩葉未藏鴉。」《夏夜極涼》詩：「未秋蟲韻響籬邊，明鏡新磨雨後天。句不求奇詩易穩，吟毫帶露掃雲箋。」

無聲詩話

金井烏洲

《無聲詩話》一卷，金井烏洲（一七九六——一八五七）撰。據日本國立國會圖書館藏明治十六年刊本校。

按：金井烏洲（かない うしゅう KANAI USHU），江户時代後期畫家、勤皇家。名時敏、泰，字子修、林學，號烏洲（亦稱烏州）、朽木翁、呑山人、白沙頓翁、雨笠、晚泰翁、櫪木翁、白沙村翁、小禪道人、獅子吼道人等，世稱「左仲太」，後稱「彦兵衛」，從五位（五品），出生於上野國佐位郡島村（今屬群馬縣伊勢崎市境島村），金井家奉巖松時兼三子金井長義爲祖先。歷數代，自新田鄉移居島村。其爲善俳諧之彦兵衛（歷代豪門家世，號萬古）之次子，而爲書法家金井之恭之父。很早即胸懷尊王之志，敬仰高山彦九郎。後期因與賴山陽等人交往，愈加堅定其「勤皇」之志。逢春木南湖前來遊覽觀光，師從學畫。赴江户後師事谷文晁，遂爲江户南畫壇之一員，並參與大隔扇壁畫。好學問與詩，參加詩文結社「小不朽吟社」。除賴山陽之外，與菅井梅關、篠崎小竹亦有所交流。寬永六年（一八五三年）因避暑到訪日光（今屬櫪木縣），作《無聲詩話》。晚年於故鄉建畫室「呑山樓」。患中風後依然專心作書畫，晚年作品稱作「風後之作」。寬政八年生，安政四年一月十四日歿，享年六十一歲。

其著作有：《無聲詩話》，繪畫作品有《赤壁夜遊圖》（伊勢崎市重要文物）、《月瀨探梅圖》（題：賴山陽）等。

無聲詩話序

繪畫固一技藝耳。然古昔聖人，衣裳旌旗鼎彝之制必有繪畫，以分貴賤之等級。宮殿障壁，貌人物之賢否，垂勸戒於後裔。其用與書同功，苟非專心致志，通於六法之精微者，安得臻其妙哉？慶元以來，文運漸昌，名儒碩士先後輩出，而畫師之錚錚者亦項背相望。然年祀寢久，人鮮能知其名字出處之概者，故其畫亦爲肉眼所擯斥，而姓名或將歸於湮滅，豈不惜哉。烏洲金泰翁嘗作一書，顔曰《無聲詩話》。凡慶元以來可稱名匠大家者，舉皆叙平生履歷之概，與夫筆法渲染之意，使其精神面目悉現出於一小册子中，不幾乎韓文公所謂「發潛德之幽光」者乎？蓋翁天資清逸，澹于榮利，惟以畫事自娛，頗究其潭奥，故其品藻古今之畫，清明洞徹，如懸秦鏡而辨妍蚩，而履歷之略，亦能網羅無遺。其勒功於藝苑匪淺鮮也。故余題詹言而還之。

安政乙卯花朝月，艮齋安積信撰。牛濞釣史寫字。

呑山樓三種序

去今三十餘年，鄉人從洛歸，示山陽賴翁書《呑山樓》詩一幅。余方青衿，惟珍其筆跡。而今首髮戴白，謬列鵷班于東京，乃與金士誠相見，得詳呑山樓爲其先君昆季之所營築也。士誠雖伏草莽，心懷杞憂，皇室之恢興，與有謀焉。宧陛少史，載筆以朝，則夙夜恪勤，竭忠其職也。余既已識之矣，惟未識家庭之狀奚若。然推其所既識而忖度之，則其孝於親而敬於長，無乃有驗乎？乃者將刻呑山樓三種謁余序，余老而衰憊，文墨亦寥落。雖然，三十年前知有斯樓，今而後知有斯人，奇遇如是，不可復獲，惡可陽遜而止乎？乃捲卷流覽，卒業曰：士誠之于家庭，余所嘗忖度焉，果爾莫弗有驗矣。夫《無聲詩話》《無聲詩蛆》，並係先君烏洲道人之著。今閱其詩話，則罔羅晝家，品藻筆致，褒雅貶俗，彰彰乎判如晝夜。聞見廣而鑒識精，余雖未嘗與道人慨然握臂，上下其議論，然其學術之淵邃，材藝之巧致，得由是而觀，殊愛慕之。而況士誠長於膝下，而朝訓夕誨是受者乎？閱其《詩蛆》，則觀梅月瀨，賞櫻嵐峽，步煙霞於薇郊，航風濤於藝海，又與洛攝名家縞帶交歡，而山陽賴翁尤識之，力疾寄題其樓，曩詩是也。余雖未嘗與道人並舟輿而游，舉杯互酬而醉，然其履歷之名勝，交游之賢豪，得由是而觀，殊歆艷之。而況士誠親聽其娓娓之話，猶執杖屨從焉者乎？意其平時愛慕歆艷之誠，不忍獨藏之於其心，而捐俸鐫梓，公諸一世，欲以不朽先君，使如余儕者長與嘆美之。誰謂之非可以驗其孝於親邪？卷末又附以伯父子章《漁父》百絶，風格雅逸，於聲利泊如也。不獨觀其工詞藻，故雖佗人尚誦焉弗置，而況士誠之爲乃姪，又安忍使伯父氏之精神徒歸於湮滅？誰謂之非可以驗其敬於長邪？然斯擧雖懿乎，以余視之，豈無更有大於此者乎？東京始建，凡百制度商議而新之，余亦贊其事。政刑之典，衣冠禮儀之制，將胥從此出焉。余自顧齡踰五旬，質惰而氣亦惛，終莫能爲，因乞解職。而士誠方不惑之齡，志鋭識達，足與諸子同力而共事，審時勢而考人情，不拘泥乎古，不執滯乎今，博采衆議，酌而裁之，制作斐然，藻繪國家太平之治者，贊成不敢後諸子。則士誠非惟夙夜恪勤，竭忠其職之底績，歲時伏臘，足以祭告先君昆季之靈，使其忻然慶有令子姪。則士誠之忠且孝，蓋至是而蔑以加矣。余老矣，士誠能及時勉旃，若夫區區鐫梓之擧，未必足爲士誠稱道歟？

明治三年龍集庚午季冬月，毅軒松岡敏欲訥氏撰。桂堂生方裕書。

無聲詩話

上毛烏洲金井泰　林學著
男梧樓　之恭子　誠校

古所謂泉石膏肓，煙霞痼疾，此文人韻士所不能免，而其毒侵畫家之肺肝最甚矣。余少小傳染，老大漸深，雖有良藥不能療也。今茲癸丑，避暑於日光山，偶遭一仙醫，乃乞診察。醫曰：「子之腹有一大磊塊，灌之以酒，掃之以筆，一呵氣落之於腕下，伏毒或消。非復藥石可治也。」余酷服其言，乃自尋病之所因，而得櫜鞬以降，畫名赫著，聲價重後世者無慮四十餘家，則謾評其風采韻度，且加以胸中所欝畜之論說數條，排纂爲册，名曰《無聲詩話》，以試宿毒頹蕩如何。話外稱於時者，恒沙不啻，要畫中鄉願、甜俗魔工大概是也，所以外之。然而百年之遠，海内之廣，瞠目不及，豈無遺漏？且評騭不當者亦有之，况余不文，措辭支離，叙事不通，與黄吻兒强學語一般，讀者恕之。癸丑之秋盂蘭盆會，識於晃山浄土院客樓。

祇南海名瑜，字伯玉，南海一唱南宗于南紀，奇人才子彬彬輩出，衣鉢流傳以至今日。其間東塗西抹，争成家而其技詣上乘者，不過屈指也。南海學問該博，祖述王鹿柴畫論，以儒雅之筆作畫，乃其緒餘耳。以故其迹不多傳。後人獲片楮斷縑，亦以爲寶。本邦南宗開祖，所謂師心自詣者。

池無名，字貸成，號九霞山樵，以大雅堂稱於世。初學畫於祇南海云。大雅之於畫，前無古人，後無來者，莊周所謂畸人侔乎天者。世益遠，名益重，世人雷同，争寶其畫，則家藏市售，粗鹵巧致，無所不有。世徒知大雅爲妙手，而不知其妙之所在。價貴者以爲真，賤者以爲僞，起大雅于九原，蓋不堪噴飯。

大雅襟胸難測，其畫往往粗率，位置點染不費心匠。萬象錯綜，縱筆揮灑，不規規於摹擬，不拘拘于真景，天機活潑，雲行水流，自非胸中有丘壑汪洋如萬頃波，焉得若是？王穀祥畫論所謂「得意忘象」者是也。

清人彌伽居士著《畫徵録》，蔣泰叙之曰：「余於六法固茫然也。及余從妹倩湯子南溪，余從姪潞相率問業于居士，始知其善畫且佳矣，然究不知其所以佳也。見居士畫，若讀《逍遥遊》，祇見『海大魚』而已。」余于大雅亦云。

謝寅，字長庚，一字春星，號薰村。丹後人，住京師。後世與大雅並馳者，獨此翁耳。其逶邐磅薄，蒼秀古色，大雅亦或避舍。而較之于大雅，構思稍小，間拘真景，是其所以易入於俗眼也。至風采氣韻，大抵可與大雅頡頏。

木世肅，號巽齋，世稱蒹葭堂，浪華人。風流好事，一世之巨伯。繪事殊巧，喜畫水墨小景，最善扇頭點染，有咫尺千里之風趣。一時訂盟者杏堂、雲泉、竹石、梅厓諸人，其他所交名流極多。

雲泉釧就，一號磊磊居士。生於肥前島原，客死北越出雲崎。其間遊江户及浪華，閑雲野鶴，到處爲家。筆墨渾厚蒼古，尤長於披麻皴，能極峻嶒之勢，渲染之妙有不可端倪者。前空後絶，可稱獨步之士。

濱田杏堂，名世憲，一號希菴。浪華人，業刀圭。寓意畫山水，筆墨温粹淡遠，點染渾成，風致有餘。余嚮遊浪花，觀其仿明清諸家畫册，往往逼真。又精鑒定，畫名藉甚，世無知其爲醫。

竹石，名長徽，狹貫高松之人。積墨深潤，可謂得大癡之要領者。余遊高松，觀明藍睫叟仿黄大癡富春山之圖，想竹石得南宗畫旨於此幅。

梅厓十時賜，字子羽，以儒仕于長島，爲頖宫祭酒。老於浪花。性跌宕，不戒酒色。山水及蘭竹有超逸不凡之作，題辭洒落，殆類沉啓南、陳道復矣。

氣韻屬乎天賦，不可以粗卒得，不可以精細得，不可以練熟得，不知然而然也。學者若求氣韻，須必讀書，胸中萬卷，溢而成韻，亦不知然而然也。

余嘗慕黄大癡、梅沙彌之風采，學而時習之。客笑曰：「風采非可傚也。非欺乎？」余曰：「讀其傳而知其人，讀其論而知其志，讀諸家題評而知其畫之品格。彼此參考，印之於心而發之於筆，是謂之傚。不吾欺也。」客曰：「善矣。」

愛石道人，黄檗僧，河内人。畫意飄逸，傳大雅之遺韻，能學柳下惠者也。

介石第五隆，仕紀藩，名于經濟學。側畫山水，筆意清遠，絶無渲染之跡。無近世甜俗畫師之習氣，又無丹青者流之陋弊。

學畫貴三多，多摹、多傚、多畫也。然徒摹傚之，不問意興所寓，不省骨格所存，則多亦無益。故多摹不如精摹，多畫不如精畫也。

畫有三品，至於髪翠豪金，絲丹縷素，精麗艷逸，毫不失形似者爲能品。本邦入能品域者，圓山應擧一人而已。

元吴鎮論畫曰：「墨戲之作，蓋士大夫詞翰之餘，適一時之興趣。與夫評畫者流大有寥廓。嘗觀陳簡齋《墨梅》詩云：『意足不求顔色似，前身相馬九方皋。』此真知畫者也。」大雅采陳簡齋末句刻印章，誤作「方九皋」，竹田山中人饒舌，載此事爲大雅解嘲。

竹田田能村憲，字君彝，豐後人。風流文雅，一世才子。能畫人之欲畫不能畫處，又能言人之欲言不能言事。其名最顯于畫，平生所爲，多出於康熙以後之手段。著書數種，今行於世。

唐張彦遠論吹雲潑墨體曰：「古人畫雲未爲臻妙，若能沾濕絹素，點綴輕粉，縱口吹之謂吹雲。是雖妙伎，不見筆蹤，故不謂之畫。如山水家潑墨亦然矣。」此體世間畫龍，多用此方。是甜斜俗賴之一種，非吾曹當學也。

本邦畫院有法印、法眼之稱，醫官亦有之。不知出何之典故，或云假稱於醫官。

余嘗閲《恬致堂集》曰：「米迹漸不可得，休承此作，是其法印。」《圖繪寶鑑續纂》曰：「戴進至臨仿舊人而無款者，法眼觀之，莫辨真僞，此能品也。」按法印，乃古人之法印之于心也；法眼，乃古人之法具之眼也。

王弇洲論詩云「奇過則凡」，於畫亦然。近日甜斜之弊，浮靡之習，樹旆藝苑，争長拉短，專誇新奇，滔滔者天下皆是也。非吾曹所取也。

麻姑以米擲地，皆成丹砂。方平笑曰：「姑故年少也。吾老矣，不喜作如此狡獪變化也。」是知上等仙人不貴奇。今之畫流，多出奇以嚇人，免方平笑者蓋寡矣。

關東繪事之盛，自明和安永，極于文化文政之際。前有邊溓水高陽山人，後有宋紫石，西遊崎港，受南蘋沉氏設色法，誘掖後進。同時專門有諸葛監，貴戚有董九如君，輓近花鳥家皆在其範圍。次之崛起者爲邊玄對，爲木芙蓉，並解文辭，爲一時畫苑領袖。南湖、寫山繼出，而畫風一變。爾來學者徒貌皮膚，不探其宗旨，强仿疎放豪脱之體，近日氣習，所謂强弩之末耳。

寒巖馬孟熙，江户人。專事北宗。馬夏之淺絳，最其所長也。天如假壽，必當開别徑。壯歲而亡，惜哉。

臺山源清風，字穆甫，津山藩臣。致仕之後，以畫游江户。爲人寡慾，風塵中散仙也。筆墨精鋭，斟酌明人諸家，參以自己之天機，短卷小幅，有衡山、六如之風，間又見蕭疎淡遠如倪迂者，必不以秏氣應。風流端謹，其人可想矣。其題畫七絶云：「風格荆關豈得倫，閑來任意寫嶙峋。不知身在書窗下，筆底青山我主人。」

詩人不畫，畫人不詩，風雅中遺憾也。雲室道人嘆之，嘗唱小不朽杜，當時訂盟者桐君蘭石、平梅溪、源臺山、邊赤水等，輪流爲主，盛作詩畫之會。新參繼之者西圭齋、野西湖、柏如亭諸人也。余弱冠齒此會，略記其盍簪之盛事。

雲室道人，名鴻漸，清修于鸞家，喜談儒家濂洛之言。而其畫多乾筆，極有異趣，不見火食之氣。世評畫者，不知衣鉢所傳，漫目爲江户之大雅堂，甚誤也。其題自畫五絶云：「對景詩漫酬，遇勝圖可作。一圖還一吟，悠然意獨樂。」僅僅廿字，足見其胸襟。

柏如亭，名昶，江户人。没于京師，世稱爲詩壇大上乘。中歲寓意于畫，專作山水，抽錦繡腸，別成一派機軸。雖渲淡無俗趣，稚氣滿幅不入格，足概想雅人韻致耳。兹録題畫七絶，徵其風流。詩云：「行路讀書吾輩事，風裁何必減前賢。老來學畫君休笑，若較金翁少十年。」蓋清金壽門年五十餘始從事於畫云。

臺嶺山人宏寬，名古屋之人，卒于江户。畫山水極有高致，氣度寒散。素貧自守，賣畫給衣食。其偶成七絶，可以概平生。詩云：「負郭曾無二頃田，江山賣畫度年年。荆妻猶道先生懶，幾日稀疎潤筆錢。」其妻香夢，好畫花卉。山人没後，流寓於四方，不知所終。

畫有模擬，有神模。傳摹移寫，哀貯許多粉本，左採右擇，以定結構，而後下筆。譬如大匠，視其木之巨細曲直堅脆長短，材料畢備，然後營宫室，是乃模擬之習也。至其甚，則有出示種種粉本而應索者，與染家售業同焉，抑何心乎？神模者，譬如起華嚴樓閣於空中，架雲構霞，經營出人意表，是非有腹笥者安能得措手？宜模擬之多，而神模之少。

清張山來云：「余向見畫家輒珍重名人稿本，嘗笑其物而不化。天地間，何一非絶妙稿本耶？」予謂二百年來有此語，二百年來無此筆。日計不足，歲計有餘之故乎？

明錢叔寶曰：「夫丹青者，鎔以神，摸以天，吹噓吐抹纖穠空有之間，惟吾指筆所向，而曾是拘意設方置也。」蓋此語之要在一之「鎔」字，學者宜察。

五山翁者，余有聲畫之師也。嘗論楊誠齋詩曰：「誠齋胸中別有一冶爐，金銀鉛錫皆鎔而出之。」余於畫亦云。

雪齋，長島老侯，號石顛翁，書畫並佳。風流自任，性慈仁謙挹，遇人之貧困，雖疎交必加霑接。山水人物，花卉翎毛，技無所不詣。殊善寫生，熟外求生，拙中有工見，專門作家不易及也。

南湖翁，名鯤，一號煙霞釣叟，長島之臣也。資性疎脱，不守規則，輕諾猥交，傾動流輩。余青年從翁學，翁能愛子弟，又能訶子弟。常譏斥時流習弊，其意蓋在復古矣。其畫老筆紛披，淋漓疎爽，不落蹊徑。壯歲遊長崎，與清客費晴湖等應接，專得水墨法，兼通伊莘埜之妙處，於二米之骨突，是其心印也。翁不口一滴酒，所謂惡客。但識其中之趣，談笑紛然，壓倒飲侶。時拈毫叙懷，真辭洸洋自恣。有句云：「朝出山雲夕宿雲，山雲無意我如雲。山雲埋裹雲耶我，細見雲容我亦雲。」年近大耋，神明不凋，篝燈夜作，欣欣相應。販夫牧豎持紙來索，不見難色。或作贋作，求題以售，亦復不拒。其風流灑落，酷似沉啓南、董宗伯。

《清河書畫舫》曰：「評定書畫，今人以款識爲據。不知晉魏字跡唐宋畫本，有款者十無一二，間有出後人蛇足者。在慧眼自不難辨。如近年啓南、子畏二公，往往首題他人畫筆，爲應酬之具。倘非刻意玩索，多爲其所眩。」真僞之難辨如此。

董玄宰最矜慎，貴人巨公鄭重乞其畫，多倩他人應之。或點染已就，僮奴以贋筆相易，亦欣然爲題署。家多姬侍，各具絹素索畫，稍有倦色，則謠詠繼之。購其真迹者，獲之閨房者爲多。

海野蠖齋，名瑗，庭瀨藩大夫也。性温藉和雅，耽繪事。夙與雲泉山人善。其畫古色拔萃，毫無甜俗習氣，與近日虛設流亞不同。山水之外，筆端較疎。有聲之畫，可誦者頗多。

出三者，台宗之僧，住上毛緑野郡之山，因號緑野道人。善畫山水，經營不苟。遊戲翰墨，出入明清名家。點染無虛假，終造實境，所謂普門示現法門也。惜哉晚發狂而化。

陀羅尼集經畫作火頭金剛像云：「和彩色用熏陸香汁，不用皮膠。」又不空三藏所譯仁王念誦法云：「其畫像者莫用皮膠，用諸香膠。如無香膠，煎糯米汁，用和彩色。」箇這天竺畫師之秘訣，佞佛之徒亦不可不知也。

明高瀫，號霞仙，家貧嗜酒，醉則散髮赤脚，飄然舉舞。鄉有宋子者，瘧一歲弗愈。一日瀫問之，飲之酒，酒酣，宋出素請畫。瀫寫菊數本，倒垂懸崖，香姿隱隱，有飄拂流動之態。宋冷然疎爽，因再請復寫。奇石亭立，雙竹淩空，蕭蕭數葉，風韻可掬。宋躍起，毛髮俱竦，是日瘧旋差。時人語曰：「少陵有佳句，不若霞仙筆。」

余曩歲西遊，京寓多日。訪山陽翁于其水西莊，畫山水爲贄。翁熟視久之，微笑曰：「無有甜氣乎？」爾後欲洗之，務用焦墨渴筆。遂遊浪華，訪小竹翁，亦贄山水。翁曰：「無有霸氣乎？」余於此瞠若。爾來潛思于先輩士流之迹，略得脱窠臼。今似有所得者，實因二翁之激，可謂知音矣。今則二翁俱遊白玉樓，每憶當年，悽然淚下。

今日余筆所主，咀嚼諸家之精英，而藏之於腹中，而發之於腕下，未知後來主意幾變換也。

靄崖高久徵，一號疎林外史，下毛黑羽之人。性淳樸古淡，温柔之氣溢眉目間。畫亦沉深渾厚，摹景寫象，意在依微恍惚中，而求韻于驪黃之外，非時習之可窺也。而舉止飄逸，東西縱遊，只意之所適，醉鄉寄生，亦浪仙之流也。其與人交淡而真，一旦卜居於江户，亡于馬塵衮衮中。其人蟬脱，遺墨尚新，殘山剩水，人争購之。

今之學畫，初無見與識與目，徒師今人。於古人意會神解、心與手渾涵汪茫者，溝澮自限，可勝嘆也。

學者以多爲貴，夭閼性靈，桎梏韻度，粗率牽强之病亦從生焉，終身不能復脱。能事不受相促迫，此意可省。

作畫猶作詩也。詩有起承轉合，畫有經營位置。美景勝境，自有料有材，無寸思以湊之，則終只撚鬚穿袖，俯仰咨嗟不能成。無腕力運之，則終亦展紙濡毫，顧瞻低回，而不能成。詩畫未嘗不相同。

宋石恪，畫戲筆人物，惟面部手足用畫法，衣紋麤筆成之。我邦所謂浮世畫師者，畫六歌仙等人物，俗稱錦畫，是亦此一種也。

明楊慎記凹凸畫曰：「尉遲乙僧善繪凹凸花，又張僧繇畫於一乘寺，遠望眼暈如凹凸，近視即平。」本邦俵屋宗達，好繪製造花卉，乃凹凸之變體也。

等覺院文詮公，稱抱一上人。一變尾形氏光琳穠厚設色，而以丹粉灑落，別闢法門，出新意於法度之中，寄妙理于於豪放之外，温故知新之慧眼也。

丘壑之士久寂寞，則起朝市之念；朝市之士久喧囂，則懷丘壑之放：古今之理也。此語蓋出於明人之論。因意朝市之畫，雖聞見已廣，琢磨已精，渾然成圖，竟不免假山様之經營，是虚假修飾之習也。丘壑之畫，雖雲煙在心，泉石在目，而運之紙素，心手相戾，筆墨澀滯，濃淡失度，竟不能成體，是管天蠡海之弊也。欲脱此習弊，乃在胸中天機，融出而活潑膽與識。

老子云天下本無事，豈别闢一無事之域？是勵文雅清修第一義之機關也。人豈有一日無事之日乎？當其有事之日，遊此無事域，於我繪事最真印。非胸中有閑日月，這裏境界難共談焉。

寫山翁，名文晁，一號蝶翁。少壯耽畫，規規於臨筆寫照，無和無漢。人物山水，花鳥草蟲，巧致精細，骨法用筆，以及没骨、設色無不漫爛。獨南宗之正脈，不投機間，有仿米翁及梅沙彌之筆者。猶未免平生之霸氣，潑墨最通牧溪、玉澗之宗旨，而得其三昧。老來嗜酒，愈老愈嗜，豪放劇飲，酣醉淋漓，詼笑怒駡，無所不有。且滑稽百出，以爲應酬之具。性豪岸不可磨滅，興致一來，畫筆頹唐，縱恣揮灑，腕力遒勁，天機活潑，有雲耶山耶難辨者，而畫筆直款，餘白署字亦如畫，其礌落酷似吴次翁。評者或有呼野狐禪。

明吴偉，字次翁，江夏人。山水人物，蒼勁入神品。憲宗召授錦衣衛鎮撫，待詔仁智殿。偉好劇飲命妓，人欲得偉畫者，則命使共往。一日被詔正醉，中官扶掖入殿中，上命作《松泉圖》。偉跪翻墨汁，信手塗抹，上嘆曰：「真仙筆也。」孝宗命畫，稱旨，授錦衣百户，賜印章曰「畫狀元」。

成化中，成國朱公延偉至幕下，以「小仙」呼之，因以爲號。嘗遊杏花村酒場，從老媪索茶。明年復過之，老媪已謝世，援筆寫其像。其子見之，大慟不已，乞而藏之。又嘗飲友人家，酒間作畫，戲取蓮房濡墨，印紙上數處，莫測其意。忽起縱筆揮灑，成《捕蟹圖》，最爲神妙。

偉臨繪用墨，如潑雲，旁觀者甚駭。俄頃揮灑，巨細曲折，各有條理，若宿搆然。

寫山翁年七十五，天保丁酉奉敕上《天保九如圖》，可謂繪事之絶境、藝林之勝事也。

玉嫺女史，名麗花，町田氏，上毛人。父某仕尹臺於大坂，女亦隨。性嫺雅，學畫於森蘭齋，寫四君子，墨竹殊妙，得李用雲蕭疎之風致。嫁士人松井某，没于江户。

本邦閨秀善畫者，當初有狩野氏雪信，京師有玉瀾，大坂有冰仙，其他諸州頗多，不定品也。

博衷小書畫成帖子，出示詩人，近日此事尤盛，庸人俗士以之爲風流，皆曰「書畫帖，書畫帖」，要累糞堆瓦耳。余不堪其乞之煩，輒作一磊砢筆，題一小詩以應之。詩云：「多年蹙額費心匠，麤鹵細精吾未能。早已經營被人責，胸中山岳近來崩。」其實省工夫耳。

元湯垕論畫曰：「畫梅謂之寫梅，畫竹謂之寫竹，畫蘭謂之寫蘭，何哉？ 蓋花之至盛，畫者當以意寫之，不在形似耳。」蓋近日庸劣之士，偶有麤筆寫意之畫，而其題署下「繪」字者，是不通後素之理，魯莽更甚。殆堪一噱。

「玩物喪志」一語，出《僞古文尚書》。世誤目書畫爲玩物，而或者遂執此語以相禁戒，未究聖言之深旨也。此事尤不可爲學問以外事也。才人文士之風流鑒賞，與世人迥別。若夫富貴貪婪，目不知書而亦事此，此直好貨耳，豈足論哉？

華山渡邊登，江户人，田原之老臣也。性嗜畫，藩務鞅掌，猶能偷閒作繪事。學該識廣，最深蘭家窮理説，與人談亹亹不倦，學益奇癖。卒以奇癖，竄於參州。憤激自盡于幽所，世人莫不哀惜矣。華山嘗畫《于公高門圖》，匠人俯仰、工丁拮據狀咄咄迫真，衣紋設色重輕純熟，他工所不能與馳騁。而其畫全出於西洋圓活法，掩以吴帶曹衣之體裁。予嘗觀黠鼠羨蠶、蟻慕甘蜜、蜂吸花心、蒼蠅聚臭諸圖，皆幽室所畫也。近日南蘋畫風一變，而化南田青藤之流者，實創于華山。

明唐子畏，名成而身廢，閒居作美人圖，好事者多傳之。覽其遺跡，未嘗不嘆其志有託也。若華山草蟲諸圖，意所寓蓋亦有焉。

杏所立原氏，名任，水府之臣翠軒先生之嗣。好書畫篆鐫，識度卓越，看破後世流弊，遠覘元人之藩籬，製作往往不凡。鐵筆勁捷，專門家殆不及焉。又精鑒定，雖無款識，能辯真僞于驪黃之外。非指點形似，使駑駘竊幸之流也。

梅關菅井岳，仙臺人。器宇弘闊，不喜修飾，推誠接物，頗有俠氣。少壯不羈，游崎陽，磅礴累年。幸遇清客江稼圃來，親炙學畫，卒得清人之骨髓，遠泝宋元之源流。其畫務求穠厚，天才秀發，下筆超於前賢，不肯效顰。而蕭散閒逸趣宛然在目。最長於闊幀巨幅，嘗爲梁川星巖畫山水，蓋仿王叔明筆也。風采韻格與星巖之詩殆可頡頏。梅關遊崎之日，下毛岡田東塢及家兄莎邨俱在崎東，塢寫墨竹，莎村寫山水，一時周旋，以爲應酬。爾來雁魚往來不絶，今皆歸九原，遺墨在楮，精英在目，可以概想當時。

莎邨遺稿題《別宴圖》文云：文政戊寅秋九月，余來于長崎也，畫工君瞻頻説青眼亭上梅關別宴之壯，余怪而問之。君瞻乃圖而示曰：「其東坡巾明服而立舞者則梅關也，有眼鏡而白衣弄絃者爲江芸閣，佩小刀吹笛者爲媚川，彈琹者爲二九，在傍左手摩頰而聽者爲金琹江，作山水者爲梅泉，兩手握扇而觀者爲陸品三，在後吟詩者爲張秋琹，相對圍棋者爲亭主人廉布、爲劉福邦，傍觀者二人，其少年爲沉筠谷，老爲鄒静岩。」余觀而始知君瞻之言不妄，且嘆曰：「梅關東人而西遊數年，亦何清人交誼之切一至於此也。其宿緣之深可知也。余與梅關同東人，而遊亦遲緣亦淺，無如之何耳。」君瞻慰曰：「子以一言題圖，則子亦與此宴也。何悔之有？」因欣然以君瞻之言書於圖上。

梅關畫《醉李白圖》，江芸閣題句云：「天寶年間李供奉，莫作鍾家進士看。」莎村亦題其次云：「梅關取于明鄭克鉉《飲中八仙圖》中，所寫奇古絶妙，而芸閣認何面孔，著此二句？若以李、鍾之冠靴相類，則管蠡之見，不知古人往往有此作也。芸閣之句贊乎貶乎？我亦不知其爲何也。想他亦醉中之一戲耳。」附東塢贊：「古今丹青家描醉李白者多矣，而真爲醉李白者，我不見其幾許也。仙臺菅梅關閒雅放逸，性善畫，平常寫意多入妙境。如此圖容態骨格，自然狀卓犖之氣象，亦足使觀者想像焉。華人芸閣贊之云云，要矮人觀場，不足復論也。昔宋陳與義贊墨梅云『意足不求顔色似，前身相馬九方皋』，余於此圖亦云。」

吴匏翁家藏集題沉周《古木慈烏圖》曰：「石田作此，蓋偶寫其西莊景物耳。其子雲鴻遂藏護謹甚，以予父之執也，奉以乞言。夫啞啞而鳴，翩翩而集，相覆以羽，相哺以食者，雲鴻固有感於烏之孝矣。若夫扶疎糾結，輪囷離奇，上聳旁撑，其大數圍者，非木邪？世之故家莫不有此木，子孫不能保其先業，伐而薪之，而烏止於他人之屋者多有之。雲鴻視此而有感焉，詎非孝之深者乎？」余山莊有老杉數十株，矗矗千尋，欲蔽天日，實爲數百年前之物矣。余也迂拙，窮困日逼，不能支持，家産蕩然，一朝伐爲烏有。今讀匏翁之文，慨然大息，汗浹於背矣。

米芾作墨戲，不專用筆，或以紙筋，或以蔗滓，或以蓮房，皆用爲畫。紙不用膠礬，不肯於絹上作一筆。

指畫後世有之，曰指頭畫，曰指頭生活。不知創起於何人，大雅往往有指墨人物。

董宗伯曰：「幽亭秀木，古人嘗繪圖，世無解其意者。余爲下注脚曰：亭下無俗物謂之幽，木不臃腫經霜變紅黄者謂之秀。昌黎云『坐茂樹以終日』，當佳樹則四時皆宜，霜松雪竹雖凝寒，亦自堪對云。」此中消息，學者倘能理會得，應悟入南宗之閫奧。

吾人今日幸遭昇平，身在草莽，筆耕生活，齷齪終年，故士氣流成匠氣，乃所以今之學者爲人也。噫！不知後來高流之逸足，誰能騰踔風塵表，駿駿更度越。

蕪村率筆好畫和人物，甚有生意。亦一時遊戲，俗稱之俳畫。近日俳師巢兆亦有此戲。巢兆自土佐氏嗣法點化來，彼此異道，而其成趣一也。

寒葉齋畫筆無匠氣。畫有匠氣者，蓋入門之初，誤一步踹甜斜門徑故也。

善墨竹者，先有平安四竹之稱，而宮筠圃超脱卓落，其名獨存。他湮没無聞，所以名下無虚可知也。大和之柳里恭，身係貴族，風流標緻傾動一時，其畫刻畫，不似其人，唯墨竹瀟灑閒逸，揮出真情。近日江户詩佛老人以寫竹得名，其片筆做魚尾法者，乃初年墨戲。晚年眼青，信手揮灑，蒼秀婉逸，有自與八法通之作。

儒林喜畫者，曩有服部南郭、井上金峩、皆川淇園諸老，輓近有龜田鵬翁，有頼山陽翁。舉百代之英傑，以文教之餘適成高遠之畫。其實不得志于時，疎林遠岫，洩憤於墨，而山陽超卓如獅子獨行，脱落儕侶。

趙松雪論畫詩云：「石如飛白木如籀，寫竹還應八法通。若又有人能寫此，須知書畫本來同。」世泥丹青者，讀之能無警乎？

清楊芝，錢唐人。善人物神仙，筆力雄健，不假思慮，援筆立成。特長於尋丈大體。芝嘗言：

「安得三十丈大壁，磨墨一缸，以田家除埸大帚蘸之，乘快馬以掃數筆，庶幾手臂方舒，心胸以暢也。」此語痛快，極獲我心。今抄代鼓舌之勞。

余筆此話，因循累月。話中名流，夢寐往來，恍如同世，而洋峨已許，爾汝以交，乃有附驥之想。而話中得人甚少，掩卷閉目，暗中摸索，下視話外衆作，真培塿爾。顧思話也杜撰粗妄，必有愛及屋烏、憎及袈裟之譏。且瓊玖永埋地下，銜恨者亦復不尠。嗚呼！何人能具眼，拾瓊玖於地下，嗚遺韻於當世，以爲煙雲供養，功德必勝造八萬四千寶塔。

邦人蘭竹窠石之作，自古乏其人。嘗觀玉畹子畫蘭石，逸趣極有餘。迨今四十年，胸間時時來往，風致猶覺唆人。宇治黄檗山金屏上，有大鵬和尚墨戲，一隻大竿老竹横倒屈曲，貫六曲，而節節畫枝葉。一隻蘭石之圖，自四方叢生，上下映帶。其大膽落筆，活潑淋漓，使人驚起。又觀伊勢宫崎文庫紙障應舉之墨竹，四障連作，根有稚子，水石傍之，瀟灑多姿，與鵬和尚酷異趣意。是江南竹之寫生，真作家之技倆施之墨者也。

凡蘭竹石之作，款題與畫上下照應、左右映帶爲妙。而圖章潤色之，印之大小，體之古今，共在學者雅量。近日南湖翁好作蘭竹，其法自清客張秋谷脱化來，而放筆縱横，傍若無人，然其高風卒不入時眼矣。噫！

清人自有清人之質，與邦人異性。邦人勉强學之，間雖有逼真，或爲之耗氣。明人朱舜水歸化在水府，多年與邦人應接，言語相通，而病間所言，渾歸鄉音。將斃之際，所言之事，至一不辨。

勉强之事卒如此，不啻書畫也。「平居有古人，而學力方深；落筆無古人，而精神始出」之語，不可誣也。

學者平生刻苦接古人，臨畫之際，彼是參考。自家立腳，經營已定，點染數次，終夜不寢，終日不食，孜孜汲汲，如斯多年，畫之妙自由心出。

豐後竹田云：「玩物喪志一語，信爲吾輩好藥石也。清人姚際恒駁是語，謂出《僞古文尚書》。强辨頗似有理云。」余意采書畫爲玩物，乃喪志是在，得志人亦在。唐王涯就誅，宋蒲傳正被東坡規，共富貴貪婪好貨之人，非風流鑒賞之流也。論者非概而可斷也。

畫人必不可墮議論關。學者動有專主張議論者，繪事玄微，况于山水依微妙處，非口吻之所能辨。所謂意解神會，言者不知，知者默之謂歟？

畫有拘泥之病。百年前之拘泥，乃今日之流弊也。今日拘泥，不知後來如何流弊？學者自家立腳著眼處，是其血脈心印。畫中鄉愿暨媵妾，皆在此流弊。

模擬畫要見好，所以工于佈置之間。神模畫不要見好，所以妙于筆墨之外也。

畫與詩一機同關，乃清華之府，衆妙之門。非鄙穢人可得而能。洗去名利二字，則學可得其半矣。徐而菴曾於詩言之。

畫乃人之性靈。人高則畫亦高，人俗畫亦俗，一筆不可掩飾。見其畫如見其人，不啻胸中書卷之氣多寡。

余二十年强畫，只識得一「拘」字；老來樂畫，方識得一「脱」字。畫蓋有法，拘失於法，脱失於無法。脱傷體，拘傷氣。學者其能心寔探此玄微，乃免狐狸化佛，與真佛其相雖肖，徒念佛名訛。畫是人之性靈也。天機一洩，心高畫亦高，心俗畫亦俗，一筆不可掩。如君子小人，所喻各有别，見其畫可以知其人。

畫有屈伸。心伸腕亦伸，心屈腕亦屈。殆如尺蠖之蟲，屈極乃伸，熟發於生，工起于拙，這箇一理。畫中消息，可以知人品之等級。

畫人須學變化。每一年變化幾次，滋渴淡濃，點染自在，行徑無窮，歷歷落落，自然可悟入古人之域。乃是畫中羅漢神通。

余家久藏《松下問童子圖》一幅，印刻「武音」二字，誤傳云清人之畫也。筆墨蒼古無甜氣，非狩野、長谷川二派之流，顧類長崎派，而不知武音爲何人。嘗游京師之日，詣東福王府，觀普賢堂梁間畫一大丸龍，亦非凡筆，署曰「左近衛將曹兼和泉下毛野武音謹圖」。不知爲軒冕之士邪否，録以俟識者之後考。

無聲詩話補遺

近日靄崖、梅關、華山諸士，寓意于蘭蕙，而呈秀於毫端。靄崖筆隨手而淡，梅關手隨筆而濃，而能兼淡濃與剛柔者，華山是也。而各别開法門，名聲馥郁於身後。

世人於畫皆愛新奇。畫人雷同，争新售奇。奇過乃怪、乃凡。奇絶全在出於人意表。可見大雅池翁之奇，其畫如其人，其人如其畫。東桑獨可做峨嵋天外雪中看者，大雅池翁而已。

山陽翁云：「天啓以降，風靡波蕩。至於清人，一切皆董家奴隸。筆端金剛杵，强爲豪語耳云。」蓋清王麓臺自題《秋山晴爽圖卷》，略云：「吾手之外，筆端金剛杵在也。」此語已出於此，其意專在筆力沉著貫紙背，而脱盡習氣。賴翁呼仿豪語，殆似疎於畫理者。

昌平三百之久，書畫之技大行。天潢貴胄以翰墨相娱樂，故鬻技之徒，争計踏貴權之門。其技於是輕疾浮媚，有似梨園子弟新奇打扮者，其意蓋在速成以收重價。從前學者氣韻之不進，正脈不傳，一皆坐此。苟非甘巖穴棲遲之士，焉得窺大癡、黄鶴之藴奥，矧於倪迂滲澹哉？學者之於聲名也，後世存亡，在生前心術。

余每天機活潑，援筆點染，間有出人意表者。難持而應乞，只比似華陽隱居嶺上白雲耳。偶遭貪婪好貨之責，懷與腕攣縮難暢叙，動閲歲而不果。幸不免倪雲林鄙辱怒駡耳。

人之在世，不能無好。好酒者以沈緬喪德，好貨者以貪婪汙行。苟有所好，必有所累。被書累者爲書奴，被畫累者爲畫工，既不免爲甜俗魔境之小技。元楊維楨論畫云：「畫品優劣，關於人品之高下。無論侯王貴戚，軒冕山林，道釋女婦，苟有天質超凡入聖，即可冠當代而名後世矣。」論者回首於過去，著眼於現世，未來之理亦了然。

椿弼，號椿山，江户人，御持筒組之士也。學畫於渡邊華山，人稱出藍之手。天保弘化之交，官禁士人多耽書畫技藝及樹藝養魚術等之閑事，專勵武用軍略之事。椿山自嘆蒲柳之質，武事難支生涯，欲孜孜于繪事。隊長憐之，而建白于官。官許之，椿山得意，日夜忘寢食，勉强倍常，專慕惲壽平之遺風，每逢古之名跡，輒臨撫之，撫擦不止，卒死焉。名大顯，技大進，人無不愛惜湮亡，嘉永甲寅之秋九月九日也。年過半百僅三。

李營邱見一富人屏障上貼己所作畫，怒曰：「吾非畫師。」索墨塗抹去。王漁洋拒内官請壽詩，卻其千金潤筆不受。有此心胸，有此骨氣，畫可爲其詩可傳。論者曰：「彼中人有厚禄，可立節義如此。間不然云。」雖然，奇人文士往往天下窮人，以詩書畫爲活，匪其人索其奇不可獲，何論潤筆多寡及禄有無。

有客語曰：「兹有一畫師售技，其言云：『人若一日擲一兩金，終日不手閣筆，塗抹可務耳。計一年三百六十兩。』」客笑之，余亦笑。二人同笑，而意各不同。客之笑在尚繁，余笑在尚簡。古所謂妙畫通神，妙品與神品共在簡潔，然乃何只一日僅止于一兩金哉？

畫竹之法，古人縷縷論之，所謂魚尾燕飛、攢三聚五等之諸法也。其説舊矣。書法之關紐誘而入畫中者，唯竹是也。學者其能以一筆掃盡從前之習氣，不如寫出自家之精神。然而師心自詣，有清風襲人之氣，可謂能事已了。

題無聲詩話

余寓不忍池數月也，菡萏滿池，楊柳掩映，水翁喻之寫。池東即忍岡，緑樹葱欝，樓閣出其梢，煙雨來去，半隱半露，争相趨與之親，畫趣藹然。乃提筆摹其勢，歸而不可得也。偶獲烏洲翁新著《無聲詩話》讀之，其所論極邃於畫理，非知其中甘苦者不能言，安得爲余寫一幅水墨《不忍池圖》乎？噫！逝矣。憮然題之。

明治庚午冬，省軒龜若行。丹羽瀨照書。

柳橋詩話

加藤善庵

《柳橋詩話》二卷，加藤善庵(？—一八六二)撰。據文會堂《日本詩話叢書》本校。

按：加藤善庵(かとう ぜんあん KATO ZENAN)，江户時代末期儒者、醫師。名良由，字良白，號善庵、草軒、富春。師從大田錦城。任播磨(今屬兵庫縣)姬路藩藩士。生年不詳，文久二年八月五日歿。

其著作有：《六國史論》、《觀虎記》、《柳橋詩話》二卷等。

温公盛德萬世詩，史筆汪洋續宣尼。緒餘又見詩話撰，往往戲謔令人嗤。此書體裁雅固然，巵言衍蔓非瑕疵。金甌不缺二百載，奎星光芒射東維。錦心繡口家家有，禹步舜趨争路馳。收拾全憑副墨功，半言隻字足見奇。老夫近來賜骸骨，宿習未除文字嬉。郵寄落手新著書，一宵快讀欲眠遲。山禽驚起緣底事，半窗梅影月晴時。

天保丙申孟春之下澣，河合寸翁題于播州仁壽山之水樓，時年七十。小西思順書。

題柳橋詩話首

余之於草軒，非有紙鳶土城之契，而芸窗同席，情好篤摯，乃酒香燈影相隨逐，殆乎四十年矣。中間雖以陳馬飆帆相違離也，相覯則相暱，必以所業切劘。草軒藥匕餘暇，其學屢變矣。時而佛典道藏，時而蟲經魚譜，猶蒙莊之莫不窺焉。其不可測者，洽博之所詣終始不渝更，惟詩文雜著是也。頃者出詩話數頁就余商量，將上梓。蓋編摩體裁，模仿袁簡齋、吴澹川，別見新意。彼洽博之緒未遽抽，披覽之可以供卧遊，旁可以資聞識矣。乃其無脛走千里，可無疑也。今夫講學家兀兀乎朱陸同異是攻，或窮經自任，則閔閔焉秏神於《尚書》之今古，考據雖詳，研鑽雖至，不肖亦不欲踵其後塵矣。伯陽氏所謂我獨頑且鄙耶？柳河東自稱趦趄於筆研文墨淺事，余則勇乎踏此轍，不復高標榜也。若詩若文，不務投時尚，爲戛戛難者，歐肝剜骨，亦不敢趁述者之跡也。草軒與余乃頽齡遲暮，余髮種種不自知，而嘆其齒牙之動摇。向者酒香燈影，居近而日疎。讀《唐棣》之詩，爲之三嘆。噫嘻！眞耄矣！在昔，歐陽文忠晚年自理草稿，改竄文字，夫人在側曰：「君今耆宿，有何先生可怕？」公笑答：「不怕先生畏後生。」有旨哉！吾儕著録纂綴，今日惟慎晚進之士之可畏焉而已。漫書以充草軒詩話之緒言爾。

天保丙申蒲節前一日，它山公愷識于稚松街之北窗，時宿雨方晴，風日清妍。大橋知良書。

柳橋詩話卷上

李白《贈韋南陵冰》云:「君且爲我槌破黄鶴樓,我亦爲君倒卻鸚鵡洲。」按此首本意便在於進酒,進酒之要又在解其心之繫縛也。黄鶴樓乃費禕上仙之地,太白歆艷之意,夢寐不能釋,然當獻酬交錯酣暢耳熱之時,平生希仙之意涣然冰釋,遂歸於無何有之鄉,所謂費禕仙蹤又何在哉?「君且爲我槌破黄鶴樓」即是。鸚鵡洲乃黄祖殺禰衡之地,凡文人才子左遷流離經過於此不慘然流涕者殆少,韋氏亦即其人,故白勸酒以寬其意,「我亦爲君倒卻鸚鵡洲」即此也。要是,白之希仙與韋氏之傷懷,彼此妄念耳。破妄念之策,非遊醉鄉而何往哉?故首云「愁來飲酒二千石」,尾亦繼之云「且須歌舞寬離憂」,首尾參見則白之本意燎然如觀火也。白又有句云「願掃鸚鵡洲,與君醉千場」,滋可證矣。大凡謫仙之詞,禪家所謂殺佛殺祖之意,讀者爲實相解則謬矣。「剗卻君山好,平鋪湘水流」,又云「乘興嫌太遲,焚卻子猷舟」,咸是類已。瞿宗吉詩話云:李白「槌破黄鶴樓」蓋由崔顥詩而發也。然則韋氏欲「倒卻鸚鵡洲」豈亦與禰衡有宿冤邪?

再按:李太白《廬山》詩云「手持緑玉板,朝别黄鶴樓。五岳尋仙不辭遠云云」,又云「遥見仙人彩雲裏,手把芙蓉朝玉京。先期汗漫九垓上,願接盧敖游太清」,集中此類極多,今乃舉其一矣。蓋謫仙未始不厭人間之垢汙也。

楊升菴云：「槌破黄鶴樓，踢翻鸚鵡洲」即出於禪僧之偈，太白未始有此句，宋初有人僞撰太白詩云云。蓋升菴亦誤解此二句，故有此回護之説耳。殊不知仙才之妙反在於是也。

「閉閣只聽朝暮鼓，上樓空望往來船」，是樂天《春江》之一聯，而在忠州之作也。弘仁之際始傳《長慶集》一部，帝嗜之，日夜披玩，禁臠之味，省臣不染指。一日幸河陽館，乃舉是一聯以爲即事，唯「空」字作「遥」耳。小野篁跪奏曰：「聖作玄淵，非臣等可議。然『遥』字似未妥，若改『空』字奈何？」其言輒與原本吻合。帝大驚，遂以實告。詳載《大東世語文苑》矣。余竊謂是事訛傳，何足以信？若果然，可謂君臣俱失矣。何則？樂天忠州之貶，侘傺無聊，無復洛陽宴會之歡。當是時，登臨之興乃出於不得已，而眼前舟船之往還但爲傷懷之資耳，故以「空望」二字描其羈滯失意之狀，乃下得爲當矣。杜甫云「奉使虚隨八月槎」，陳午亭注之曰：「今繫舟不能至京華，故曰『虚隨八月槎』。」蓋樂天「空望」、杜甫「虚隨」，其意一也。帝豈然乎哉？萬幾之暇，行幸出入，唯意所欲，陸則鑾輿，水則鷁首，莫不咄嗟即辨。偶有望氛之興，八珍九醞在於前，昭容昭儀侍於後，以是觀之，夫賈帆漁舟往來倏忽便足以驗萬民逸樂之氣象，而山容水態適作聖情怡悦之具，當是之時，藻思勃勃，宸翰揮灑，所下字面，「遥望」「遠望」等俱莫有所擇，唯一「空」字絶爲不可，是不唯貴賤崇卑之天淵，其苦樂之異殆爲冰炭。若果置「空」字，乃帝無病而呻吟也，篁亦責神仙以奴隸之役也。其顛倒謬錯之甚，非病風喪心殆不至於是。要是，温樹之話，人間謬傳，不獨此而已。

石志居士時中遺稿一卷，嚮者冠山老侯賜序梓行。石志又有得意一聯云「薪水扶勞纔一力，簞瓢存樂已多年」。

山谷《四休居士序》云「三平二滿過即休」，其義未詳，乃質諸吉田浄菴法眼。法眼曰，曆日有『建除滿平定執破危成收開閉』，一月之中，或爲三平二滿，或爲二平三滿，蓋其事詳見明《物初禪師語録》。按《淮南子·天文訓》曰：寅爲建，卯爲除，辰爲滿，巳爲平，主生；午爲定，未爲執，主陷；申爲破，主衡；酉爲危，主杓；戌爲成，主小德；亥爲收，主大德；子爲開，主太歲；丑爲閉，主太陰。蓋詩家亦有《建除體》，故並及之。

《萬曆野獲編》云：新安黄黄生作五禽言詩，譏切京官之苦，有「三平兩滿隨分度」之句，亦原山谷。

文衡山「石翁墨妙」四字乃係中野石翁公之寶貯，其石翁之稱不謀而合，殆如天地祕藏以傒公者，但恨衡山所謂「石翁」未詳所斥。一日公有疾，浄庵法眼飛輿而往，偶舉是以問焉。法眼曰：「彼石翁即沈石田其人也。《庚子消夏記》云『畫册十六幅皆仿宋元大家，無不奪真，爲石翁最得意之筆』，是可以證矣。」公斂襟以謝云。

石翁公別業在葛陂白鬚祠之側，入門則宛然緑野、輞川，出門則墨水控引其下，芙蓉、筑波咸爲几案之物。公幅巾方袍，從容其中，遠望如神仙。園中一座大石，乃刊今祭酒林公之高製。予就綱紀僕而懇求其拓本，未果得也。

「陣陣水風吹不散，池塘摇曳紫雲英」，是祭酒林公春晚之作也。錦城子在日喜而誦之，所以久而不忘也。

《冷齋夜話》云：「山谷以集句爲百家衣。」百家衣，小兒文褓也。本邦保嬰之家亦製此衣，則知風俗之相似也。范石湖云菜畦麥隴百家衣，老嫗點頭，不獨白詩而已。王少伯詩「手巾花氎浄，香帔稻畦成」，王右丞詩「乞食從香積，裁衣學水田」，稻畦帔、水田衣，即毠毢也。内典，袈裟字作毠毢，蓋西域以毛爲之，一名逍遥服，又名無塵衣，見《焦氏筆乘續集》。以此觀之，則石湖「百家衣」之句亦效稻畦帔、水田衣也。

唐宣宗云「童子解吟《長恨歌》，胡兒能唱《琵琶》篇」，是白詩之定論也。《冷齋夜話》謂「樂天每賦一詩，質諸老嫗」，洪覺範不持妄語戒，何邪？

《拈花集》一卷，凡五律百三十餘，咸係唐賢集句，乃篁園野村先生所撰也。册首繫以清商江芸閣、朱柳橋之二序，江文以長不録，朱序云：「夫吟詠一道，作固不易，而集古爲尤難。蓋非讀破萬卷，棄粕取精，兼取衆長，再加以翦裁者不能。兹静宜先生以集古一册見示。性耽翰墨，吏隱成名；志在詩書，文壇著望。以繡虎雕龍之手，爲裁云鏤月之篇。集腋成裘，聲同金石；釀花作蜜，字吐珠璣。羅卷軸於胸中，詞源三峽；運化工於腕底，筆挽千鈞。僕誦陽春，未免窺管之誚；謬加月旦，良深附驥之私。是爲序。道光四年仲春月上旬，當湖朱柳橋。」

千峰出浪險，張説一徑入云斜。温庭筠有地唯栽竹，張籍無村不是花。張蠙重猿圍淺井，可止宿鷺起圓沙。杜甫此景吟難盡，鄭谷西樓倚暮霞。李商隱◯越嶺千重合，宋之問湘流一派通。包佶蟬鳴秋樹瘦，李咸用鳥宿夜山空。許渾范蠡舟偏小，杜甫陶潛屋不豐。白居易江天詩景好，張繼移入畫屏中。韓偓右《拈花集》中題畫之詩，僅舉其二，讀者朵頤，當是恨一臠之吝。評者謂，五山先生，本邦之袁子才也。是説但見其杜德機耳。蓋其似者三，不似者三。舉世推爲詩伯，其似一；詩話鬨傳，紙價爲貴，其似二；聲色之好，老而不廢，其似三矣。子才氏園池之勝、棟宇之麗，歌於是，哭於是，而先生祝融屢災，移居不定，其不似一；子才氏之著書莫不開雕問世，而先生一點心血又爲火所爇，其不似二；子才氏以穹碑鉅制爲世所譏，而先生之文莫有白璧之微瑕，其不似三也。其自述云：「樗櫟能全只任天，華顛又是及華年。世途蹭蹬當時夢，老境汗漫今日緣。竹院尋僧林下屐，洞簫伴客月中船。青雲自信吾無分，卻愧詩名到處傳。」蓋子才集中似是綺麗之作恐不多覯也。

一田舍漢携書畫册子來，使予寓目，恣態横生，鸞舞蛇驚，傑出於諸家者，米庵先生之真跡，莫有疑者矣。因心口相語曰：「蠢然褐夫，修何功德以獲至寶邪？」所書亦系其得意之六言，可謂二絶矣。急唤兒輩使録其詩云：「漫作應酬塞責，澄心刻意不遑。何妨贋筆鋪世，亦使幾人潤觴。」「心閒意適誰合，心遽手忙我乖。自愧鐵門不限，飛毫一日千回。」

「湘東一目誠甘死，天下中分尚可持」，可謂驚策。《滹南詩話》曰：以湘東目爲棋眼，不愜甚矣。按桓譚《新論》云「使罫中死棋皆生」，《集韻》云「博局方目謂之罫」，推是則湘東一目與棋眼對比何妨？王若虚蓋吹毛之論耳。

詩佛先生《輸棋》云：「勝負只從運，休嗤一著非。七十二黑子，未免白登圍。」是不唯前人未道破，亦能曉棋理，蓋先生善棋故也。棋博士安井俊哲謂，夫棋猶兵焉，凶器之戒最爲喫緊。漢祖自鴻溝一賭以來，赤縣神州遂入囊橐，譬猶弈家乘勝之時。至白登之圍，七日不食，微陳平之一著子則全局殆覆，譬猶奕家桑榆之敗。《公羊傳》云「王者不治夷狄」，蓋不治之中有治者存焉，是奕家持滿之道也。持滿之道非國手不能，譬猶王者坐廟堂之上不動一戈，不勞一卒，而運蠻夷控馭之策也。難哉是技也！唐太宗之於高麗、宋太祖之於契丹，猶恃强以取敗衄，即白登之覆轍耳。苟使王侯通曉棋理，則天下國家其庶幾乎治焉。

六如上人關原詩落句用「賭乾坤」三字，余服其警策。後讀韓文公《鴻溝》云「誰勸君王回馬首，真成此役賭乾坤」，是上人所本也。說者謂大阪城中之士視秀賴爲孤注矣。近人緝成一詩云：「乾坤一賭全輸了，孤注猶持十六年。」

天平十一年，大伴宿禰子蟲斫殺中臣宮處連東人，其忿爭之端發於圍棋，詳載《續日本紀》，是圍棋見於史之權輿也。《大和物語》云：橘良利精於奕，削髮號寬連，宇多帝睿賞之餘，遂錫「棋聖大德」四字之美稱焉。延喜十三年五月奉詔作《棋式》獻之矣。正治年間，有玄尊者撰《圍棋口傳》一卷，即節録《棋式》之要云。距今六百年，《口傳》現存，抑亦奇矣。《口傳》載棋局之制：長一尺四寸八分，廣一尺四寸，高一尺四寸。大抵與今之楸枰略約相合，則知寬連之遺制仍不泯矣。世俗亦傳一說云，真備公爲聘唐使，彼土圍棋，乃與《杜陽雜編》日本王子來朝對奕之説殆相符矣。然我則稱「真備大勝」，彼則謂「王子大敗」，要是彼此誇誕，各衒其技耳，曷可信乎？故無取焉。按

《源氏物語》亦載空蟬圍棋之事，並舉以備一證。

《菅家文章》載《觀王度圍棋獻主人》云：「一死一生争道頻，手談厭卻口談人。殷勸不愧相嘲弄，謾説當家有積薪。」自注云：「世有大唐王積薪《棋經》一卷云云。」又云：「去冬過平右軍池亭對奕，乃賭以隻圭新賦云云。」

我藩抱一公子，春秋六十八，捐館於文政戊子之歲矣。公子少壯謝事，優遊翰墨，後逃於佛，圓頂方袍，居然方外人也。性有異稟，凡百技藝莫所不綜。最巧於繪事，既而求者麇至，遂不能拒，侍者往往代盤礴之勞，猾商贋筆殆遍天下矣。予所錫《絹本白描櫻花》上題二句云「風簷勿輕展，片片化將飛」，蓋其自負之意，殆與顧虎頭之一絶相合，宜天稟之賢才便爲末技所掩也。

抱一公子嘗謂：「古人能書畫而號玉澗者有三焉。宋僧瑩玉澗其一，宋僧若芬亦又號玉澗其二，金孟季生亦號玉澗其三也。鑒賞家動輒以玉澗藉口誇耀，安知不類於《元史》之十五脱脱邪？」其談吐風流，一言發矇，大抵是類已。

宋若芬字仲石，元孟珍字季生，俱號玉澗，見《書畫譜》焉。明朱瑆圪字崇甫，號玉澗，王昇字廷禮，號玉澗生，俱載《明詩綜》焉。唯瑩玉澗未詳其傳記也。

狩野素川所摸本朝尚齒會横卷，首有鵬齋先生題辭云：「唐白香山九老會、宋文潞公耆英會，當時以爲盛事，後世圖畫而傳之矣。本邦保元平治擾亂之後，朝廷無事，士民小康。當是之時，上自親王大臣，下至百執事，各以文雅詞藻而賁承平，《詞花集》成於其前，《千載集》成於其後，一世之文明不問而可知矣。承安二年，大宮大進藤原清輔等設筵于寶莊嚴寺，爲尚齒會，胡耉七人吟哦嘯詠，衎然相樂。其兄弟子孫及當時縉紳，端居堂廡，奉頌禱之歌，都人士女觀者如堵墻，實一時之盛事也。其後爲之畫圖，稱其事而相傳焉。平子德所藏畫院狩野素川畫尚齒會合三頁，精緻巧麗，極有趣焉。今披是圖覽之，一時群老風流餘韻藹然乎赫蹏之上，此會雖景慕香山、潞公之遺蹤而效之，千載之後亦足以觀時世之文明、人物之雅尚矣。時文化癸酉夏六月中浣。」尚齒會凡七人，敦賴八十四，顯廣王七十一，賴政六十九，清輔六十九，維光六十三，詳見《古今著聞集》。

按古王者王室隆盛之際，宰輔之臣不嗜文蓋少矣，故每設尚齒會，若詩若文，續采絢爛，令後人追慕。《本朝文粹》、《菅家文藻》，可徵矣。貞觀中，南亞相公始設是會於小野山莊。安和中藤亞相公於粟田山莊、天承中藤權亞相公於白河山莊者咸是也，至承安二年清輔等，而文章道衰，僅僅止於國歌已。

承安二年，賴政年六十九，乃列尚齒會七人之中矣。治承四年，稱兵討平氏，敗績自盡，是時年七十八。噫！夫矍鑠老翁杖戈殉國難，可謂烈丈夫也！西門蘭溪詠之曰：「潛臣跋扈奈國何，上皇恰似投火蛾。憤慍不堪高倉王，火急下制動干戈。巨石壓卵孰不知，慷慨蹈義不計他。一戰不支烏合兵，高王已似落鳳坡。臣節已盡有死耳，絶筆從容裁國歌。異日諸源忽蠭起，平族悉殄西海波。菟道依然舊山水，孤墳一片不銷磨。」

纏頭布施，江户士人概稱之花。歌妓幫間，以「花紅柳緑」隱語月旦遊客之豐嗇，亦可笑也。

花蕊夫人《宮詞》云：「月頭支給買花錢，滿殿宮人近數千。遇著唱名多不語，含羞走過御床前。」汴梁宮人宮詞云：「人間多棗栗，不到九重天。長吏黄衫吏，〔一〕花攤月賜錢。」所謂買花錢，又云花攤月賜錢，蓋咸隱諱之辭耳。《清嘉録》載「簾下有人新出浴，玉尖親數一花錢」，又引李翊《俗呼小録》云「俗數錢以五文爲一花」，可見人情不相遠。而口不言阿堵者，不唯晋之王衍也。按花兒亦是義，《清朝律》云「男女雜處，嬉遊花費」。

《高麗人參贊》載宋人詩話，李瀕湖《綱目》所引即是已。近時官蒔人參，培養滋殖，廣被天下，惠民之澤，度越前古。然製法不精，識者憾焉。石阪竿齋法眼曾得東醫之祕訣，因奉旨以董製造之事。於是尹孚之質始發，粹然之德大備，天下之行尸走肉莫不霍然而蘇，翕然而起矣。醫人咸踴躍曰：「自今以往，朝鮮之貢殆爲遼東之豕矣。」昔者孫思邈著《千金方》，藥劑之中多用蟲族，遂獲殺生之譴云。法眼之舉乃反於是，其所仰以奉者，至仁至惠之德意也。所俯以養者，至困至賤之病民也。以是較之，則上天睠命而享白日飛昇之福，孰敢謂不可哉？法眼喜吟詠，語多警拔。其《偶成》云：「架書千萬卷，中列有名人。呼取消閒寂，其談日奇新。」按《人參贊》最古矣，李時珍所引亦陶宏景之説也。兹據《漁隱叢話》，蓋因于缺細檢耳。

清貧二字，君子之標榜也。吾儕小人終日營營，爲阿堵所役，而以清貧藉口，可謂僭矣，唯「濁

〔一〕長吏：他本作「長被」。

貧」二字即愜當矣。濁貧之尤者未有山田柏園若者，而柏園不唯不恤，眉宇間熙熙然，殆如享宰饌，登春榭。比鄰有一醫，家道大盛，高堂邃宇，婢妾曳綺羅者數十人。柏園則蓽門蓬户，一婢一僕執爨炊而已。然彼人終以賄殞命，柏園則范叔一寒，依然而無恙矣。較此理，則濁貧猶可，至濁富則人譴鬼責，莫不叢集。吁！可畏哉！柏園罹甲午災，僑寓墨水。《漫興》云：「多謝祝融氏，驅吾住此間。四鄰只花木，一夢或青山。墨水洗靈府，丹霞上醉顔。機心灰滅久，須伴白鷗閒。」其門生携詩來謂曰：「先生之貧，清浄如此，子之言誤矣。」柏園名安貞。

相書鼻爲山根，山根有疾，恐非佳兆矣。然東晋謝安、北宋劉貢父俱有是疾，一則德望蓋世，一則博識該覽，居一代諸賢之右。予友吴士寧精于賞鑑，人咸謂今之貢父也。每吟詩則使諸友雌黄，咸嘆曰：「擁鼻之吟，何可容喙？」《曉看海棠》云：「睡眼揩摩破曉天，三盃卯酒占人先。耽梅一病今將瘉，又爲海棠重欲顛。」《秋日偶成》云：「秋風渺渺雁南翔〔一〕，蘭秀菊芳霜氣高。忽有故人分薄俸，呼妻先擬購綈袍。」《秋江獨釣》云：「雨蓑煙笠冷秋潭，獨繭綸輕向夕嵐。細徑歸來蘆荻暮，沙禽飛上小魚籃。」

寺田蜀龍録一齋佐藤先生詩見似，云：「東軒朝讀《易》，讀罷一吟呻。雪砌冰初涣，煙庭草發屯。齡今丁既濟，歡舊對同人。世蹇須頤養，乾坤不盡春。」又《樓上望嶽》云：「一箇蜓洲膝亦安，

〔一〕翔：似當作「翺」。按翺、高、袍同屬下平聲四豪韻。作「翔」則失韻。

曾經嶽降著儒冠。何時去踞芙蓉頂，濯足東溟百尺瀾。」予聞佛身長六千，恒河沙俱低那由多由旬。嘻！嶽降之英靈寧無其理哉！

寺田蜀龍諒題㔩防人云：「能引也勇，不發也仁。仁且勇矣，而未見其智焉。」蓋君子引而不發，躍如也，安知其不知道邪？

洋器時辰表，蓋以極小僅二三分者爲貴，初非一二百金不能購也。近時本邦匠人稍稍曉製，殆與真相亂，至大一寸許者，價亦廉，十金以下乃可辨矣。故紈絝子弟收入荷包以繫腰焉，頃刻不去。稠人廣衆必彼此對查，便覈牛毛繭絲之贏縮，以此爲娱樂，爲誇耀矣。一日客至，談及此器。客曰：「吾儕寒士，安貯是物？」予答以購藏弗一，其人錯愕，即求寓目。予探篋出二本，因謂曰：「一則清人沈成大所製，一則本邦佐藤一齋所造，俱極刻鏤之妙，洋製視之蔑如也。」沈成大《西洋測時儀記》見《學福齋雜著》。

謹按陽成帝《筑波根》之睿製，意當是絶妙好辭，然非王言之體，定家何意措之《百人一首》之中矣。史云釣殿御子者，帝從叔母也，國色無雙。帝屢欲烝，固拒不肯。帝心緒擾亂，輾轉反側之餘，遂有《筑波根》之挑詞焉。釣殿一睹心動，終不能自持。後及花落色衰，帝意他遷，因憤恚成疾，竟殂。帝尋發狂易疾，乃爲其厲鬼所祟云。因是觀之，烝婬穢行之源發自此三十一字，而人臣之分，痛哭流涕長大息亦可矣。定家不唯不隱諱，顯然表襮，舉以爲國歌之雋逸，又如何哉？或曰，驪姬夜半之泣，丘明《國語》拳拳載録焉。玄宗楊妃月下之盟，樂天之詩寫其隱私，國歌之道依仿是意。凡詞藻美則採録矣，秉彝之德固所不論也，蓋其然歟？鈴木昌則《恭誦筑波根聖藻》云：「愛河一挽筑波水，遂使狂瀾漲九重。」其措意與定家異矣。

定家子曰爲家，爲家有二子，曰爲氏，曰爲持，乃異腹兄弟也。爲持之母曰某氏，後薙髮號阿佛，世又稱越部禪司，蓋以世襲采邑在播州越部莊也。始爲家没後，兄弟鬩墻，争論不已，遂訴諸鎌倉幕府。禪尼重趼東行，乃辯其曲直。是時撰十六夜日記，可謂女丈夫而能文者矣。予昧於國書，故其事實不甚明晰。一日讀寸翁老主長篇，始悉禪師之爲人，可謂詩史矣。其詩云：「山村麥方熟，桑樹鳩呼雨。濟水乃龍野，沿溪入越部。峽路路偏滑，晚步步增苦。花垣弔佳人，石佛獨占古。早辭宮嬬榮，署名依乃父。新敕撰成日，慷慨不肯取。三帝後鳥羽、土御門、順德，三上皇遠西狩，一言足報主。肉食耻紅顏，滿朝須愧死。朗月兼紅淚，永既染肺腑。蓬麻訟身冤，歌詠驚幕府。野水清如舊，顧影傾簪組。那捨京華春，甘爲山下姥。文物異昔時，玉闕非樂土。松老停風聲，草馥留蝶舞。流鶯引我去，落日輝林塢。」詩中典故共詳於十六夜日記，朗月蓬麻等之語亦皆禪尼國歌之詞也。

姬路詩人高橋倉山，準頭如渥丹，性酷嗜酒故也。爲人跅弛，不能檢束，愛者少而憎者多。見愛何也？以其天真爛熳。見憎何也？乃以不嫻鼠拱羊屈之苛禮也。然鼠拱羊屈之徒，車載斗量，未嘗見其奇也。而倉山之詩，讀者莫不擊節也。《溪閣圍棋圖》云：「雲木映掩一溪碧，伊誰架閣與世隔。不知亦自有心機，成敗時關一局棋。子聲丁丁午更静，嵐翠波光上鬚眉。」《墨水探春》云：「短策長堤蹈軟莎，春風無處不紛譁。櫓聲截水來藏柳，騎影飛塵去入花。茶店簾帷遮落日，酒家樓閣鎖殘霞。狂遊未必輸年少，惟愧漣漪照鬢華。」

燒堂在姬路城北一里餘，蓋鹽冶高貞夫人死節之所。當時堂燬，故有此名焉。後人因其址建僧房一區，老衲奉香火耳。偶有人至者，欣然迎接，絮絮説事迹，酬以數錢去。但近時所建碑石高丈餘，屹立中庭，洵爲偉觀。撰文是村田繼儒，筆札則糟谷墨舟，可謂雙美矣。予遊燒堂，見壁上二詩云：「洞房賢媛見人挑，自誓蘭摧與蕙凋。芳烈須歸鹽冶氏，繆侯孔父共寥寥。」「一片碑文故鏤，丈餘巨石架龜趺。寃魂當是無遺恨，金谷何人弔緑珠。」二首俱佳，惜哉不記姓名！按《禮記》云，陽侯殺繆侯而竊其夫人，此典與孔父嘉並叙，於鹽冶氏之事可謂切當矣。

精里古賀先生《七騎冢碑文》云：鹽冶高貞被讒，潛奔私邑於出雲也。弟四郎告發之，是以爲追兵所及。弟六郎從至播州加古川驛，見勢急，與親從六人反鬭而死，高貞是以獲達出雲，遂自殺。時人瘞六郎等屍於驛傍，號曰七騎冢。今年癸酉，邑人山田政敬謀糺財，立石以標識之，問文於予。按紀載，方後醍醐帝之反正，高貞歸順出於不得已。帝輟宮人賜之，蓋欲收其心也。然不旋踵而叛，降足利氏，忽以宮人故遭奇禍致滅亡，若有天道焉。獨六郎爲兄義從，爲主捍禦殞身，與高貞及四郎所爲相爲薰蕕，有足悲者。事距今五百年許而冢猶可認，因成斯舉，良有以也。文化十年正月。

本藩儒醫村田繼儒號農水，□年前，壽八十而卒。閉户讀書，兀兀五六十年。清俸有餘而事務極閑，可謂上界神仙之福矣。天保庚寅暮秋送予東歸云：「湖中佳節黄華酒，山下夕陽黄葉詩」，可謂佳句矣。農水即皆川淇園之高足也，性過恭謹，故奉師説，殆如孔穎達之視鄭玄也。予嘗戲之曰：「文辭之道，助語爲要，然昔人不敢説破。周興嗣云『語助云者，焉哉乎也』，柳宗元曰『焉矣也，決辭也；邪乎哉，疑辭也』，僅僅是類已。及淇園先生出其所撰著《史記助字法》《左傳助字法》《詩經助字法》不一而足，古人助語之祕鑰發揮無復遺蘊，可謂偉功矣。」農水喜見眉宇，曰：「我師真助字之聖也。」未始悟其戲謔也。

先哲云：六朝翻譯《法華》不用一助語，音響節奏莫不和諧，喜説助字者可以自反也。

古德語録多以「聻」字爲助語，盧允武《助語辭》乃注「者」字曰「或有俗語『聻』宜夜切，本宜止切字意」，又注「也」字曰「也字，間亦有聻字意」。聻，乃里切，音儞，指物貌。予讀書三十年，唯此「聻」字始得助語注解之力。

李石《續博物志》云：「二廣俗好於門畫虎頭，書「聻」字，謂陰司鬼名也。讀漢舊史，儺逐疫鬼，又立桃人葦索滄耳虎等，聻爲蓋滄耳。」是亦一義，不可不知也。後晤它山曰：是既見段柯古《雜俎·貶誤篇》，漢「舊史」作「舊儀」爲當，「蓋」作「合」是。李石，宋人，收載《酉陽》偶誤。

播州室奧，在於管内，去城一日程而弱，海岸斗絶之下別開小洞天，即奧也。海面隆起處，上有明神祠，蓋千年古廟，是爲奧口。自此逶迤而入則至奧腹，海舶於是下猫，可保無虞，故水路諸侯從此上下焉。貿易之人莫不蝟集，娼樓妓館櫛比鱗次，絃歌之聲達旦而不休，商賈視爲樂土，亦宜也。本藩某大夫嘗巡視此地有詩云「器宇方須師奧腹，吐吞日本國中船」，其人果不凡矣。

室畧詩人野本圓次，予三十年前與之邂逅，似所業云「壽永繁華渾一夢，唯留羅襪向人誇」，讀之茫然，詰其故，輒曰：「凡天下娼妓，天寒不著襪，唯此地獨否，何則？昔者平氏之敗于一谷也，諸平倉皇擁幼主泛海，不暇他顧。是時宫人逃散，彷徨海岸，及其溝壑之瘠已逼，便挾琵琶以博商舟之歡，亦勢之不得已也。故告朔之羊，迨今相沿不忘耳。」則知行一萬里不獨注杜詩而已。

室畧之人唱一種詞曲，名曰「棹歌」，亦平氏之遺聲云。原田鎮平云「坐上衆賓齊按節，行雲爲遏棹歌中」是也。李白云「滄浪吾有曲，寄入棹歌中」，其名同而其寔異也。

古者上自秦晉齊楚之大國，下及曹鄶之微，莫不措行人，而其職必待賢以授焉。當時諸侯都邸所措，稱留守居者，是類已。要是，官府奉承之務，不論細大，統管其事，而四方專對亦悉總攬，故職事旁午，戴星出入，莫有門籥之禁，少暇則章臺之花、庾樓之月，劇場角力，同盟徵逐焉，莫不轎輿飛而舟舫湊也。譬猶宜僚干羽之術，行乎弄丸甘寢之中也。故各藩以是爲精選，苟非誦《詩三百》，通風土物情者，曷能副其職哉？莊野淡齋，本藩之留守居也。《詠朝霞》云：「籠水籠山薄似紗，春妍更向此中加。朝暾映出般般色，緑處垂楊白處花。」淡齋爲人白晢而長，昂昂乎有野鶴之風度，且善和歌，筆札亦佳。頃者遽爾傾逝，人咸謂爲酒所禍，予謂不必然，蓋佳木易枯已。

加藤九如號恒齋，《閒居雜詠》云：「劍書琴鶴一船歸，築屋江邨掩竹扉。笠澤高人貧亦樂，柴桑處士事皆非。長堤雪暗柳無力，淺渚潮鳴風有威。從此半生生計好，煙波深處著蓑衣。」又木曾道路中之作多可摘之句：「鳥呼碎雨零煙暮，人散村祠野市秋」「水合一溪風雨急，山連四面畫圖開」「旭將軍營餘古樹，泉才女塚臥荒邱」「古關人少無雞唱，道旁有不破關遺址漁叟仙成有鶴歸」，皆可誦。

少陵云「引杯見劍長」，恒齋亦有是癖矣。嘗著《劍説》一部，乃發前人所未發。舉其要云：「本邦刀劍之精良，居世界萬國之首，其由蓋有五焉。東方屬木，又屬蒼龍，刀劍即蒼龍之精，是一也。開國神聖以十握劍，芟刈凶氛，而歷世授受之時，草薙之劍亦居大寶之一焉，是其二。後鳥羽帝以萬乘之尊留心於此，名匠數十輪直待詔，或至御手試鍛焠之法，是其三。《考工記》云：『吴粤之劍遷乎其地而弗能良，地氣使然也。』本邦當東維之極，其清淑英靈之氣磅礴而不得泄者，悉發之於蓮花秋水之間，豈唯地氣使然而已？是其四。干將莫邪以下，吴粤良工僅僅屈指耳。本邦之良匠不唯百倍，天生其人將致其用。自上古以來，威武震慴外國，其效豈在於是耶？是其五矣。」又云：「本土之劍傳西土亦尚矣。安倍仲麿銜命使本國，云『平生一寶劍，留貽一故人』可徵矣。歐陽《日本刀歌》後之殆三百年矣。」

屈大均《廣東新語》曰：「粤多番刀，有曰日本刀者，聞其國，無論酋王鬼子始生，即以鑌鐵百斤淬之溪中，歲凡十數煉，比及丁年，僅成三刀。其修短以人爲度，長者五六尺，爲上庫刀，中者腰刀，短小者解腕刀。初治時，殺牛馬以享刀師，刀師卜日，乃治毒藥以入之。刀成，埋諸地中，月以馬血澆祭。於是刀往往有神，其氣色陰晴不定，每值風雨，躍躍欲出，有聲，匣中鏗然。其刀惟刻『上庫』字者不出境，刻漢字或『八幡大菩薩』『單槽』『雙槽』者，澳門多有之。以梅花鋼、馬身鋼爲貴。刀盤有用紫銅者，鏤鐫金銀者，燒黑金者，皆作梵書花草。有小匕在刀室中，謂之刀奴。其水土既良，錘煉復久，以故光芒炫目，犀利逼人，切玉如泥，吹芒斷毛髮，入若口硎，不折不缺。其人率橫行疾聞，飄急如風，常以單刀陷陣，五兵莫禦。其用刀也，長以度形，短以趯越，蹲以爲步，退以爲代，臂以承腕，挑以藏敝，豕突蟹奔，萬人辟易，真島中之絶技也云云。」良白按，本邦刀劍之制，室首承鐔處鑿開一小室，安小刀，名曰小柄，頗輕利，亦耐割裁。亦開一室，與之相對。更斂小匕形者喚爲笄，純銅製造，不用銅鐵也。屈翁山所謂刀奴，想必此二者也。然所謂小匕，焉知非匕首之例乎？然則其所指斥，蓋小柄歟？

加藤恒夫、石本龜齡，前後相繼而除留守居之職焉。恒夫嘗嘆曰：「龜齡亦墜酒肉地獄矣。」其新除之苦態可察也。龜齡嘗謂：「外史之目出《周禮・春官》，蓋視内史，唯有崇卑之别耳。後世布衣文墨之流猥以外史自居，可謂僭矣。」按唐賀知章隱居鑑湖，自號祕書外監，乃以頭銜爲戲謔已。後人遂祖其意，而外史之稱亦遂假而不反也。

山陽《詩集》刊於生前，山陽《外史》刻于没後，黌舍之人莫不踴躍，蓋山陽屢游仁壽山矣，所謂與山有宿緣也。

唐它山《漫筆》云：癸丑五月，西上十三日，途入伊勢，過藤納言遺蹤，得詩云：「手捧諫疏期紫薇，艷妻熒惑事方非。區區一草和三木，不及藤公早見機。」路上倉卒且寓興已。余與賴子成未嘗相識，折入京，通介相見，一見如舊，因問近製，即出視之。山陽擊節再三，亦見似《藤公埋髮塚作》

云：「黑頭非是不勝簪，薙削誰知此意深。王士終歸奸賊手，空埋曲局戴天心。」一説云，藤房挂冠嘉遁之後，遂參關山國師。鑽研有年，終嗣大法。妙心第二世授翁宗弼，即其人也。元政上人著《扶桑隱逸傳》乃載其事。元政，釋子之麟鳳，豈妄言者邪？蓋必有據也。

尾崎正風云：判香家乃製羊角方寸許，點香其上，火勢不猛，漸漸而爇，名曰銀葉。陸放翁云「銀葉無煙静柱香」即是也。《苕溪漁隱》亦云：「小院春深閉寂寥，杏花枝上雨瀟瀟。午窗歸夢無人叫，銀葉龍涎香漸銷。」

海老澤霞《漁觀煙火》云：「水國趁涼煙火飄，畫船如織界長橋。光衝天狗妖星墜，聲駭馮夷爆竹囂。十二燈毬擎貝闕，一雙龍焰降雲霄。昇平無復邊烽警，買醉紅樓度幾宵。」《巢父飯牛圖》云：「美譽芳聲膩若油，肯容涓滴污吾牛。箕山清節高千古，卻被先生出一頭。」

芹田静所《詠落花》云：「偶來林底覓殘紅，春事匆匆彈指中。芳信雲時難避雨，香魂一縷不堪風。墜樓玉碎情何切，奔月丹成跡已空。解脱塵緣仍色相，後身應在蕊珠宫。」

《宋景文筆記》云：「蜀人見物驚異輒曰『噫嘻』，李太白作《蜀道難》因用之。」苕溪胡仔曰：「蘇子瞻，蜀人也。作《後赤壁賦》云『嗚呼噫嘻！我知之矣』，《洞庭春色賦》云『嗚呼噫嘻！我言誇矣』。」永原葵軒伴彪嘗謂《周頌・噫嘻》云：「『噫嘻成王』，意是詩亦成於蜀人之手耶？」予爲噴飯。文人趁筆之際往往不經意致是失勘，不可不戒也。李華《弔古戰場文》亦云「嗚呼噫嘻，時耶命耶？」《韓詩外傳》周公曰「於戲嗟嗟，非旦之力，乃文王之德」，四字叠用是爲古矣。

志水洒齋嘗謂，儒者視利休千氏不但寇讐，何也？蓋以其有盛名，爲所忌耳。不然休一韻士也，何足挂齒牙乎？唯鳩巢先生《駿臺雜話》頗稱利休之爲人矣。近人所撰《梅花仙史》云：初休有一女頗姣艶，已嫁。豐太閤聞其美，强休使進之掖庭。休不肯奉制，未幾誣以罪，遂賜自裁。以是觀之，休亦有氣節者，豈脂韋澳涊之士哉？京師賴子成《詠利休》云：「杯碗經評即百城，可憐菹醢先韓彭。卻勝猴郎鬼長餒，松風傳得一家聲。」東都太田喬松云：「韻士誤身休恨他，犧牛觳觫奈君何。惺惺茶味卻成累，不及醉鄉明哲多。」其議論雖異，俱可喜也。久留米茶博士川上宗壽云：「屬鏤夢中夢，清茶燈外燈。」十字括盡，亦妙矣。

小説載利休之靈時出爲祟，他人不見，唯太閤睹之。近人《大阪懷古》云：「金殿玉樓春寂寂，冤魂依舊點茶來。」蓋太閤一時戡定天下，然其殺無辜亦不可勝數。冤氣蘊塞，宮中多怪，亡國之兆，令人悚然。

本藩茶博士橋本抱鶴《茗宴》云「謦咳一聲賓入户，主人恭進小龍團」，釋子鶯浦《茶匙》云「一枝知是籜龍種，隨手白甃生翠雲」，皆可誦也。王昌齡天宫寺茶集、鮑君徽東亭茗燕、劉長卿惠福寺茶會、李嘉祐招隱寺東峰茶宴，可見唐賢拳拳乎茗宴都如此也，不唯陸羽、盧仝之二人而已。

松平徽典嘗云：「茶湯即煎茶，醫家葛根湯可例視矣。邦人呼點茶爲茶湯，謬甚。元稹詩一曰王建云『宫人手裏過茶湯』，又劉元城《語録》載『獨樂園在洛中最爲簡素，人以温公之故，春時必遊洛中。例，看園子所得茶湯錢，閉園日與主人平分之云云』，是可證矣。」噫！徽典年四十二没於天保己丑之歲，吾輩殆如失慈母。予哭之曰「豈比少陵無一語，爲君開卻海棠花」，蓋以園栽白海棠，因扁於其室爲號也。

少陵母諱海棠，故終身未嘗詠是花，是附會之説耳，不足置喙。陸放翁云「少陵非無詩，蓋散落不傳也。」是猶慊其不措一詞，故造此説耳。試問唐諸賢詠之者果有幾人耶？但不過王建「海棠花下打流鶯」之類已。及坡仙出，以七古大作描寫麗艷之質，於是乎花壇之月旦或以是花班乎桃李之上矣。

按鄭谷《蜀中賞海棠》云「濃淡芳春滿蜀鄉，半隨風雨斷鶯腸。浣花溪上堪惆悵，子美無情爲發揚。」後人附會之説蓋自此興矣。

河合屏山少壯時負笈於菅茶山之門，加以過庭之訓，其玉成可知矣。同諸友宿仁壽山，《半夜雨作》云：「漠漠溪雲似結愁，枕頭夢斷一燈幽。疎鐘聲濕半宵雨，散作千山楓葉秋。」

高須氏號覰鵝齋，亦伐冰之家也。器宇海涵，人莫能測，所謂「澄之不清、渾之不濁」，「昔聞其語，今見其人」也。《春日漫成》云：「儀休拔菜可稱高，遮莫春風發野桃。局務清閒無一事，朝來唯揖簿書勞。」

擲筆山、抛筆松，俱在東海道中矣，蓋言天然妙致，難於描寫也。《畫史》，鈴木其一西遊之日獲詩云「自負吾儂膽如斗，人抛筆處卻濡毫」，其意氣可掬也。

河合孫一郎嘗謂曰，明大學士劉健不喜詩，謂人曰「縱爲李杜，亦不過一酒徒耳」。袁子才引

《論語》，斷斷證其非，抑亦迂矣。讀《漁洋詩話》乃知是言未必出於衷，抑由門户之争耳。《麓堂詩話》載其《英廟挽歌》曰「天傾玉蓋旋從北，日昃金輪卻復中」，前後皆稱，可謂佳作，讀是則知子産殺鄧析而用其竹刑也。

《徐氏筆精》曰：「古樂府『暫泊於渚磯，歡不下艇板』，即今上岸透板也，刻本誤作『廷』，非。」高橋恕庵《深川竹枝》云：「艇板堪憐亦堪恨，能迎郎至送郎還。」

出淵翁、角田哥、綿貫叔，俱遊芒花樓矣。芒花樓，蓋深川娼館之傑然者也。出淵擘頭朗吟曰：「越女一笑三年留。韓退之」角田應聲曰：「不知身世自悠悠。李商隱」綿貫續曰：「百年三萬六千朝。王建」翁復曰：「傷心不獨爲悲秋。李益」自是一韻透底，綿連不已，殆三十韻皆以集唐賢句也。蓋狐腋成裘，咄嗟即辨，可謂唐伯虎、祝允明之後塵矣。篇以長不具録。予嘗欲刊是詩以繫近人《深川竹枝》之後，二十年前舊板橋，所以不能已於懷也。

菅野松塢弘祖仁壽山之都講也，嘗作《堰瀦記》，文有法度。竊意「堰瀦」二字似妄立名目，恐未有據也。一日偶讀山谷詩「杷稏豐圩户」，注引東坡《録奏單鍔〈吴中水利狀〉》曰「諸縣高原陸野之鄉皆有塘圩，或三百畝、四百畝爲一圩，蓋土人停畜水以灌民田云云」，則知松塢「堰瀦」即塘圩也。凡文家鑿空立名，往往不免後人嗤笑，不可不相與忠告也。

長澤信通、伊奈高堅，俱後進之才雋也。高堅贈予云「尋梅共踘溪邊雪，啜茗同圍燈下棋」，信通送予東歸云「相送橋頭暫駐鞍，關雲驛樹路漫漫。羡君陪駕恩榮足，滿地風霜不識寒」。未幾高堅訃音至，蓋小友之中又損一介，可悼已。

石原路一擴充送予東歸序文殆二千言，以長不能録。路一嘗道，唐許瑶《題懷素上人草書》云「志在新奇無定則，古瘦灕纚半無墨。醉來信手兩三行，醒後卻書書不得」，袁簡齋以爲趙承旨作，則謬矣。

天保己丑予撰《西遊文藻》二卷，咸是遊所獲之詩。上之京攝諸名家，次之西邦才人之作，偶見瞥睹，莫不采録焉。近藤守正駁其書目之非曰：「足下來于本鎮，非銜命則必扈從，今謂之遊，可乎？易以『西役』即愜矣。」余曰：「『宦遊』二字見《史記·司馬相如傳》，唐人依是，杜審言所謂『獨有宦遊人』是也。宋張世南亦撰《游宦紀聞》，東坡赴惠州云『此遊奇絶冠平生』乃可證也。」守成憤然不肯，猶旁引曲暢，鳴鼓不止。予西遊之日，獲駁正之益於守成最多，不唯此而已。噫！其人今則亡矣。

己丑歲，予在本鎮，八月二十七日酷吏稍去，故人方來，蓋以西播炎熇殊甚也。乘快將遊仁壽山，迂路訪鈴木昌則，欲拉共往。昌則端坐一室，屏去妻孥，如持齋者。乃詰其故，昌則曰：「本日係至聖孔子誕辰，故清朝聖天子乃創律令，每年是日，以及軍民人等致齋二日，不理刑名，禁止屠宰。本邦雖不設此律，然吾輩讀書之士亦所宜遵奉，故持心齋耳。」予瞿然不告故而辭去。此事似迂，而昌則之篤行可見矣。《傳家寶·時歷纂》云，八月二十七日聖人壽誕矣。詳見《定例成案合鐫續增》。

清人陳允錫《二十一史緯》云：「《公羊傳》襄公二十一年十有一月庚子孔子生，查十一月無庚子。而《穀梁傳》以爲十月庚子。按十月庚辰朔，庚子二十一日也。或言孔子庚戌生。二十一年係己酉，非庚戌。《路史》又以爲二十二年十月庚子乃二十七日。定爲今之八月二十七日，去聖已遠，亦不得其詳也。」良白按，明宋濂亦著《孔子生卒年〔一〕月辨篇》，學者並考可也。」

月泉吟社劉應龜云「稅足溪無人照瘕」，高須熟齋云「瘕，即杖瘡也」。

諸葛氏在本邦未暇詳其譜，世人於武侯之德不能無欣慕，故動輒曰：「本邦之諸葛亦出於蜀也。」或曰非也。蓋吴之諸葛之後裔避亂東移耳。然縉紳先生未嘗聞有冒之者，唯顯於藝林文墨之間，何也？抑典午以來，中原之域淪胥于胡馬，故文墨之技，江南爲尤盛，風習之所漸，安知諸葛之不爲之所化邪？近時《畫史》有諸葛監可徵矣。本藩侍讀諸葛艮軒治經之外，又精於曆算音韻六書之學，蓋今之學者遊馬融之門而不困於推步者果又有幾人乎？唯艮軒可謂繼康成之後塵矣。其嗣東野爲予誦其《禪房花木深》云「林壑無雲晝自陰，白桃紅杏繞窗深。山僧夜夜和花睡，不礙尸羅清浄心。」

諸葛東野記雨毛，瑰奇可喜。其詞云：「酒價年年高，願天賜醴醪。油直日日貴，願天降脂膏。不圖皇天貽下民，短者如鬚長如旄。想當天憫三冬無被學士寒，綴成裘褐代緼袍。不然天憐十年窗下吟客苦，縛成管城佐彩毫。茹毛飲血太古世，今日魚熊溢中庖。定知肉食多貪墨，大意乃是

〔一〕年：《文憲集》卷二十七作「歲」。

惡饕餮。何啻風毛與雨血，黠吏搏噬鵰攫猱。定知民生日困悴，天意乃是戒侵鈔。或謂崑崗朝發火，毛羽皆同玉石焦。陸渾山中百獸斃，桑谷之鳶焚其巢。或謂天上碧翁老，衰容不復比垂髫。拔去霜毛鑷雪鬢，下遺不惜如弁髦。始制文字天雨粟，如是我聞雨花飄。以何因緣欽拔羅，不繞涿居亂髟髟。若使先主在，取之結毦毿。若使趙王在，假之續蟬貂。若使蘇卿在，不必嚙旃毛。節旄盡脱落，以之補其縚。客詰余曰公勿謔，古昔先王畏孼妖。列國咎休徵史策，歷代興亡驗童謡。漢天漢元年三月天雨毛，術者云，邪人進賢人逃。晋太元十四年四月地生毛，史臣云，經略多事人勞。本邦此事在慶安三年聖天子之朝，是歲九月洪水漂。余對之曰，君言然，雖然小沴不必兆，白面議論多柱膠。况余才愧張茂先，海鳧不辨賴莫嘲。金甌皕歲無虧缺，玉燭連年少爕調。書生所卹油與酒，夜窗何以慰無聊。天保丙申春涉夏，陰寒襲人雨連朝。客來諗予雨毛異，寔在六月十九宵。先是國門盜禦人，訛言日興頗繹騷。聖明在上盜斯獲，從今當務祈豐饒。高宗修政雉禍滅，大戊正德桑祥消。君不見，天寶末年長安道，白晝賊行如蝟毛。」

寬政癸丑七月十五日亦有此異，其毛色長短略相同矣。見橘春輝《北窗瑣談》。

唐它山公愷《觀角力記》云：廠乎閒曠之地，凡可容十萬人。虚其中，壇而墠，如圜丘，廣若干步。樹四柱，彩帛裹之，或云象須彌四天，蓋表方位而已，無復有遮障，是爲角力之場焉。將使挌鬭，音吐高朗者名斥呼之，應聲而出壯夫二人，所謂力士也。軀幹偉大，容貌瑰峨，駢脅巨腹，肩背肉隆，手足肥碩，臃腫磥砢，望之如金剛大士仁王佛。發蹤者將而上，是名行事，猶軍帥，力士皆聽命，把一便面黑漆髹之，金銀瑱二曜，柄垂彩條。二士相鄉而跪，掎角爲勢，如虎且負隅，如熊將出穴。行事握柄側立，必待其氣息精神相勾。一麾，二士即挌，前撞後距，左曳右攫，一起一伏，離合翕張，搗虛扼吭，巨石轉而盤根撑矣，悍馬軼矣，六轡控焉，一瞬變化不可名狀。始如處女，敵誤啓隙。後如脱兔，彼不及避，於是勝負判矣。衆口大喝，殷雷吼哮，潮斯湧，山斯隤，沿近人家屋瓦皆震。其挌鬬之殷也，觀者肩相倚，手相拄，瓶僵酒覆，羹翻衣汙，一皆不知。疾痛痾癢，莫曾存於心者，何況寵辱得喪乎？昔有海上隨鷗而遊，恍遺思念，是一人之偶得也，難推之於衆。今會都下之人，寡亦數千，衆則萬萬，能使其億兆之人觀獰狰搏擊之戲，爲海鳥忘機之遊，嗟夫角力之戲果神邪？抑仙邪？即世之所尚聲色紛華之娱，我知其非樂矣。雖然，靈公之獒適資乎悖逆，季孫之難乃媒於禍亂，則畜力士者宜識所戒焉。

清王述菴昶德甫集載，相撲之戲蒙古最重，筵宴時必陳之。本朝以是練習健士，謂之布古，蒙古語謂之布克。脱帽短褠，兩兩相角，以搏之仆地爲分勝負。其詩曰：「二人突出張鷹拳，一人昂首森貙肩。欲搏未搏意飛動，廣場占立分雙甄。猛虎棹尾宿莽内，蒼鶻側翅秋雲巔。須臾忽合互角觝，揮霍掀舉思争先。搗虛時時見蹴踏，扼吭往往愁傾顛。壯心終擬作後勁，努力寧肯輸先鞭。三禽三縱逾拗怒，再接再厲紛勝騫。曳柴僞遯陋狡獪，舉鼎絶臏猶喧闐。要使一蹶不復振，如鳥蹋翅魚投筌。勝者昂藏作山立，命酒飽食黄羊鮮。相叉相撲出法華經雖小技，較藝亦足威窮邊。豈如翹關拔河戲，僅資嘔噱誇輕儇。」

趙雲崧《簷曝雜記》云：布庫一名撩腳。

野見宿禰即相撲之鼻祖，詳見國史。蓋宿禰爲人賢且智，不唯膂力絶人。史稱上古以來，宮車晏駕，殉者必以十數焉。宿禰竊悼，遂建議曰：「陶埴以像之，以此易彼，乃典禮不缺而庶乎不傷仁矣。」終從其議。《黄鳥》之詩絶響於世者，蓋宿禰之勳也。朝廷嘉之，遂錫土部臣之姓，世掌喪儀，猶宗伯之職焉。噫！作俑無後，聖言烜赫，宿禰獨否，作俑之福，處於後裔，是豈有他哉？其事殆與聖言背馳，而所以拯於不仁則合於聖意故也。

明人李春亭《送五郎太歸日本》云：「敬將玉帛覲天顔，回首扶桑杳渺間。舡泊古鄞三佛地，杯傳新酒四明山。梅黄細雨江頭别，帆引清風海上還。明到賢王應有問，八方職貢隘朝班。」原本云「詩送居士五郎太歸日本，大明正德癸酉夏六月朔，四明李春亭」。

梁星巖語於予曰：五郎太又號祥瑞，陶甆之巧，藉藉傳世。蓋伊勢人，其裔今在。南遊之日嘗訪其居，李春亭詩幅，今爲叢林之藏物，亦現存目擊焉。凡書幅之可寶重者，第此幅與彦九郎耳，並謂雙璧可矣。頃者又聞沼津大夫土方氏，購獲李春亭書幅，然則神物遂無脛而走也。

唐伯虎《送彦九郎還日本》詩幅拓本傳世，其真跡舊在都下富豪，輾轉久之，今爲本藩河合氏之物。初富豪獲之，又聞李春亭書幅在伊勢，遣人重價募之，蓋有一箭射雙鵰之意云。居少之，富豪贓罪發覺，自裁以終。官以其名家之裔，其嗣仍襲街市總轄之職焉，因書畫散落，無復存者。此事距今三十年，予所親睹。然當今之世富豪之嗜書畫者，亦不易得矣。

亡友金星氏有異才，嘗嘆曰：「孝靈天皇四年富士湧出，而近江州生一太湖，是古今未曾有之奇異也。豈料數千年後，至享保之際，西土之名勝亦飛渡於東方者多矣，不亦咄咄怪事哉？若夫妄意立名，種種揑造，既反正名之訓，又悖稽古之訓，其罪大矣。」一日有携所業請益者，開卷第一曰「楊柳青青白馬津」，問白馬是何處，曰：「墨水下流舊有御廄津，先賢以其非雅，改名白馬，好個地名，便與唐詩一般。」金星正色曰：「予亦欲革一事，肯從否？」問奈何，曰：「欲更君姓字王昌齡耳。」其人赧羞而去。上總瀕海之地名九十九里，一名白里，人問其故，乃云：「白加一畫則百矣，今損一畫，不則九十九乎？」漁鹽之人偶然創名，其言有理。大雅君子，卻似有愧色。

金星之詩，瓌異極矣。《雜詠》云：「干于畢竟同三豕，叵恃楊家一字師。」予詰其出處，輒舉淩迪知《氏族博考》云：「楊萬里論晋干寶，一吏取《禮部韻書》注晋有干寶以進曰：『乃干寶，非于也。』楊大喜，以爲一字師。」按：此事早見《鶴林玉露》。然余家所藏宋板《晋書》《文選》亦但作「于」，無有稱「干」者，胡承之以爲字畫相沿之訛，而取于子書爲證。按《春秋》有干犨，《後漢》有干言，「寶」豈其後邪？然亦自有于定國。焉知寶之不爲其裔也？陸法言《廣韻》止引干犨而不及寶，何法盛《晋書》稱寶撰《晋紀》及《搜神紀》而不及「干」字，恐未可據。

歐陽修《日本刀歌》云：「徐福行時書未焚，尚書百篇今尚存。令嚴不許通中國，舉世無人識古文。」毛奇齡曰「福建漳浦學廩生蔡氏，請徵海外《古文尚書》之疏」，蓋爲歐言所誤耳。金星嘗有詩云：「臣不臣兮君不君，唐虞禪讓尚紛耘。百王一姓長垂統，何必區區祕古文。」

有像梨園戲子，各種言語者一轉喉間，抑揚高下，殆奪其真。彼土所謂像聲《槐西雜志》諸書即是也。其術與口技相似，然口技必在障屏中，像聲則稠人中露坐不忌，唯手把一箑耳。其吭嚨轉換，乍而旦，乍而丑，乍而正末，隨意所欲，應人所求，各各莫不入精微。於是聽者目瞠舌撟，腕扼泣下，而恍惚默存而已矣。遊手幫閒，以是爲命，宴席招邀，殆無虛日。攘臂良民中，醉飽涉日也。又有乞丐乘夜佇立街市比屋簷下，手帕覆面，奏技售藝。少頃，行人蜂擁拋錢，囊橐充實，則長揖辭去，亦花兒之琤琤者矣。近人有詠此云：「幻華倏忽梨園中，宛與人間榮悴同。但把五明演妙舌，卻勝口技隔屏風。」

金星氏曰：「楊升菴有道，今之儒者，宋人之應聲蟲也。」又有與此相似者。臨濟和尚曰「三乘十二分之教，咸是拭不浄之故紙也」，陸象山「六經注我」即自此而祖述矣。禪氏傳燈之説尚矣，朱文公《道統圖》亦從是而敷演也。彼二先生亦應聲之説也。

近人云：「茶褐麻袍依樣成，梨園不墜祖先名。休誇春信金衣早，絲竹林中喚一聲。」又云：「斬關攫寶見精神，頭髮蒙茸輒脱巾。今日梨園推耆宿，眼空一世即斯人。」並是梨園弟子之寫真也。王阮亭《觀瓊花夢傳奇》云：「自摺檀痕親顧曲，江東誰似阿龍超。」讀彼二詩者，當作如是觀。

袁子才詩話詳載劉三、李桂官之事，不可謂梨園無人也。

趙雲菘《觀演劇》云：「今古茫茫貉一丘，恩讐事已隔千秋。不知於我預何事，聽到傷心也淚流。」

「佳人薄命胚禍基，遞送蠟書無意窺。儂愛微風吹醉醒，夜深樓上立多時。」又云：「留連三日泥杯觴，間諜何量嘗膽長。一隊紅裙齊拍手，相追相逐捉迷藏。」咸是近人觀《赤穗傳奇》之作也。

先儒詆諆大石氏多矣，近世功名之士亦或不慊于伊人。先儒之意乃惑於《春秋》之書法，姑置不論焉。彼功名之士，乃以其身分與之影對，其心以謂「彼何人，予何人」。予傳呂仙金丹之秘訣，故銷禍於未形，速福於未臻，嚴毅之顔莫不齹然而嗤焉。使難發之口，能如鴟夷之倒傾也。飛也非翼，走也非足，然猶非其至者。若夫發芳菲於嚴冬，送冰雪於炎夏，翻掀世人之耳目，亦辨之禹步咒語之間，彼唯以劍解一途視爲上乘，是以卒於龜毁玉碎而已，不亦惜乎。」某氏代大石答之云：「花飛孰不恨東風，描出勾欄翠幕中。劍解須供人抵掌，功名附與呂仙翁。」其退抑遜讓，推美與人，能肖似良雄氏之口氣也。

鳩巢先生《義人録》可謂赤穗之司馬遷矣，東厓先生《萱野三平傳》不啻褚少孫之補也。明良洪範亦載小島喜兵衛事，予頃者演譯焉，亦庶幾乎《索隱》述贊之績也。

它山讀《義人録詩》云：「不朽千年稱匪躬，間閻演戲感兒童。惜遺曲突移薪略，羞徇伏橋吞炭忠。珍寶妖姝阨能脱，黍離麥秀怨無功。書生議論休苛責，霜雪凜然貞士風。」前聯巧緻極矣。

寮友中根善長栽梅數百本，自號梅花長者。且署揭楣間，即詩佛老人之筆也。按儒家所謂長者，即年高有德之稱已。釋子所謂給孤園長者，《法華經》譬喻所引長者，並指巨富之室。本邦近古，乃謂素封爲長者，亦資浮屠也。然則「梅花長者」四字亦豈謂不可邪？且梅花長者自居，則其人不凡可知矣。《漫成》云：「梅花長者緣何事，疎影暗香渾潤家。」

東都淺草門外，廒倉所在焉。墨水襟帶其東，吉原盤踞其北，觀音祠宇，金碧輪奐，直當九軌之衝焉。雷神之門，赤城霞起。七級之塔，金莖露滴。百貨肆鄽，櫛比鱗次。五步一茶店，十步一酒館，凡列居其側者咸是陶朱，夏屋渠渠可謂洞天福地矣。然富則侈，侈則敗，敗則天堂地獄倏忽變化，甚可痛哉。佛力廣大，洞見其理，於是乎一寸八分之紫磨金身乃出世于千有餘年之前矣。蓋豫開一大化城，專濟度是地之豪富耳。然禍敗之家往往猶接武者，何哉？豈一旦擠之於陷穽之中，千手若不援，千眼如不見，十九化身漠然若不省視，使困阨懲創洗心革面而後終歸於善也歟？將不屑之濟度，亦濟度之也。近時又有觸法網蒙譴責者，一儇子嘗有詩云：「乃公著了觀音鎖，呼做端然妙相人。」西土謂手枷爲觀音鎖，故造此謔已。

予嘗閲《五山堂詩話》，始知守村鷗嶼爲錦腸繡口人。一日遊墨水長命寺，讀荷塘散人碑，又觀鷗嶼五朵之妙矣。爾後乃獲鷗嶼之詩於擁鼻山人，殆如遇舊識，他日又得鷗嶼之墨妙，當復有此想也。《消夏吟》云：「風榭客來供酒初，銀盤只是列園蔬。忽聽門外傳佳語，叫了聲聲晚市魚。」《金澤雜詠》云：「遥嵐繞水隔塵寰，佛閣神祠連海灣。昨雨模糊米家墨，今朝變作范寬山。」鷗嶼名約，字希曾，一字抱儀。閲鷗嶼之別號，其所居與墨水相接，不問而知矣。

夏目成延近從梅塢游，日寫《法華經》，勇猛精進不見其止，可謂在家菩薩。成延畜一妾，亦善女人，或謂是娑竭羅龍女之化身也。